JÖRG MAUTHE / DIE BÜRGER VON SCHMEGGS

EDITION ATELIER

Jörg Mauthe

DIE BÜRGER VON SCHMEGGS

Tagebuch eines Ortsunkundigen

mit Illustrationen
von
Paul Flora

EDITION ATELIER

Erstmals erschienen 1955 in den »Salzburger Nachrichten«

Gesamtherstellung: Druckerei Gerstmayer Gesellschaft m.b.H.
ISBN 3-9003-7930-0

Wo liegt Schmeggs?

15. August. Vor wenigen Tagen habe ich den Auftrag erhalten, nach Schmeggs zu reisen. Ich bin nach Hause gegangen, habe meinen Koffer gepackt und seither versucht, mir über die Stätte meines künftigen Aufenthaltes Auskunft und Unterlagen zu verschaffen, denn ich bin nun einmal in mancher Hinsicht pedantisch veranlagt, und liebe es auch nicht sehr, ins Blaue hinein zu fahren, um mich an fremdem Ort gleichsam wie ein Blinder zurechtfinden zu müssen. Solches steht eher unbesonneneren

jugendlichen Gemütern an, nicht mir, der ich reiferen Alters bin und schon so viel Neues und Unerwartetes auf mich habe zukommen sehen.

Aber meine Erkundigungen zeitigten merkwürdig geringe Ergebnisse.

Den aufgeweckten jungen Burschen in den Reisebüros ist der Name Schmeggs nicht geläufig, was freilich nur darauf schließen läßt, daß Schmeggs weder an einer Eisenbahnstrecke noch — was allerdings verwunderlich ist — an einer Autobuslinie liegt. Auch scheint Schmeggs den Erholungsbedürftigen weder schwer zu ersteigende Gletschergipfel oder mühsam zu begehende Tropfsteinhöhlen, noch kostspielige Festspiele oder übelschmeckende Heilwässer zu bieten — Grund genug, um die aufgeweckten Burschen angesichts dieses Mangels an Reizen geringschätzig die Achsel zucken zu lassen. Ihre Branche ist nicht an Schmeggs und Schmeggs offenbar nicht an Fremden interessiert; letzteres ist gewiß überraschend, wenn man bedenkt, daß sich heutzutage selbst Städte wie Linz und Hannover — von Scheibbs, Edinburgh und München ganz zu schweigen — bemühen, durch den Hinweis auf landschaftliche oder sonstige Reize Fremde anzulocken. Unlieb freilich ist es mir nicht, denn in einer Stadt, welche die angeblich in ihr herrschende Ruhe (bzw. köstliche Stille) in keinem Reiseprospekte anpreist, herrscht diese Ruhe um so gewisser — und ich ziehe die Stille selbst dann dem Lärm vor, wenn dieser von einer Kurkapelle oder Brauchtumstänzen verursacht wird. Denn ich erhole mich am besten dort, wo ich nicht mit anderen Sommerfrischlern, Frühlingsausflüglern, Herbstgenießern und Wintersportlern Pfänderspiele verüben oder gar die geistige Situation der Gegenwart und deren Anliegen diskutieren muß.

16. August. Ich bin nachdenklich gestimmt, weil ich auch von anderen zuständigen Stellen keine Auskunft erhalten habe. Im Innenministerium vermutet man, daß in Schmeggs geregelte Verhältnisse herrschen, weil nichts

Gegenteiliges bekannt geworden ist. Im Handelsministerium nimmt man an, daß Schmeggs nach dem letzten Krieg in den Machtbereich eines Nachbarlandes übergegangen ist, weil man aus dieser Gemeinde noch keine Ansuchen um Subventionen für den Bau neuer öffentlicher Gebäude erhalten hat. Das Landwirtschaftsministerium erklärte sich für inkompetent, weil, sofern es Schmeggs überhaupt gäbe, dort jedenfalls keine Landwirtschaft betrieben werde; und die Chefs meiner Büros befinden sich im Urlaub. — Der Tag meiner Abreise jedoch rückt immer näher heran!

17. August. Schlug heute im Neuen Brockhaus nach. Keine Angabe. Im Meyer steht auch nichts. Ich befragte das fromme Herder-Lexikon, das Volkslexikon der Sozialistischen Partei, das Schweizer Lexikon, ich verschmähte es nicht, den Kleinen und Großen Knaur, den West- und Ost-Duden und sogar das »Österreichische Wörterbuch« durchzublättern. Kein Wort über Schmeggs. Die letzte Hoffnung schlug gleichfalls fehl: der jüngst erschienene Baedeker führt Schmeggs in seinem Register nicht an.

Ich griff also abermals nach meiner Dienstanweisung. Ja, da stand es klar und deutlich: »... und angewiesen, sich nach Schmeggs an der Schilda zu begeben, um dort zwecks usw.« Irrte sich mein Amt? Das hielt ich für ausgeschlossen. Ich suche auf der Landkarte: Gott sei Dank, wenigstens hier steht der Name neben einem Pünktchen, das »unter 20.000 Einw.« bedeutet und, notabene, innerhalb der eigenen Landesgrenzen liegt.

Aber warum ist Schmeggs in den Nachschlagewerken nicht zu finden?

Rätselhaft! Immerhin weiß ich jetzt, in welche Richtung ich zu reisen habe.

18. August. Aus reiner Pedanterie schlug ich gestern vor meiner Abfahrt noch in einem Voralpen-Baedeker aus dem Jahre 1897 nach, den ich seines Alters wegen in einen Winkel meiner Bücherregale gestellt hatte. Ich traute meinen Augen nicht: In dieser alten Ausgabe ist Schmeggs, das ich

in der jüngsten Auflage vergeblich gesucht habe, ausführlich verzeichnet ...

Ich las:

»Landstraße nach Schmeggs von Wurmsiedel 17 km, von Lustenau-Wehwinkel (Eisenbahnstation) 19½ km, dortselbst Mietwagen.

104 km. SCHMEGGS. — Gasthöfe: »Zur Weintraube« am F. X. Greindl-Platz i. Herz d. Stadt i. Geb. d. Rath. (ruh., gutbürg. Haus) 18 B. 25—30. »Hotel Bellevue«, 20 B. zu 20—25 (mod. m. Restaurant).

Schmeggs, das röm. Sememecum, Stadt von 19.000 Einwohnern, liegt in schöner Lage zwischen dem linken Schildaufer und dem Fuße der Schmeggser Berge. Geburtsort Franz Xaver Greindls, dessen Denkmal den nach ihm benannten Hauptplatz schmückt. Im Norden die Altstadt, das Schloß (1610, mehrm. umgeb., 1883 rest.), dessen der Fremde schon von ferne ansichtig wird. (Intr. heimatkundl. Sammlungen.) Die nach dem großen Freund und Gönner der Stadt so benannte Erzherzog Ignaz Nepomuk-Straße trennt Alt- und Neustadt, an ihr befinden sich die elegantesten Geschäfte. Die Erzherzog Ignaz Nepomuk-Brücke führt über den Fluß zur Vorstadt Mäusgraben, die der Fremde besser meiden, bzw. nur mit ausreichender Begleitung betreten wird. — Die St. Ulrichs-Pfarrkirche. 1420 Baubeginn, 1470 geweiht, 1882 rest., Ren.-Turm. Das Innere (Schlüssel im Pfarrhof; bestes Licht vorm.) enthält nichts Besonderes.«

Das war nicht viel, aber es bewies eindeutig, daß Schmeggs im Jahre 1897 existiert hatte — und daß seither eine Stadt von immerhin 19.000 Einwohnern verschwunden sein sollte, das war denn doch unwahrscheinlich. Nein, dachte ich und nickte mir ob meiner scharfsinnigen Konklusion selber Beifall zu: Schmeggs existiert. Es ist nur, fern von jedem Verkehr und in seiner Voralpenlandschaft isoliert, von uns und von der Zeit vergessen worden. Es ist da, es liegt noch am Ufer der Schilda. Aber es besitzt keine Geschichte mehr.*)

Ich ließ also meine Koffer zur Bahn bringen und nach Lustenau-Wehwinkel aufgeben, setzte mich in ein Abteil 2. Klasse und fuhr nach Schmeggs.

19. August. Ich setze, ausgeruht und ausgeschlafen, meine Notizen fort.

Die Reise war nicht unkompliziert, denn Schmeggs liegt wahrhaftig abseits der Bahnlinien. Ich fuhr also zunächst nach Lustenau-Wehwinkel (dem bekannten Bahnknotenpunkt) und versuche dort, ein Mietauto aufzutreiben. Das war nicht ganz leicht, denn der einzige Autobesitzer der winzigen Doppel-Ortschaft hatte wenig Lust, seinen uralten »Tatra« über schlechte Straßen rattern zu lassen, und war nur gegen eine unverhältnismäßig hohe Bezahlung bereit, sein Gefährt aus dem Schuppen zu holen; aber endlich rumpelten wir doch auf die blaue Hügelkette der Schmeggser Berge zu. Über dem Lande lag die Klarheit nach einem Sommerregen; Wasserlachen bedeckten die Straße, in ihnen spiegelte sich der blaue Himmel, und die Luft war rein, kühl und erfrischend.

Nichtsdestoweniger: als der Wagen endlich den Scheitel der Hügelkette erklommen hatte, war mir von seinem Gerüttel und üppigem Benzingeruch übel geworden. So bat ich den Chauffeur, das Gepäck hinunter in die Stadt und zur »Weintraube« zu fahren, zahlte und stieg aus, um das letzte Stück des Weges spazierenderweise zurückzulegen. Eine lange Erfahrung nämlich hat mich gelehrt, daß es kein besseres Mittel gegen eine infolge Autofahrens entstandene Übelkeit gibt, als auszusteigen und zu Fuß zu gehen.

---

*) Dergleichen passiert sicherlich nicht alle Tage, ist jedoch keineswegs ein Einzelfall. Wir verweisen etwa auf Jacob Rütli von Einsiedelns Verschronik »Ührlikon. Die vergessene Stadt« (Basel, 1877) und auf Jonathan Cucumbers »History of a town without history« (Peanuts City, 1903). Anm. d. Hsg.

Ich wandelte also einige Schritte durch den grünen Wald dahin, erreichte seinen Rand — und da lag zu meinen Füßen die Stadt Schmeggs, im Abendsonnenschein, durchzogen von dem glitzernden Band der Schilda; dort war das Schloß, dessen ich in der Tat schon von ferne ansichtig wurde — Baedeker irrt niemals —, rechts davon, im Stadtzentrum, das mußte der Franz X. Greindl-Platz sein, und diese breite Straße war sicherlich die nach dem großen Freund und Gönner der Stadt so benannte Erzherzog Ignaz Nepomuk-Straße.

In der Ebene waren einige menschliche Ansiedlungen zu erkennen, die wohl die Gemeinden Würmelbach, Wurmriesel (Pflanzstätte eines besonders guten Weines) und Würmlein darstellten. Schildaabwärts, dort, wo die Landschaft von Nebeln verschleiert wurde, mußte die nächste größere Stadt, Wurmsiedel, liegen.

Ich nahm das anmutige Bild in mich auf und schritt sodann mutig vorwärts und in die Stadt hinein.

Kaum aber hatte ich Schmeggs betreten, überraschte mich in schneller Folge so vieles, daß ich es — verwundert und verwirrt, daß diese doch kaum existierende Stadt zu solchen Erstaunlichkeiten fähig ist — nur in gleichsam dilatorischer Weise verzeichnen kann. Die nächsten Tage werden mir vielleicht manches begreiflicher erscheinen lassen ...

Zunächst einmal fiel mir auf, daß es in Schmeggs eine im rechten Winkel von der Erzherzog Ignaz Nepomuk-Straße abzweigende »Bahngasse« gibt. Wie das? Schmeggs liegt doch, wie ich aus eigener Erfahrung weiß, an keiner Bahnlinie! Ich wandte mich höflich an einen Einheimischen und fragte, ob denn diese Bahngasse zum Bahnhof führe? Ja, sie führt zum Bahnhof. Ich fragte verblüfft, wozu ein Bahnhof notwendig sei, da kein Zug ankomme. Ich erhielt die Antwort, daß vielleicht doch einmal ein Zug vorbeikommen könne und es dann sehr peinlich sein würde, wenn kein Bahnhof da wäre. Ich sah den Einheimischen sprachlos an, der jedoch empfahl sich höflich und ließ mich im Zweifel zurück, ob diese Antwort einer typisch schmeggsischen Sinnesart entsprungen war oder nicht.

Kurz darauf wurde mir klar, daß sie sehr wohl der hiesigen Geisteshaltung entsprungen war. Denn als ich den Franz Xaver Greindl-Platz erreichte und mich in den Anblick des in seiner Mitte stehenden Denkmals versenkte — es stellt einen bärtigen Mann dar, der von vier mangelhaft bekleideten Frauenspersonen umgeben ist —, trat ein Einheimischer auf mich zu, stellte sich als »Gemeinderat Oleander« vor und enthüllte mir, dem durchaus Ortsunkundigen, daß es sich bei den vier Damen um die den großen Greindl akkompagnierenden Grazien handle. Ich entgegnete, daß ich bis jetzt stets nur von drei Grazien gehört hätte; aber Herr Oleander erklärte mir mit vielleicht nicht ganz unberechtigtem Stolze, daß die Verdienste Franz Xaver Greindls*) eben so sehr über jedes Lob erhaben seien, daß der Gemeinderat bereits vor Jahren die Anbringung einer vierten Grazie für unumgänglich gehalten habe. Und dieses Argument überzeugte mich, daß zwischen jener ersten und dieser zweiten Auskunft aus Schmeggser Munde eine interessante Parallele besteht; diese Unvoreingenommenheit und diese — ich gestatte mir das hohe Wort — geistige Unschuld scheint in der Tat typisch für Schmeggs zu sein.

---

*) Schon an dieser Stelle soll kurz auf die wichtigste Literatur über Franz Xaver Greindl hingewiesen werden, um den Interessierten den Zugang zu einem weiterführenden Studium zu erleichtern. Als grundlegendes Werk ist zu betrachten: Wendelin Geyrmüller: »F. X. Greindl — ein österreichisches Universalgenie« Wien 1952, wiewohl manche Erkenntnisse durch neuere Forschungen bereits überholt worden sind, so z. B. durch Hans Weigel: »Greindl — ein Unvollendeter«, eine freilich etwas polemische Arbeit, Josef Havelkas (gen. »Tomaselli«) Dissertation »Die Anfänge Franz Xaver Greindls« und schließlich den Erlebnisbericht W. Schneditz' »Der Meister lächelte mich an«. Der historische Roman »F. X. Greindl« von Kurt Schneeberger hingegen enthält manche Unrichtigkeiten, die der sonst recht begabte Autor hoffentlich noch berichtigen wird. Anm. d. Hgs.

Was meine Unterbringung in der »Weintraube« betrifft, so könnte sie nicht besser sein. Ich bewohne ein altväterisch behagliches Zimmer, dessen Fenster sich auf den Franz Xaver Greindl-Platz öffnen, und ich konnte bereits mit Genuß konstatieren, daß auch das Essen altväterischen Maßstäben entspricht.

Überdies hatte ich schon das Vergnügen, mit Herrn Bürgermeister Kranebitter Bekanntschaft zu schließen. Da er nicht nur Beherrscher des Rathauses, sondern auch Besitzer der im Rathaus sich befindlichen »Weintraube« ist, ergab es sich von selbst, daß er sich nach dem Nachtmahl mit einer Willkommbouteille besten Wurmrieslings an meinen Tisch setzte, sich nach meinem Woher und Wozu erkundigte — worauf ich freilich nur unbestimmte Antworten gab — und mir schließlich allerlei Wissenswertes über seine Stadt erzählte.

Es dauerte nicht lange und wir waren gute Freunde. Der Wurmriesling tat das Seine, und bald war der Bürgermeister soweit, daß er auch von intimeren, das schmeggsische Gemeinwohl betreffenden Dingen sprach.

»Das Politische« — so sagte der Bürgermeister — »das Politische ist bei uns besonders kompliziert. Wir haben nämlich zwei Parteien hier im Gemeinderat. Radikale gibt's bei uns nicht, Gott sei Dank. Aber das Malheur ist, daß die eine Partei den Fortschritt auf ihre Fahnen geschrieben hat — das sind die »Fortschrittlichen Schmeggser«, und ihr Obmann ist der Gemeinderat Schluckauf, der Vormeister aus der Gipsbüstenfabrik. Und dann gibt es die »Traditionsgebundenen Schmeggser« — ihr Präsident ist der Gemeinderat Oleander ...«

»Ja, ich hatte bereits die Ehre, mit ihm bekannt zu werden.«

»Ach so? Na ja, und der hat leider die Pflege des Althergebrachten auf seine Fahne geschrieben. Und das ist für den Bürgermeister natürlich nicht so einfach, wenn auf jeder Fahne was anderes steht. Da muß man sich schon herauszuhelfen wissen.«

»Und, wenn die Frage erlaubt ist, Herr Bürgermeister: Wie helfen Sie sich aus diesem Dilemma heraus?«

»Ach Gott«, antwortete der Bürgermeister, »was soll ich schon tun? Ich hab halt den Fortschritt und die Pflege des Althergebrachten auf meine Fahne geschrieben. Prost!«

Ich prostete dem Bürgermeister zu und dachte mir, daß hinter seinem rundlichen Schädel und seinem gutmütigen Gesicht offenbar ein bedeutender diplomatischer Geist wohnen müsse.

Jedenfalls scheint mir seine Antwort nicht weniger schmeggsisch gewesen zu sein als jene, die ich am Nachmittag in der Bahngasse erhalten hatte.

Vivamus et alteri vivant

23. August. Nun bin ich also schon den fünften Tag in Schmeggs — und wahrhaftig, ich fühle mich wohl. Ich mache lange Spaziergänge; insbesondere hat es mir die Altstadt mit ihren altertümlichen Winkeln und ihren nach Gewürzen benannten Gäßchen angetan: Pfeffergassl, Thymianschlupf, Paprikagasse, Muskatplatz: das sind doch gewiß Namen, die zum Träumen und Spintisieren verlocken ...

Da die besondere Art meines Auftrags es mir nicht gestattet, diesbezügliche Auskünfte zu erteilen, hülle ich mich ein wenig in eine Art von Inkognito, was mir die Schmeggser aber offenbar keineswegs übelnehmen. Ich weiß nicht, was sie wirklich von mir denken — vielleicht halten sie mich für einen erholungsbedürftigen Tenor, einen sich verbergenden Gentleman-Verbrecher oder auch nur für den sechsten Ehemann irgendeiner Filmschauspielerin —, jedenfalls erscheine ich ihnen interessant, und vermutlich darum kommen sie mir freundlich entgegen. Man grüßt mich allenthalben höflich, und der ehrenwerte Herr Oleander — Präsident der traditionsgebundenen Schmeggser — hat mich bereits zu der nächsten in seinem Haus stattfindenden literarischen Soiree eingeladen. Das wiederum hat seinen fortschrittlichen Widerpart — den Gemeinderat Schluckauf — nicht ruhen lassen, und so bat mich dieser, doch einmal unter seiner fachkundigen Führung die bekannte Schmeggser Gipsbüstenfabrik »Fama & Gloria« zu besuchen. Ich habe selbstverständlich beide Einladungen mit höchstem Vergnügen angenommen.

24. August. Nach dem Frühstück erreichte mich die Einladung, Bürgermeister Kranebitter morgen zum Abendessen die Ehre meiner Anwesenheit geben zu wollen. Den Tag mit Vorbereitungen für das große Ereignis verbracht, so unter anderem beim Raseur gewesen, welcher mich mehrmals schnitt. Wie ich der Lokalpresse — dem »Schmeggs am Wochenende« — entnehme, wird die Stadt im nächsten Jahr sehr feierlich den 160. Geburtstag des großen Sohnes der Stadt, Franz Xaver Greindl, begehen.

25. August. Beim Bürgermeister gewesen und mit ihm aufs beste gespeist. Besonders sein Leibgericht, Schmeggser Nockerln*), mundete mir so vortrefflich, daß er sogleich eine zweite Portion für mich zubereiten lassen wollte. Ich winkte jedoch ab — an derlei sättigende Gerichte muß ich

*) Diese schmackhafte Speise, deren Rezept geheimer gehalten wird als irgend etwas sonst in Schmeggs, kann süß wie auch pikant zubereitet werden und ist am ehesten als eine Mischung von Salzburger Nockerln mit Tirolerknödeln zu bezeichnen. Anm. d. Hsg.

mich erst gewöhnen. Auch sonst war der Besuch recht angenehm: der Bürgermeister fragte mich geschickt nach meiner Berufsangelegenheit aus, ich gab nicht weniger geschickt ausweichende Antworten, und allgemach, nicht zuletzt unterstützt von zwei Bouteillen Wurmrieslings, kamen wir ins Plaudern — und am Ende der Plauderei stand wiederum eine Einladung: der Bürgermeister bot mir zum Zeichen seiner besonderen Wertschätzung an, mich morgen in die Pläne für den Neubau des Fest-Theaters einzuweihen, dessen Errichtung in Anbetracht des bevorstehenden 160. Geburtstages Franz Xaver Greindls*) geplant sei.

*) Franz Xaver Greindl (1796 — 1851), Schriftsteller, Philosoph, Naturwissenschaftler, Maler, Bildhauer, Architekt, Komponist, Sprachtheoretiker, Mediziner, Nationalökonom, Rechtsgelehrter und Erfinder, ist — wie Hans Weigel es so treffend formulierte — »ein österreichischer Leonardo da Vinci«, aber leider (und das ist eben das Österreichische an ihm) ein nahezu völlig in Vergessenheit geratenes Genie. Die Ursachen dafür sind so vielfältige wie zum Großteil in geheimnisvollem Dunkel liegende, daß sie sich der exakten Geschichtswissenschaft, welche ja auf klar sprudelnde Quellen angewiesen ist, durchaus entziehen. Nur ein Greindl wahlverwandter Geist vermöchte wohl Licht in dieses pechschwarze Kapitel der europäischen Kunst-, Kultur- und Geistesgeschichte zu bringen. Was wir jedoch von F. X. Greindls Gedanken, Ideen und Werken wissen, ist freilich faszinierend genug. Als Schriftsteller nimmt er — formal wie inhaltlich — vieles vorweg, was später im Drama von Hofmannsthal, Schnitzler, Horváth und Hochwälder, in der Epik von Musil, Broch und Doderer, in der Lyrik von Rilke, Trakl, Weinheber und Waggerl zu anerkannter Perfektion getrieben wurde. Greindls Einfluß auf S. Freud und Gustav Mahler ist ebenso nachweisbar wie der auf Makart, Klimt und Kokoschka. In seinen naturwissenschaftlichen Abhandlungen hat er bereits theoretisch die Funktionsweise des Telephons, des Fernsehens, des Düsenflugzeugs, des elektrischen Rasierapparats u. a. grundgelegt. In tiefster Seele aber war F. X. Greindl Atomforscher. In einem leider kaum beachteten Aufsatz (»Blätter der voralpinen Heimatkunde«, XXIV, 18) hat Herbert Eisenreich auf diese Tatsache hingewiesen. Wir zitieren daraus die wichtigsten Passagen:
Franz Xaver Greindl war viel: ein Hochalpinist nicht weniger als der Erfinder der Unterseebahn (vgl. gerade auch hier Leonardo!), Ratgeber des Bischofs von Linz nicht weniger als, ein Semester lang, Taktiklehrer in West Point (von dort her Colonel h. c.), doch auch Mitbegründer des Roten Kreuzes von Aspern, dem Vorläufer unseres IRK.

26. August. Der Tag war äußerst anregend. Punkt acht befand ich mich vor dem Hause des Bürgermeisters, der mich mit einem herzlichen Handschlag begrüßte.

»Sie, lieber Freund«, begann er sehr jovial, als wir uns in Bewegung setzten, »Sie sind einer der wenigen, die ich mit Freude in unsere Fest-Theaterpläne einweihe; denn Sie scheinen mir jeglicher Fachkenntnisse zu entraten und demnach von unbestechlicher Objektivität zu sein.«

»Gewiß«, sagte ich, »auf architektonischem Gebiet bin ich ein Laie ...«

»Ausgezeichnet«, unterbrach mich der Bürgermeister, »Sie sind der rechte Mann. Denn sehen Sie«, fuhr er etwas leiser

---

Auf seine Anregung hin hat Fürst Pückler-Muskau das sattsam bekannte Eis kreiert — allein, im innersten Herzen, in tiefster Seele war Greindl Atomforscher. Oder genauer gesagt: Atomphilosoph. Man entsinne sich: Demokrit hat das All sich gedacht als aus winzigsten Körnlein gebildet, mithin aus Materie — was nun Platon derart erbittert hat, daß er, erstens, die Schriften des Demokrit zu verbrennen gefordert, und, zweitens, seine eigene Atomhypothese geschaffen hat, der zufolge die kleinsten Teilchen aus Dreiecken zusammengesetzt zu denken seien. Damit war Ruhe, für mehr als zweitausend Jahre. Bis Nietzsche die Sache ausgrub und aufgriff und konstatierte, die materialistische Atomistik gehöre »zu den bestwiderlegten Dingen«; und seinerseits das Atom »ein Quantum Wille zur Macht« nannte — rund eine Generation vor Einstein, rund zwei Generationen vor Bohr und Heisenberg.

Und rund zwei Generationen nach Franz Xaver Greindl! Nietzsches »Wille zur Macht« ist die schöpferische Replik auf Schopenhauers »Willen zum Leben«. Auch Greindl hat von Schopenhauer gelernt, und auch Greindl hat Schopenhauer kritisch-schöpferisch geantwortet: mit dem Satze, das Ding an sich, bei Schopenhauer »der Wille zum Leben«, sei die Eitelkeit. Die Dinge wollen Macht haben, nämlich die Geschöpfe über den Schöpfer, wie etwa im Bilde von Adam und Eva gezeigt und im Bild vom Turmbau zu Babel. Und wenn, so fährt Greindl fort, das Ding an sich die Eitelkeit ist, dann sind die Dinge selber eitel, und jedes ihrer kleinsten Teilchen ist »eine Portion Eitelkeit«; welche Portionen jedoch nicht rein materiell, wie etwa eine Portion Fürst Pückler-Eis, sondern als strahlend zu denken seien, und zwar um die Wette strahlend, gleichsam drum kämpfend, welche Portion nun die jeweils eitlere sei; woraus die Bewegtheit alles Seienden rühre — was bei Nietzsche dann »Strahlung von Machtwillen« heißt. Sapienti sat! — Anm. d. Hsg.

werdend fort, »es ist in unserem technisierten Zeitalter sehr schwer, wirklich objektive Männer zu finden. Beim Neubau unseres Festspielhauses, zum Beispiel, wollten wir einen Wettbewerb ausschreiben — wissen Sie, woran dieser Plan scheiterte?«

Ich schüttelte den Kopf.

»Er scheiterte daran«, sagte der Bürgermeister, und seine Stimme sank zu einem Flüstern herab, »daß es in ganz Schmeggs keine fünf Männer gibt, die nichts von Architektur verstehen. Was für Besetzungsvorschläge wir auch immer der Jury unterbreiteten — jedesmal standen einige Leute auf der Liste, die nicht nach parteipolitischen, sondern nach sachlichen Gesichtspunkten geurteilt hätten. Nun werden Sie mir aber zugeben, daß man in solchen Fällen doch nicht Fachleute entscheiden lassen kann; denn wer versteht schon, was ein Fachmann sagt? Wieviel klüger ist es doch, Politiker dergleichen entscheiden zu lassen! Die verstehen zwar gar nichts von der Materie, aber sie können wenigstens ohne Fachausdrücke sprechen. Und darauf kommt es schließlich an. — Ja, und so mußten wir also den Wettbewerb abblasen.«

»Fatal«, bemerkte ich, »wie haben Sie sich denn da aus der Affäre gezogen?«

»Ganz einfach«, erwiderte der Bürgermeister. »Der Gemeinderat als solcher, dem doch wirklich niemand den Vorwurf der Fachkenntnis machen kann, hat den Antrag nach rein parteipolitischen Gesichtspunkten vergeben, und jetzt erst werden die Fachleute die beiden bestellten Entwürfe zu begutachten haben — da sie aber nur Empfehlungen ausarbeiten und keine Entschlüsse fassen können, wird ihnen alles Tüfteln und Nörgeln nichts nützen.«

Wir gingen eine Zeitlang in Schweigen gehüllt, ehe ich mir ein Herz faßte und jene Frage stellte, die mir schon seit längerem auf den Lippen lag.

»Warum«, fragte ich, »braucht Schmeggs eigentlich ein neues Fest-Theater?«

»Sehen Sie«, sagte der Bürgermeister, »im Grunde genommen brauchen wir ja gar kein neues. Das alte Theater ist zwar ein bißchen klein, aber mein Motto ist: ›Lieber ein Theater, das 300 Plätze zuwenig, als eines, das 300 Plätze zuviel hat.‹ Und wenn's nach mir ginge, würde man das alte ganz einfach renovieren und weitere zwanzig Jahre damit sein Auslangen finden. Aber das Unglück hat's gewollt, daß die Traditionspartei einen Wahlschlager gebraucht hat, und weil ihr, wie jeder Traditionspartei, nichts Zugkräftiges eingefallen ist, ist sie halt mit der Parole ›Mit Oleander für Schmeggs und Fest-Theater‹ in den Kampf gezogen. Und derlei Parolen lassen sich nun einmal nicht rückgängig machen.«

»Und die Fortschrittspartei?« fragte ich behutsam. »Wie reagiert die?«

»Ja, die ...« (Über des Bürgermeisters Antlitz flog ein Lächeln, das mich erkennen ließ, daß er von dieser Partei ebenso wenig hielt – wenn nicht noch weniger – wie von der Traditionspartei.) »Sehen Sie, der Fortschrittspartei ist halt – wie jeder Fortschrittspartei – nur das Gegenteil von dem eingefallen, was der Traditionspartei eingefallen ist.«

»Also zog sie gegen den Bau des Fest-Theaters in den Kampf?«

»Aber nein! Die Parole der Fortschrittspartei war: ›Mit Schluckauf für Schmeggs und Fest-Theater‹ – und die einzige Differenz, die es zwischen den beiden Parteien gibt, ist die, ob ein Günstling des Gemeinderates Oleander oder der Protegé von Gemeinderat Schluckauf das neue Haus bauen soll.«

Bei diesen Worten waren wir vor dem alten Theater angelangt, einem keineswegs abbruchreif aussehenden Gebäude, vor dessen Eingang ein mir unbekannter Mann uns in fremder Zunge begrüßte.

»Dies«, sagte der Bürgermeister, nachdem wir außer Hörweite waren, »ist einer unserer fähigsten Mitarbeiter. Er betreut die ausländischen Festspielgäste, soweit sie ihr Beruf hierher nach Schmeggs führt.«

Was für ein Idiom er spreche, warf ich ein.

Er verstehe ein wenig von allen Sprachen, doch spreche er keine gut genug, um sich irgend jemandem verständlich machen zu können, wurde ich belehrt.

»Ist das nicht ein wenig mühsam?« fragte ich, »besonders für die Fremden?«

»Für die vielleicht, doch schaffen wir uns damit allerlei Frage- und Bittsteller, die uns nur lästig wären, am leichtesten vom Halse. Gewiß wäre es nützlich, wenn wenigstens sein Vorgesetzter« — der Bürgermeister deutete auf jemanden, der unter einem Sonnendach eine Tasse Kaffee zu sich nahm und von unserer Anwesenheit keineswegs beeindruckt schien — »eine Fremdsprache beherrschte, schon um der Reputation willen. Aber sehen Sie, derlei muß man eben in Kauf nehmen, wenn man die freiwerdenden Posten nach parteipolitischen und nicht nach fachlichen Gesichtspunkten besetzen will.«

Ein noch jüngerer, überaus energisch aussehender Mann kam uns entgegen, stieß mich etwas unsanft zur Seite und ging, ohne sich bei mir zu entschuldigen oder auch nur den Bürgermeister zu grüßen, schnellen Schrittes an uns vorbei.

»Doktor Beowulf Wotruba*)«, erläuterte mein Begleiter, »das Fest-Theaterfaktotum.«

»Auch einer, der seine Stellung parteipolitischen Gesichtspunkten verdankt?«

Der Bürgermeister lächelte.

»Nein«, sagte er, »das nicht. Dieser Mann hat seinen Posten wahrhaftig nicht seiner Parteizugehörigkeit zu verdanken. In diesem Falle waren wir von seinem Namen, dieser so überaus glücklichen Vermählung von germanischen und slawischen Elementen, fasziniert. Sie wissen doch, daß Schmeggs seit jeher davon zehrt, am Schnittpunkt zweier Kulturkreise zu liegen, und so dachten wir, daß dieser Beowulf Wotruba das dichterische Erbe seiner

*) Nicht zu verwechseln mit Theobald Wotruba, dem Begründer des wertindifferenten Ontogenitalsystems. Anm. d. Hsg.

germanischen und die Musikalität seiner slawischen Vorfahren geerbt haben könnte. Aber leider haben wir uns getäuscht: er ist weder sonderlich wortgewandt, noch ist er musikalisch. Von den Germanen hat er offenbar nur die rauhe Schale und von den Slawen ...«

Der Bürgermeister hielt abrupt inne. Der, von dem er sprach, hatte nun ihn unsanft gestoßen und fragte in höchst unwirschem Ton:

»Was wollen Sie?«

»Guten Morgen, Herr Doktor, darf ich Ihnen einen Gast unserer Stadt vorstellen?«

Doktor Wotruba übersah meine ausgestreckte Hand.

»Was wollen Sie?« fragte er abermals und heftig.

»In die Fest-Theaterpläne Einsicht nehmen.«

»Jetzt hab' ich keine Zeit, da müssen S' ein anderes Mal kommen«, erwiderte der Unwirsche und schlug vor unserer Nase die Türe zu, auf der in goldenen Lettern das Wort DIREKTION stand.

»Sie sehen«, seufzte der Bürgermeister, »von den Germanen hat er die rauhe Schale. Nun denn, wenn ich Ihnen schon nicht die Fest-Theaterpläne zeigen kann, denn wider diesen Allmächtigen ist in Schmeggs kein Kraut gewachsen, will ich Sie doch nach Hause begleiten.«

Ich nahm dies Anerbieten dankend an.

Ein wenig später, als wir am Ufer der lustig murmelnden Schilda entlang gingen, brachte ich das Gespräch wieder auf unser früheres Thema zurück.

»Welches der beiden Fest-Theaterprojekte wird nun eigentlich gebaut werden«, fragte ich, »das des Schützlings von Gemeinderat Oleander oder jenes andere, das der Protegé von Gemeinderat Schluckauf entworfen hat?«

»Das läßt sich nicht so ohne weiteres sagen«, erwiderte mein liebenswürdiger Cicerone, »aber es ist anzunehmen, daß jenes Projekt realisiert werden wird, gegen welches von den Fachleuten am meisten Sturm gelaufen worden ist.«

»Und warum?«

»Nun, lassen Sie mich das explizieren. Nehmen wir einmal an, die Fachleute liefen gegen das Projekt des Kandidaten von der Traditionspartei Sturm. In diesem Falle kann doch die Traditionspartei auf keinen Fall ihren Mann fallen lassen? Das würde doch das Eingeständnis einer Niederlage bedeuten, nicht wahr?«

Ich nickte.

»Die Fortschrittspartei hingegen kann ihren Kandidaten, gegen dessen Produkt nichts eingewendet wurde, ohne weiteres und ohne Prestigeverlust fallen lassen. Ja, je besser dessen Entwurf ist, desto teurer muß die andere, die Traditionspartei, dieses Fallenlassen bezahlen — man nennt dies bei uns Kompromiß. Und schließlich bleibt der Fortschrittspartei die Hoffnung, die nicht unbegründete Hoffnung sogar, daß der Bau des Kandidaten von der Traditionspartei mißling und ihr, der Fortschrittspartei, damit ein herrlicher Propagandaschlager für den nächsten Wahlkampf geliefert ist.«

»Und der Unglückliche, der ein unanfechtbares Projekt geliefert und dennoch keinen Auftrag erhalten hat?«

Der Bürgermeister zerstreute meine Bedenken.

»Sorgen Sie sich nicht, mein Bester. Da er offizieller Parteikandidat ist, wird man seinen Plan, so wie er ist, an anderer Stelle ausführen. Nur wird's eben kein Fest-Theater werden, sondern ein Bahnhof oder ein Spital.«

Mit diesen Worten verabschiedete sich, da wir mittlerweile bei meinem Logis angelangt waren, der Bürgermeister von mir. Sinnend ging ich in mein Zimmer, und lange stand ich daselbst in Gedanken versunken vor dem Fenster, auf die Straßenfront des gegenüberliegenden Rathauses blickend, auf der in halber Höhe das Wappen der Stadt Schmeggs prangte, mit der lapidaren, deutlich lesbaren Inschrift: »Vivamus et alteri vivant« — »Leben und leben lassen!«

Das Geheimnis des Alten Lorbeerhofs

29. August. Müßig und behaglich verbringe ich meine Tage in dieser Stadt, die wegen des Mangels an interessanten Kunstdenkmälern und dank dem Vorhandensein einer sanften grünen Umgebung der heiteren Untätigkeit so sehr Vorschub leistet.

Das soll freilich nicht heißen, daß nicht auch Schmeggs seine geschichtlichen Reize hätte; überflüssig, auf das Schloß hinzuweisen, dessen Grundmauern den Forschungen hiesiger Lokalhistoriker zufolge bis in die Römerzeit zurückreichen sollen*); und die ganze Altstadt, die sich um den Fuß des Schloßberges lagert und mit winzigen, windschiefen Häuschen an seinen Flanken hinaufklettert, dieses ganze uralte Häuserviertel mit seinen tief herabhängenden Dächern, seinem Katzenkopfpflaster und tiefen Torfluren ist ja nichts anderes als ein Stück lebendig gebliebenen Mittelalters. Ich gehe dort gerne spazieren, denn solche vom Tourismus und seinen Handlangern noch nicht gemein gemachte Plätze sind wahre Lustorte der Meditation und Wachträumerei.

Es gibt aber in dieser Altstadt einen bestimmten Punkt, in dem sich das Mittelalterliche nur von seiner finstersten und vernichtendsten Seite zu präsentieren scheint. Dort nämlich, wo Pfeffergassl und Thymianschlupf einander kreuzen — im dämmrigsten Altstadtviertel also —, steht ein massiges Bauwerk mit winzigen Fensterchen und kompliziert verwinkelten Dachschrägen, dem selbst der findigste Kunsthistoriker kaum das genaue Alter ablesen könnte. Aber es ist nicht die Kunsthistorie, derentwillen ich so oft vor dem Alten Lorbeerhof stehenbleibe: das Bauwerk selbst, sein grimmiges, ja bösartiges Aussehen ist es, das mich so sehr fesselt. In jedem Bauwerk steckt ja, was nur natürlich ist, ein wenig vom Geist dessen, der es errichtet hat; es gibt heitere und ernsthafte, fromme und melancholische Häuser, Paläste und Kirchen — dieser Alte Lorbeerhof aber ist ein Beispiel dafür, daß es auch schlimme, ja verbrecherisch wirkende Bauwerke gibt, ohne daß ich freilich sagen könnte, worauf denn diese Ausstrahlung eigentlich zurückzuführen sei. Der Alte Lorbeerhof hat etwas vom Stile der Peranesi-Gefängnisse an sich, und es ist auf den ersten Blick zu sehen, daß er zwar Vergangenheit, aber eine schlimme, Geschichte, aber eine bedrückende, repräsentiert — doch kann ich nicht herausbekommen, ob dieser Ein-

*) Die lateinische Inschrift in des Schlosses Grundmauern lautet: colonia praeclara nomine Sememecum in dulci iubilo suaviter in modo crescit eundo cui bono per aspera ad astra IX ante Chr. Anm. d. Hsg.

druck auf seine verquälten Proportionen oder etwas anderes zurückzuführen wäre. Der Alte Lorbeerhof hat etwas Geheimnisvolles an sich, und halb und halb habe ich mir zugeschworen, es aufzuspüren.

30. August. Ich bat den Bürgermeister um Auskunft. Das Geheimnis begann sich ein wenig zu erhellen. Wurmsiedel, die Erzrivalin der Stadt Schmeggs, nach sicheren Mitteilungen von einer hageren, scharfnasigen und heimtücken Rasse bewohnt, Wurmsiedel also war für den Alten Lorbeerhof verantwortlich, der somit zweifellos als ein Exempel Wurmsiedler Spätgotik anzusprechen ist. Wenn nur ein Teil von dem stimmt, was meine guten Schmeggser vom zutiefst verderbten Charakter der Wurmsiedler auszusagen wissen, dann erklärt sich das Aussehen des Alten Lorbeerhofes wenigstens zum Teil sofort.

Aber meine Wißbegier war damit erst recht geweckt. Ich forschte weiter.

»Und wozu, Herr Bürgermeister«, fragte ich, »wozu haben die Wurmsiedler damals diesen Alten Lorbeerhof errichtet?«

»Ach, als einen Kaufhof, eine Handelsniederlassung ihrer heimischen Industrie sozusagen. Sie wissen, Wurmsiedel liegt ja inmitten unwegsamer Sümpfe, die den Warenverkehr sehr erschweren. So haben sie denn ihre Produkte auf dem Wasserweg nach Schmeggs gebracht und von hier aus exportiert.« Diese Mitteilung überraschte mich. Wie, die Wurmsiedler sollten in früheren Zeiten brave und biedere Handwerker gewesen sein, vielleicht berühmt durch ihre Töpferei, durch feine Spitzen, prächtige Schmuckstücke, kunstvoll ziselierte Plattnereien? Oder hatten sie anderes hervorgebracht?

»Folterbänke haben sie erzeugt«, sagte der Bürgermeister. »Ganz neue und sehr eigenwillige Modelle. Und spanische Stiefel, Schandmasken, Daumenschrauben sowie andere einschlägige Artikel.«

Nun, das wunderte mich weniger, ja, es leuchtete mir sogar ein. Diese Art der Betätigung heimischen Gewerbefleißes paßte gut zu den Wurmsiedlern, und nicht weniger gut paßte der Alte Lorbeerhof zu ihr. Bei tieferem Nachdenken ist es vielleicht auch gar nicht so abwegig, wie es auf den ersten Blick erscheint. Warum denn nicht? Auch Folterbänke sowie andere einschlägige Artikel mußten schließlich irgendwann einmal konstruiert, gebaut und vor der Indienststellung vielleicht sogar erprobt werden. Und einem milden Gemüt mag ein inniges Gefühl aufwallen, wenn es bedenkt, daß solcherart selbst eine Stadt wie Wurmsiedel einen bescheidenen Beitrag zum allgemeinen Wohl und gedeihlichen Leben der sozialen Gemeinschaft geleistet hat.

»Übrigens, und alles, was recht ist«, setzte der Bürgermeister großmütig hinzu, »Ehre, wem Ehre gebührt. Die Wurmsiedler Folterbänke sollen das Beste gewesen sein, was auf diesem Gebiete überhaupt existiert hat. Sogar nach Italien sind sie geliefert worden, und das hat damals etwas geheißen! Für einen Folterknecht mit beruflichem Ehrgeiz hat eine Wurmsiedler Folterbank tatsächlich denselben Wert gehabt, wie heute für einen Geiger eine echte Stradivari. Kein Wunder, daß Wurmsiedel in den Inquisitionszeiten nur so emporgeblüht ist.« Herr Kranebitter seufzte. »Gott, sie sind auch heruntergekommen. Heute produzieren sie zerlegbare Campingmöbel, Zahnarztstühle und solche Sachen halt.«

31. August. Wieder habe ich dem Alten Lorbeerhof einen Besuch abgestattet, habe mich in den Anblick der nassen Salpeterflecken an seinen Fassaden vertieft, die dunklen Höfe besichtigt und den Fuß auf steile alte Treppen gesetzt. Was für Menschen mögen hier wohnen? Ich habe keinen zu Gesicht bekommen, es ist, als ob dieser Bau ausgestorben wäre — aber viele Anzeichen deuten darauf hin, daß die unsichtbaren Bewohner auf Ordnung und Sauberkeit halten, wie andere Schmeggser auch. Selbst das Gewürzgärtlein der Concierge ist sauber gepflegt; wenn die Salatpflanzen eine gewisse Ähnlichkeit mit Schierlingspflanzen aufweisen und die Hecke aparterweise aus Tollkirschen und

Teufelszwirn besteht — nun, das sind schließlich Geschmacksdinge, über die man nicht rechten darf.

1. September. Ich habe das Geheimnis des Alten Lorbeerhofes gelöst und bin noch immer darob entsetzt, erschüttert und zutiefst beunruhigt. Doch gemach, ich will es gelassen niederschreiben und sollte ich mich dazu auch zwingen müssen.

Ich stand also gestern in Gedanken versunken vor dem häßlichen Bauwerk und dachte darüber nach, wie die menschliche Sinnesart (ich meinte im besonderen die der Wurmsiedler) sich auch in Stein und Mörtel ausdrücken kann. Und da sah ich — erst ohne darauf zu achten, dann mit Aufmerksamkeit —, daß kleine Grüppchen bleicher und ängstlich um sich blickender Männer in das Tor des Alten Lorbeerhofes traten, daß dann einzelne kamen, die ihre Gesichter unter aufgeklappten Mantelkragen und breiten Hüten verbargen ...

Es war mir sofort sonnenklar, daß sich hier Lichtscheues begab. So faßte ich einen Entschluß, blitzschnell, wie ich es in Augenblicken der Gefahr stets gehalten habe, zog den Hut gleichfalls tiefer in die Stirn, blickte ebenfalls verstohlen um mich und trat dicht hinter einem solchen Grüppchen in das Innere des geheimnisvollen Baues ein. Ich folgte den flink schleichenden Männern über eine Stiege, trat durch eine, dann durch eine zweite Tür, wurde murmelnd irgend etwas gefragt, murmelte etwas Undeutliches, was ohne weiteres als Losungswort hingenommen wurde, fand mich weiter nicht beachtet, dann schob mir irgendwer etwas über den Kopf, was sich, als sich meine Augen an das Dunkel gewöhnt hatten, als ein blutrotes Henkerkleid mit Augenschlitzen entpuppte — und nun war ich, wie ich erleichtert vermuten durfte, vor Entdeckung gänzlich geschützt.

Stumm und gespannt stand ich neben den anderen Vermummten. Nach einigen Minuten trat ein anderer Kapuzenträger ein, räusperte sich und fragte mit greller Stimme:

»Sind die Gleichgesinnten Finsterlinge bereit?« Es lief mir kalt über den Rücken.

»Wir sind bereit«, murmelte der Chor.

»Dann tretet ein in den Saal der Entsetzlichen Verschwörung«, befahl die grelle Stimme.

Ich folgte, so unbefangen wie nur möglich, den anderen in einen Saal, dessen Fenster dicht verhängt waren, und setzte mich wie sie auf eine der bereitstehenden Bänke. Dann ging abermals eine Tür auf – dieser Geheimbund schien ein besonderes Faible für leise sich öffnende Türen zu haben – und ein besonders langer und hagerer Kapuzenträger betrat den Saal, stellte sich auf das kleine Podium und sagte mit feierlichem Ernst:

»Haben sich alle Gleichgesinnten Finsterlinge zur Entsetzlichen Verschwörung eingefunden?« Abermals erschauerte ich.

»Wir haben uns eingefunden«, respondierte der Chor. Ich begriff, daß hier ein regelrechtes Ritual abgewickelt wurde.

»Ich begrüße die versammelten Finsterlinge!«

»Wir begrüßen den erhabenen Oberfinsterling!«

»Der Sprecher der Entsetzlichen Verschwörung erhebe sich«, sagte der Oberfinsterling und trat zur Seite.

»Ich danke dem erhabenen Oberfinsterling!« entgegnete ein anderer Vermummter, stand auf und fuhr, zu uns gewendet, fort:

»Werte und hochgeschätzte Gleichgesinnte Finsterlinge! Es ist die Zeit gekommen, da wir stolz einen kurzen Überblick über die Geschichte unserer Entsetzlichen Verschwörung geben können ...«

Nun, dachte ich, wenigstens das hat dieser Gleichgesinnte Finsterling mit den Politikern des hellen Tages gemein, daß auch er seine Rede mit einem kurzen Rückblick beginnt, um sein Publikum in jene hypnotische Schläfrigkeit zu versetzen, in der eine noch nicht gemachte Feststellung oder Mitteilung wie eine Sensation empfunden wird ... Der Rückblick dauerte lange, und ich verstand leider wenig davon. Erst als der Sprecher der Entsetzlichen Verschwörung langsam auf die Gegenwart zu sprechen kam, begann ich allmählich die volle Bedeutung dieser Versammlung zu ahnen und kalte Schauer liefen mir den Rücken hinab.

»Einsam und von Menschen gemieden«, sagte der Vermummte, nun mit erhöhter Stimme, »haben wir früher unser bedrücktes Leben verbracht. Stets waren wir Zurückgesetzte, Kümmerlinge des Lebens, waren wir Gemiedene und Getretene, die mit niemals ausgesprochenen bösen Lüsten Beladenen, galten wir den anderen als stille Heimtücker, Neider und verachtete Denunzianten. Ja, wir sind es — aber wir litten unter dem Makel, wie wir Einsame waren. Aber dann verbanden wir uns zur Entsetzlichen Verschwörung: schwach, aber gierig wie Engerlinge; blind, aber rastlos wie Maulwürfe; unbegabt, aber flink wie Kellerasseln — oh, den einzelnen Finsterling mochte man treten und zertreten — vereint, ihr Gleichgesinnten, vereint aber gewannen wir Macht ...«

»Mit uns die Finsternis!« rief der Chor in düsterem Fanatismus, während mir unter der Kapuze die Schweißtropfen auf die Stirn traten.

»Ja, Macht gewannen wir, Macht, die unserem Haß dienlich sein wird. Freilich, ihr Gleichgesinnten Finsterlinge, unser Haß ist nicht von der Art, die alles blindlings zerschmettern und verbrennen will. Nein —« und hier gewann des Sprechfinsterlings Stimme in der Tat ein infernalisches Timbre — »nein! Die echten Finsterlinge, sie wollen ihr Zerstörungswerk auskosten, wollen es genießen. Die langsam schleichende Vergiftung, ihr Gleichgesinnten, das ist unsere lasterhafte Lust ...«

»Mit uns die Finsternis!«

»Und so, ihr Gleichgesinnten Finsterlinge, so trat denn unser Großer Rat zusammen, und in solchem Sinne berieten die erhabenen Oberfinsterlinge, wie unser Ziel am besten zu erreichen sei. Sie berieten lange — und wahrlich, ihr Finsterlinge, auch ihr würdet vor Grauen zu Stein erstarren, erführet ihr auch nur ein Weniges von den verderbten Plänen, die sie wälzten ...«

»Mit uns die Finsternis!« murmelten die Kapuzenträger in wollüstigem Schauder. »Mit uns die Finsternis!«

»Sie berieten lange«, setzte der Sprecher fort, und es war zu hören, daß er nun zum Schlusse kam, »und es gab kein Mittel der Übeltat, das sie nicht erwogen und mit Eifer prüften. Was, so fragten sie sich, was vermag am besten und sichersten nicht nur einige wenige, sondern die menschliche Gesellschaft im ganzen zu korrumpieren? Sie dachten tief über diesen Punkt nach — und sie fanden die Antwort.«

»Und wie lautet sie?« rief der Finsterling zu meiner Linken in jäher Erregung.

»Und sie fanden die Antwort«, fuhr der Sprecher unbewegt fort. »Nichts, so sagten sich die Erhabenen, nichts vermag die menschliche Gesellschaft schneller und sicherer zu korrumpieren als eine verdorbene Sprache. Sie trennt die Dichter von ihren Lesern; sie macht, daß die Lehrer und die Schüler, die Philosophen und die Wißbegierigen einander nicht mehr verstehen. Verderbt die Sprache und Unklarheit und Mißverständnisse werden einander folgen. Sie sorgen dafür, daß die Kinder sich nicht mehr den Eltern und die Eltern sich nicht mehr den Kindern verständlich machen können und der Hörende dem Sprechenden, der Antwortende dem Fragenden entfremdet werden. Streit und Haß und Krieg stehen am Ende der Sprachverderbnis, und in Gewittern und Blitzen wird ein neues Babylon untergehen!«

»Oh, Finsternis!« seufzte der Chor. Der Sprecher hob die Hände und aus den Augenschlitzen in seiner Kapuze loderte das Feuer des Fanatismus.

»So bedachten es die erhabenen Oberfinsterlinge«, rief er, »und darum, ihr Entsetzlichen Verschwörer, haben sie ausgeheckt: *Die Orthographiereform!*«

Es ist unmöglich, die wilden, tollen Szenen des hemmungslosen, ja geradezu infernalischen oder tierischen

Jubels zu schildern, die von diesen letzten Worten des Finsterling-Sprechers hervorgerufen wurden. (»So flammen ferne Welten zur Lust der Augen in der Schönheit des Unterganges auf«, wie Ernst Jünger so treffend bemerkt.)

Genug davon. Irgendwie gelang es mir, dieser schrecklichen Orgie zu entfliehen und einen rettenden Ausgang zu finden. Nun sitze ich hier vor meinem Tagebuch, verzeichne mit zitternder Feder das Erlebte und horche dem Kampfe zu, der in meinem Inneren tobt. Ich weiß wohl, daß ich dem Bürgermeister als dem Hüter dieses Gemeinwesens Mitteilung von der Entsetzlichen Verschwörung machen sollte, die sich da im Herzen seiner Stadt eingenistet hat. Ich weiß aber auch, daß ich, der Ortsunkundige, keinerlei Recht habe, mich in die inneren Belange von Schmeggs einzumischen, und wäre es auch nur als Warner.

Pflicht steht gegen Pflicht. Wie soll ich mich entscheiden? Spät abends. Ich werde zuwarten.

Die Orthographiereform

7. September. So wohl ich es meinem leiblichen Menschen auch sein lasse, so sehr ist doch meine Seele bedrückt: immer noch trage ich das fürchterliche Geheimnis mit mir herum, die Gewißheit, daß gleichsam am Busen dieser schönen Stadt Schmeggs eine Natter nagt. Ich schlage auf meinen Spaziergängen große Bogen um den Alten Lorbeerhof, in dem die Entsetzliche Verschwörung der Gleichgesinnten Finsterlinge in teuflischem Behagen ihre Orthographiereform ausbrütet – und doch zieht es mich mit magi-

scher Gewalt immer von neuem in seine Nähe. Wäre ich damals noch länger geblieben — ich wüßte vielleicht, auf welchem Wege, durch welche Kanäle die Verschwörer zu ihrem schrecklichen Ziel gelangen wollen ...

8. September. Herr Bürgermeister Kranebitter hat mich — offenbar, um dem Ortsunkundigen Ehre zu erweisen — wieder einmal eingeladen, die heutige Gemeinderatssitzung mit meinem Besuche zu verschönern. Nun, Gemeinderatssitzungen sind gewiß nicht eine Quelle der Erquickung für unsereins — aber ich werde wohl kaum umhin können, dieser so ehrenden Einladung zu folgen.

Abends. Immer noch bin ich aufgewühlt, aber nun weiß ich doch wenigstens, daß die Entsetzliche Verschwörung zum Angriff angetreten ist. Und dieses Wissen, so fürchterlich es auch sein mag, ist doch besser als Ahnungslosigkeit.

Ich will jedoch chronologisch berichten; dies schon deshalb, weil ich einen ersten lehrreichen Einblick in das Räderwerk des schmeggsischen Verwaltungsapparats erhalten habe.

Ich kam, als ich den großen Saal des Rathauses betrat, eben zurecht, um den Vertreter der »Fortschrittlichen Schmeggser« — Gemeinderat Schluckauf, ein Mann von gedrungener Statur und dem Temperament eines Volkstribuns — den letzten Teil seines Referates über Angelegenheiten der Städtischen Schmeggser Verkehrsbetriebe abschließen zu hören. Er lehnte, wenn ich recht verstand, in diesem Referat einen Vorschlag der Traditionsgebundenen, die Fahrtgeschwindigkeit der Straßenbahn um zwei Kilometer in der Stunde zu erhöhen, mit dem Hinweis auf die über achtzigjährigen Schmeggser ab, die der langsamen Verkehrsmittel nicht entbehren könnten. Er, Gemeinderat Schluckauf, stellte jedoch im Namen seiner Fraktion die Forderung auf, man möge die beiden Schmeggser Verkehrspolizisten zu größerer Höflichkeit gegenüber dem Publikum anweisen, und schloß seine Rede mit einem donnernden Bekenntnis zu einer Art von Fortschritt, dessen hervorstechendstes Merkmal seiner Meinung nach offenbar darin besteht, daß er sich nicht aufhalten läßt.

Diese Rede wurde von seinen Anhängern mit geübtem Beifall, von den »Traditionsgebundenen Schmeggsern« hingegen mit Schweigen aufgenommen; deren Präsident — der mir bereits bekannte Gemeinderat Oleander — erhob sich alsbald, um den Fortschrittlichen nach Gebühr zu erwidern.

»Ich muß«, führte er nach einer längeren Einleitung aus, »im Namen meiner Parteifreunde gegen den Vorschlag des Ehrenwerten Herrn Schluckauf einwenden, daß die Grobheit unserer Verkehrspolizisten ein ehrwürdiges Traditionsgut ist, das wir mit allen Mitteln zu schützen wissen werden. Es kann nicht unsere Sache sein, uns mit Leuten auf eine Stufe zu stellen, die keine Ehrfurcht vor den geheiligten Resten der Vergangenheit haben. Somit weise ich den zitierten Antrag der sogenannten Fortschrittlichen als demagogisch und geeignet, die Moral zu untergraben, auf das Energischste zurück.«

Es folgte Schweigen auf den Bänken zur Linken, vornehm gedämpfter Beifall auf der rechten Seite des Saals.

Ich staunte, und ich staune noch jetzt: diesen liebenswürdigen rundlichen Schmeggsern scheinen Löwenkrallen und Tigerzähne zu wachsen, wenn sie sich mit politischen Dingen befassen ...

Der ruhende Pol in dieser Sitzung war Bürgermeister Kranebitter; er folgte mit Gleichmut den Ausführungen des einen wie den Repliken des anderen Redners und gab kein Zeichen der Ablehnung oder der Zustimmung. Verständlich, daß ihn die Schmeggser als ihren bedeutendsten politischen Denker schätzen.

Abermals erhob sich Gemeinderat Schluckauf: ein neuer Antrag stand zur Debatte, und aus der gestrafften Miene Schluckaufs erkannte ich intuitiv, daß alles Bisherige nur Vorgeplänkel gewesen war und nun der entscheidende Schlag kam. Wie dieser freilich beschaffen war, das hätte ich in meinen kühnsten Träumen nicht geahnt.

Ich habe mir das Protokoll dieser Rede verschafft und schreibe es wörtlich ab. Schluckauf sagte:

»Fortschrittliche Schmeggser und Schmeggserinnen, hochlöblicher Gemeinderat! Es ist eine vielbeachtete und vielbeklagte Tatsache, daß die breite Masse der Schmeggser beim Verfassen selbst einfachster Niederschriften Rechtschreibfehler macht.« (Hört, hört!) »Ja, diese Tatsache — wir können sie jederzeit beweisen! — ist oft beklagt worden. Aber was haben die herrschenden Kreise zu ihrer Beseitigung unternommen? Nichts!« (Beifall bei den Fortschrittlichen, Proteste der Traditionsgebundenen.) »Nichts haben sie getan! Aber, Schmeggser und Schmeggserinnen, es geht nicht länger mehr an, daß die so lange unterdrückt gewesene Masse von einer Clique hochnäsiger Intellektueller weiterhin im Zustande eines künstlichen Analphabetentums gehalten wird!« (Gemeinderat Oleander: »Lüge!«, demonstrativer Applaus, Pfui-Rufe und Zischen.) »Ja, Herr Gemeinderat Oleander: die Zeit ist vorbei, da Sie und Ihresgleichen mit Ihrer Orthographie über den kleinen Mann triumphiert haben! Diese Zeit ist vorbei!« (Gemeinderat Oleander: »Das werden wir ja sehen!«) »Eben — wir werden es sehen! Schmeggser und Schmeggserinnen! Das einfache Volk dürstet nach einer Rechtschreibreform, in der die bisherigen Schwierigkeiten der Orthographie beseitigt sind!« (Stürmischer Applaus, Ordnungsrufe des Bürgermeisters.) »Das Volk, meine Herren, das Volk hat ein Recht darauf, so zu schreiben, wie es will und wie es kann!«

Das Sitzungsprotokoll verzeichnet an dieser Stelle: »Ausschreitungen, vergebliche Ordnungsrufe, der Saal muß geräumt werden.« Aber das ist nun nicht so wichtig. Entscheidend ist allein, daß die Entsetzliche Verschwörung — weiß Gott, auf welchen dunklen Schleichwegen — ihren Angriff bereits in die politische Arena getragen hat.

Eben bin ich wieder am Alten Lorbeerhof vorbeigeschlichen. Aus seinem Inneren ertönt dumpfes Brausen — welche Orgien teuflischer Schadenfreude mögen jetzt wohl in seinen alten Mauern gefeiert werden!?

9. September. Nichts Neues. Schlechte Träume, aus denen ich schweißgebadet erwachte.

10. September. Traf — noch immer das schreckliche Geheimnis im Herzen — Gemeinderat Oleander. Stürzte auf ihn zu, um ihn nach den Maßnahmen zu fragen, die seine Fraktion gegen die von den Fortschrittlichen propagierte Orthographiereform in die Wege zu leiten gedächte.

»Keine«, sagte der Ehrenwerte Oleander stillvergnügt.

»Aber Sie müssen doch ...«, stammelte ich, »es ist ja nicht auszudenken ...«

»Nur Ruhe, mein Bester, nur Ruhe. Das Blatt wendet sich oft schnell in Schmeggs, vor allem im Herbst. Und sehen Sie — was für einen Gegenantrag sollten wir auch zum Antrag Schluckaufs und Genossen stellen? Mein Parteifreund Liguster meint, wir könnten ja allenfalls die Forderung erheben, die schöne alte Sitte der handgemalten und goldverzierten Initialen in Schreibung und Druck einzuführen — aber, so sehr ich persönlich auch mit diesem Vorschlag sympathisiere: ich glaube als Realpolitiker nicht, daß er große Popularität gewinnen könnte. Überdies haben wir sichere Nachrichten, daß innerhalb der Fortschrittspartei durchaus nicht Einhelligkeit bezüglich der Ausführungsbestimmungen des Orthographiereformvorschlages besteht.«

»In der Tat?«

»In der Tat. Vor allem ist man sich im Lager der Fortschrittlichen nicht gänzlich klar darüber, wie man das ihm so teure Wort ›Fortschritt‹ inskünftig auf den Wahlplakaten zu schreiben habe. Einige wünschen, dieses Wort nur mit einem ›t‹ geschrieben, andere wollen es klein geschrieben, wogegen aber der Funktionsvorstand ideologische Bedenken hegt; der linke Flügel will die Buchstaben überhaupt abschaffen — kurz, alles läuft, wie es uns nur recht sein kann.«

11. September: Wenig Neues. Herr Gemeinderat Schluckauf sieht überarbeitet aus.

Mittags. Hatte eine Unterredung mit Bürgermeister Kranebitter. Ich erzählte ihm alles. Alles. Habe ich recht daran getan? Ich hoffe es. Ich fühle mich erleichtert. Der Bürgermeister hörte mir schweigend zu und gab kein Zeichen der Zustimmung oder Ablehnung. Welch ein Mann!

Abends. In der Nähe des Alten Lorbeerhofes wurde der Volksschullehrer Adolf Wiesel mit einer gefährlichen Kopfverletzung aufgefunden.

12. September. In der vergangenen Nacht wurde der pensionierte Volksschuldirektor Egon Ziesel im Pfeffergassl — also in nächster Nähe des Alten Lorbeerhofes — von unbekannten Tätern überfallen und gewürgt. Sollte innerhalb der Entsetzlichen Verschwörung Uneinigkeit ausgebrochen sein? Denn mir scheint vieles darauf hinzuweisen, daß die Volksschullehrer in ihr eine nicht unbeträchtliche Rolle spielen ...

13. September. Heute nachmittag ist die Gemeinderatssitzung, in der über Annahme oder Ablehnung der Orthographiereform entschieden werden soll.

14. September. Die Gemeinderatssitzung gestaltete sich äußerst bewegt. Der Ehrenwerte Schluckauf, dessen Nervosität allgemein auffiel, wiederholte mit ausführlicher Begründung seinen Vorschlag und forderte den Ehrenwerten Oleander auf, die Stellung der Traditionsgebundenen zu formulieren.

Daraufhin erhob sich Oleander gemächlich und sagte laut Sitzungsprotokoll wörtlich:

»Meine Herren! Wir stellen mit äußerstem Nachdruck fest, daß wir in einmütigem Willen keinen Standpunkt in dieser Frage zu vertreten gedenken. Wir sind energisch entschlossen, uns zu keinerlei Äußerung provozieren zu lassen. Mehr habe ich nicht zu sagen.«

Und damit setzte er sich wieder. Der Kurzsichtigste hätte gesehen, daß diese Stellungnahme der Traditionsgebundenen dem Ehrenwerten Schluckauf nicht die geringste Freude machte; ja, es schien mir deutlich, daß dem Führer der Fortschrittlichen ein hitziges Rededuell mit seinem alten Gegner lieber gewesen wäre als dessen eisige Zurückhaltung.

Bürgermeister Kranebitter forderte zur Debatte des Vorschlags auf.

Die Traditionsgebundenen schwiegen. Es meldete sich hingegen der fortschrittliche Gemeinderat Sodbrand. Ich wandte mich an meinen Sitznachbarn um Auskunft.

»Ein ganz Wilder, dieser Sodbrand«, flüsterte mein Nebenmann. »Vom Verband der fortschrittlichen Kleintierzüchter. Schluckauf hat manchmal seine liebe Not mit ihm.«

Der Ehrenwerte Sodbrand räusperte sich. Aber ehe er noch zu seiner Rede ansetzen konnte, wurde die Sitzung unterbrochen — ein Gemeindediener eilte in den Saal und flüsterte mit allen Anzeichen der Erregung dem Bürgermeister eine Mitteilung ins Ohr. Der jedoch nahm's gleichgültig auf, nickte, schickte den Diener fort und forderte den Ehrenwerten Sodbrand auf, weiterzusprechen.

Dessen Erregung war durch die Unterbrechung nur noch gestiegen. Als er den Mund auftat, schrie er fast.

»Herr Parteikollege Schluckauf! Ich protestiere. Ich protestiere sogar gründlich.«

Allgemeines Erstaunen. Wie? Eine Spaltung unter den Fortschrittlichen? Wie gebannt hingen aller Augen an dem Kleintierzüchter.

»Meine Herren!« fuhr er fort. »Ich bin dreierlei: ein Mensch, ein Kleintierzüchter und von Jugend auf fortschrittlich gesinnt. Ist das wahr, Schluckauf!«

»Ja«, sagte der Volkstribun kleinlaut.

»Als Mensch und als Fortschrittlicher«, fuhr der Ehrenwerte Sodbrand, immer bösartiger um sich blickend, fort, »ist es mir gleichgültig, ob man ›Vieh‹ so oder so schreibt. Als Kleintierzüchter aber ist es mir nicht gleichgültig. Wo kommen wir denn hin, wenn ich ›Vieh‹ mit ›F‹ und ›i‹, also ›Fi‹ schreibe? Da lacht ja selbst das Kleinvieh. Und wie soll ich ›Wruken‹ schreiben? Und soll ich Rogen statt Roggen bestellen? Und Klee mit einem ›e‹? Ich pfeif' auf die Orthographiereform!«

»Sehr richtig!« piepste ein kleiner dünner Mann neben Sodbrand; es handelte sich um den Fortschrittlichen Gerstenkorn, Stadtuhrmacher. »Soll ich vielleicht meine Uhren ohne ›h‹ schreiben? Ich lasse mir die genaue Uhrzeit ohne ›h‹ nicht gefallen — meine Uhren sind auf die Sekunde pünktlich und haben dieselbe einjährige Garantie! Das geht nicht, Parteikollege Schluckauf!«

Ich hätte nicht in Schluckaufs Haut stecken wollen, ich sage es ehrlich. Er, der das Beste gewollt hatte, erblickte nun seine Scharen in Verwirrung — ein Umstand, dem Gemeinderat Oleander und seine Männer nicht ohne Vergnügen zusahen.

Während wütende Worte in den Sitzreihen der Fortschrittlichen hörbar wurden, trat abermals der Gemeindediener ein und der Vorgang des Flüsterns mit dem Bürgermeister und eiliges Weglaufen wiederholten sich. Was ging da vor?

Die Gemeinderäte hatten dieses kleine Zwischenspiel im Eifer des Gefechtes nicht einmal bemerkt. Sie stritten gerade über den Antrag eines besonders revolutionär denkenden Fortschrittlichen, die vierundzwanzig Buchstaben des Alphabets auf zehn zu reduzieren, weil nur solcherart eine fehlerfreie Benützung desselben gewährleistet wäre.

Ich weiß nicht, was alles sonst noch in dieser Debatte geäußert wurde — war ich doch schon förmlich betäubt von den vielen Vorschlägen, Repliken und Zwischenrufen. Ich sah jedoch den zum drittenmal erscheinenden Gemeindediener. Und ich war wieder bei klarem Bewußtsein, als endlich Bürgermeister Kranebitter sich zu voller Größe erhob und folgendes sprach:

»Meine Herren! Ich erfuhr soeben, daß im Alten Lorbeerhof Feuer ausgebrochen ist, welches nach Verheerung des dritten und zweiten Stockwerks in eben diesen Minuten das Erdgeschoß vernichtet. Die Feuerwehr*) ist, wie mir berichtet wird, nicht in der Lage, der Feuersbrunst Einhalt zu gebieten.«

»Hört! Hört!« murmelten bestürzt die Gemeinderäte.

»Jesusmaria!« rief erblassend der Ehrenwerte Schluckauf. »Die zwei Wörterbücher**)!

»Eben!« antwortete der Bürgermeister in majestätischer Würde. »Eben. Die zwei Wörterbücher der deutschen Sprache, die sich in kommunalem Besitz befinden, wurden vorgestern der ›Vorbereitenden Kommission der Orthographiereform‹ übergeben, die ebenfalls seit vorgestern im Alten Lorbeerhof ihren Sitz hatte.«

»Hört! Hört!« murmelte ich — und ich durchschaute in diesem Augenblick als einziger das kühne Spiel des Bürgermeisters. Ja, er hatte das Übel an der Wurzel gepackt. Er hatte der Entsetzlichen Verschwörung freies Spiel gegeben, in der sicheren Ahnung, daß die Finsterlinge einander zerfleischen würden. Und er hatte recht gehabt: aus der Siegesorgie war Streit entstanden, und in diesem Streit hatte einer der Finsterlinge den Brand gelegt. Man wird nie die genauen Umstände dieses Dramas erfahren — aber so oder doch so ähnlich wird es sich wohl abgespielt haben ...

Die Rechtschreibreform findet nicht statt. Bürgermeister Kranebitter stellte den Antrag, in Hinblick auf die mißliche Finanzlage der Stadt, den Ankauf neuer Wörterbücher (ohne die eine Rechtschreibreform ja kaum begonnen werden kann) auf unbestimmte Zeit zu verschieben. Dieser Antrag wurde einstimmig angenommen.

Schmeggs behält seine alte Orthographie.

Und ich frage mich: verdient es dieses Glück eigentlich?

---

*) ausgerüstet mit der von F. X. Greindl erfundenen hydraulischen Funkenflugmaschine. Anm. d. Hsg.

**) Es handelt sich um Rebhahn / Beinhacker: »Die schönsten deutschen Wörter und ihre Bedeutung« sowie um Netučil: »Richtiges Deutsch — aber wie?« Anm. d. Hsg.

Die Gipsbüstenfabrik

15. September. »Wovon«, so fragte ich und blickte den Bürgermeister durchdringend an, »wovon lebt Schmeggs eigentlich?«

»Wie meinen?« sagte Herr Kranebitter, wie ein gewiegter Diplomat, der Zeit gewinnen will.

Ich wiederholte meine Frage eindringlicher: »Herr Bürgermeister! Ich sehe in den Straßen Ihrer schönen Stadt gut gekleidete Menschen; die Geschäfte in der Erzherzog Ignaz Nepomuk-Straße sind hell erleuchtet und ihre Auslagen mit Waren wohl versehen; die Lokale weisen, soweit ich das feststellen kann, guten Besuch auf, Ihre Bürger haben zufriedene Gesichter und allen scheint es gut zu gehen. Ich frage Sie also, Herr Bürgermeister: wovon lebt Schmeggs eigentlich?«

Des Bürgermeisters diplomatische Haltung war inzwischen ehrlicher Nachdenklichkeit gewichen.

»Tja«, antwortete er zögernd. »Hm. Das ist allerdings eine schwierige Frage. Wovon lebt Schmeggs eigentlich? Offen gestanden, ich weiß es auch nicht. Ich weiß nicht einmal, wovon die Leute die Gemeindesteuern bezahlen. Ein Rätsel, unter uns gesagt.«

»Aha.«

»Ja. Gott, die meisten haben ja eine Pension oder eine Rente. Aber wer kann schon von seiner Pension leben, nicht wahr?«

»Eben. Und eine Industrie gibt es in Schmeggs ja nicht ...?«

»O doch«, sagte Herr Kranebitter merklich erleichtert, »eine Industrie haben wir schon, die Gipsbüstenfabrik ›Fama & Gloria‹.«

Ich habe daraufhin beschlossen, den von Gemeinderat Schluckauf angeregten Besuch der Gipsbüstenfabrik nicht länger hinauszuschieben. Als langjähriger Werkmeister und seit kurzem definitiv als provisorischer Öffentlicher Verwalter der »Fama & Gloria« ist er gewiß der geeignete Mann, einen Ortsunkundigen in die Geheimnisse dieses Zweiges des Schmeggser Wirtschaftslebens einzuführen.

16. September. Ich bat den Ehrenwerten Schluckauf zum Frühstück, währenddessen er mir allerlei wesentliche Details aus der Geschichte seiner Arbeitsstätte erzählte. Wenn seine Mitteilungen stimmen, so hat bereits Graf Schmeggs zu Wurmriesel Franz XIII.*) — »der Selbstbe-

*) Graf Schmeggs zu Wurmriesel Franz XIII., der Selbstbewußte, im Volksmund Graf Gigerl genannt, weil er es auch liebte, an Sonn- und Feierta-

wußte« — im Jahr 1667 das Institut »Fama & Gloria« begründet, weil er es liebte, seine Günstlinge mit Porträtbüsten zu erfreuen.

»Aber das große Geschäft hat erst im 19. Jahrhundert begonnen«, führte Gemeinderat Schluckauf weiter aus. »Damals hat die ›Fama & Gloria‹ geradezu unglaublich floriert. Von überallher sind Aufträge auf Gipsbüsten Höchster und Allerhöchster Herrschaften gekommen. Damals hat Schmeggs buchstäblich nichts anderes getan, als Gipsbüsten zu entwerfen, zu modellieren, zu trocknen, zu bemalen und zu polieren ... Und exportiert ist worden! In Nairobi und Kalkutta stehen heute noch Gipsbüsten von der Königin Viktoria — wenn's nicht diese Inder weggeräumt haben. Und allein vom Zaren Alexander haben wir zehn Ausführungen gehabt: je eine mit lächelnder Miene, ernstem Antlitz, drohendem Auge, mit gerunzelten Zügen, mit gütigem Gesicht, mit durchbohrendem Blick, sorgenbeladener Stirne, geneigtem Ohr — dazu noch die zierliche Briefbeschwerer-Ausgabe und das kürbisgroße Monumentalmodell für größere Gemeinwesen. — Ach ja, das waren Zeiten!«

Herr Schluckauf seufzte und verfiel in Träumerei. Doch dann huschte ein verstohlenes Lächeln über seine scharfgeschnittenen Züge.

»Nur mit dem Kaiser Wilhelm II. haben wir immer Schwierigkeiten gehabt ...«

»Warum?«

»Weil Seine Majestät eine sehr ungünstige Bartfaçon gehabt haben. Immer wieder sind am Bestimmungsort trotz sorgfältigster Verpackung die Spitzen abgebrochen gewesen. Das hat natürlich Retouren noch und noch gegeben ... Aber das ist ja jetzt vorbei.«

»Ja ... das ist wohl vorbei.«

---

gen in prunkvollen Gewändern vor den Toren der Stadt zu spazieren und sich von hübschen Bürgerstöchtern bewundern zu lassen. Anm. d. Hsg.

»Im Achtzehnerjahr war die Fabrik dann gestopft voll mit unverkäuflichen Gipsbüsten Allerhöchster Herrschaften. Es war schrecklich.«

»Da ist ›Fama & Gloria‹ zugrunde gegangen?«

»Ach nein, das nicht. Die Gartenzwerg-Produktion hat sie schon noch über Wasser gehalten.«

Ich war verblüfft.

»Die — was?«

»Die Produktion von Gartenzwergen. Warum sehen Sie denn gar so erstaunt drein? Wußten Sie denn nicht, daß Schmeggs das Weltmonopol für die Herstellung von in natürlichen Farben lackierten Gartenzwergen besitzt?« *)

Nein. Wahrhaftig, das hatte ich wirklich nicht gewußt. Zwar hatte ich mir in stillen Minuten manchmal die Frage gestellt, wo wohl der Herkunftsort der Gartenzwerge zu finden wäre — jener pausbäckigen Männchen, die bald mit einem Schubkarren, bald mit einem Grubenlicht oder anderen sinnigen Gegenständen in der Hand und an taktisch ungemein geeigneten Punkten (etwa inmitten vorspringender Buchsbaum-Boskette) aufgestellt, den harmlosen Wanderer durch ihr plötzliches Auftauchen so sehr erschrecken. Nun endlich wußte ich es: die Heimatstadt der Gartenzwerge heißt Schmeggs. Ja, in der Tat: diese noch nicht an das internationale Verkehrsnetz angeschlossene, halb vergessene Stadt hat solcherart mehr zu dem Bild unserer Welt und dem Geist unserer Zeit beigetragen, als man fassen kann ...

»Und davon lebt also Schmeggs?« murmelte ich, halb benommen von den in mir aufsteigenden Visionen; wir schritten jetzt schon über den grasbewachsenen Vorplatz der »Fama & Gloria«. »Nein, eigentlich nicht«, antwortete der Ehrenwerte Schluckauf betrübt, aber ehrlich. »Obwohl auch heute noch sensible Menschen einen Gartenzwerg nicht ohne seelische Rührung ansehen können — der Verkauf geht leider

*) Das Weltmonopol für lackierte Hutschpferde besitzt übrigens das südfranzösische Städtchen Cheval-à-Bascule, in dem J. J. Rousseau als Knabe die Sommerzeit verbrachte. Anm. d. Hsg.

von Jahr zu Jahr mehr zurück. Wir versuchen dem durch Produktionsrationalisierungen zu begegnen, aber ...«

Er zuckte vielsagend mit den Schultern und öffnete mir die Tür in das Innere der Fabrik.

» ... wenn man so bedenkt«, sagte er dabei, »wieviel gekrönte Herrschaften durch diese Tür getreten sind ...«

»Aber, Herr Gemeinderat! Dieser Ton! Sie, der Fortschrittliche, werden doch nicht in solche Sentimentalitäten verfallen! Aristokraten und gekrönte Häupter gibt es eben nicht mehr. Der Fortschritt ...«

»Ja — das schon«, seufzte der Volkstribun, » ... aber verdienen hat man halt an ihnen können! Verdienen!«

Das emsige Treiben eines großen Industriewerkes nahm mich gefangen.

»Dies hier ist die Retuschierabteilung«, erläuterte mein freundlicher Cicerone und wies dabei auf einige Dutzend Mädchen, die sich mit allerlei Schabemesserchen, Pinselchen und Radierinstrumenten in den Händen über Photos und alte Stiche beugten. »Hier werden die Originale von störenden Details, als da sind Mitesser, Sommersprossen usw., befreit. In dieser Abteilung hingegen erfolgt die Korrektur von allzu knolligen Nasen und abstehenden Ohren, Kröpfen, Glatzen und dergleichen Nebenerscheinungen mehr. Jeder Kunde«, fuhr Gemeinderat Schluckauf nicht ohne Stolz fort — »jeder Kunde kann sich darauf verlassen, bei uns nicht nur vervielfältigt, sondern auch veredelt zu werden.«

Sinnend betrachtete ich die gebeugten Rücken der fleißigen Mädchen, die da monumentale Kosmetik betrieben. Doch Herr Schluckauf zog mich weiter in den nächsten Saal, wo sich weiße Massen in gewaltigen Kesseln träge wälzten.

»Hier wird die Gipsmasse gemischt. Alabastergips, vorzugsweise für weibliche Gipsköpfe, undurchsichtiger, grobkörniger Gips für Politiker usw.«

»Ein interessantes Bild.«

»Tja. Übrigens eine nicht ungefährliche Arbeit. Vor Jahren ist uns einmal ein Mischmeister in diesen Kessel gefallen ...«

»Oh, wie bedauerlich.«

»Er hat aber glücklicherweise einem ausländischen Diktator ziemlich ähnlich gesehen — und jetzt steht er als Denkmal in einer nahöstlichen Hauptstadt. Wenn man's genau betrachtet, eigentlich das schönste Ende, das sich ein Gipsmischer wünschen kann, nicht wahr?«

Wir widmeten diesem Helden der Arbeit einige Sekunden stillen Gedenkens und wanderten weiter.

Was sah ich ferner in der Gipsbüstenfabrik »Fama & Gloria«? Ich sah, wie aus schwächlichen und verfallenen Gesichtern glatte, antikisch-edle Antlitze wurden; ich sah, wie sich Glücksritter in große Herren, feiste Kugelleiber in athletische Körper verwandelten; ich sah, wie die Geschichte der letzten Jahrzehnte von allen Greueltaten, von allen Widersinnigkeiten hinaufgeläutert wurde zu einer Schar strahlender und adrett frisierter Gipsfiguren: da standen sie nun säuberlich in Reih und Glied, weiß, frisch und imposant — eine Galerie erhabener Politiker, Staatsmänner, Gelehrter und Kriegsherren, wohl geeignet, der Menschheit ein edles Bild von sich zu geben ...

Wir schritten von der Heroenabteilung hinüber in die Gartenzwerg-Produktionsstätte.

»Wir liefern natürlich komplette Gartenausrüstungen«, sagte Herr Schluckauf, während wir an den herzigen Figürchen vorbeischritten. »Also auch künstliche Miniaturgebirge, Gipsritterburgen — Zierde jedes künstlerisch ausgestatteten Schrebergartens —, ferner auch Gipsrehe, Gipsmöpse und alles, was sonst noch das Leben im Kleingarten verschönern kann.«

» ... ist der Absatz denn noch so groß?«

»Wie gesagt — er läßt zu wünschen übrig. Aber die Herstellungskosten sind äußerst gering, seitdem wir zur Erzeugung von Gartenzwergen die Monumentalausgaben gestürzter Diktatoren verwenden. Die waren früher nutzloser Ausschuß. Jetzt aber werden sie mittels eines neuen Verfahrens erst geteilt, sodann gekürzt und schließlich zurechtgeschliffen. Ein Diktator ergibt gewöhnlich zwei Gartenzwerge der Ia-prima-Qualität-Ausgabe.«

»Sehr fortschrittlich«, rief ich aus.

»Ja, die Zeiten sind anders geworden«, seufzte der Ehrenwerte Schluckauf. »Früher einmal, ja, da stellten wir einen Kaiserkopf oder eine Königinbüste her, und die war dann jahrzehntelang zu verwenden. Aber heute? Ich bitte Sie! Minister dauern erfahrungsgemäß nicht sehr lang — und mit den Diktatoren ist es meistens auch nicht besser.«

»Ja, damit wird man sich wohl abfinden müssen, denke ich.«

»Wir finden uns ja ab. Wir passen uns sogar an.«

Ein Lächeln huschte über die Züge des Öffentlichen Verwalters: »Jetzt haben unsere Chefgipser die Variationsbüste erfunden ...«

»Was ist das?«

»Eine Büste mit beiliegenden Ersatzteilen. Laut Gebrauchsanweisung kann man mit wenigen Griffen durch Auswechslung von Nasen, Bärtchen, Brillen usw. aus jedem abgewählten, zurückgetretenen oder gestürzten Politiker seinen Nachfolger machen.«

»Ein genialer Gedanke, fürwahr.«

»Trotzdem, es ist eben doch nicht das Wahre. Es ist nicht künstlerisch, wenn Sie mich recht verstehen. Wo sind die Zeiten, da wir eine ›Unbekannte aus der Seine‹ entworfen haben?«

»Was — die ist auch aus Schmeggs?«

»Ja, freilich. Eine gewisse Mizzi Tschurtschenthaler war das Modell — sie hat später einen Mischmeister geheiratet, und da ist sie natürlich schnell gealtert. So — jetzt werd' ich Ihnen noch die Maschine zur Zertrümmerung historisch gewordener Gipsköpfe zeigen — kommen Sie, mein Bester, kommen Sie.«

Wir durchquerten eilig einen Saal, in dem gotische Heilige für den Export nach Amerika hergestellt wurden, einen anderen, in dem man an einem modernen Laufband

Barockengel erzeugte, und schließlich einen dritten, in dessen Mitte eine große und offenbar sehr komplizierte Maschine seltsam knirschende Geräusche von sich gab.

»Der Mann dort oben auf der Maschine«, flüsterte Gemeinderat Schluckauf, »das ist der Maschinist. Windspinner heißt er. Hat einen genialen Zug, ist aber etwas sonderbar ... Na, Herr Windspinner! Funktioniert sie wieder?«

»Sie hat ihre Mucken«, erwiderte der Maschinist Windspinner und kratzte sich am Kopf.

»Was für Mucken hat sie denn?«

»Sie is' auf einmal liberal g'worden«, sagte Herr Windspinner phlegmatisch. »Wieso? No, sie zertrümmert auf einmal nur mehr die Köpf' von Rechtsextremisten, Linksradikalen, Erzkonservativen, Ultrasozialisten, Reaktionärkonservativen. Liberale, die kommen unten gänzlich unbeschädigt wieder heraus.«

»Das muß sofort abgestellt werden«, befahl Schluckauf im Vollgefühl seiner fortschrittlichen Parteiüberzeugung. »Sofort!«

» ... ja, schon. Aber wie? So eine Maschine ist ja auch nur ein Mensch, hat mein seliger Vater*) immer g'sagt. Er hat die Eisenbahn ein zweites Mal erfunden und solcherart ein schreckliches Ende genommen. Noch auf dem Sterbebett hat er eine Sonnenfinsternisuhr konstruiert, aber ...«

»Windspinner! Reparieren Sie die Maschine auf der Stelle — ja?«

» ... man könnt' ja vielleicht den Zentrifugaltransmissionskompilator einmal mit dem Überspannungspedal koppeln — und wenn dann die Pleuelstangenregulationsscheibe ...«

»Koppeln Sie. Koppeln Sie. Aber schnell!«

---

*) Balthasar Windspinner (1872-1949), erfolgloser Erfinder; im Schmeggser Heimatmuseum sind u. a. seine Schreibmaschine für Stotterer, das Zweisiedeglas, der Handschuhlöffel und die Konstruktionspläne zu einem Natureislaufplatz im Stadtzentrum ausgestellt. Anm. d. Hsg.

Der Maschinist machte sich, Selbstgespräche murmelnd, an seine Arbeit.

»Ein ewiges Kreuz hat man mit diesen Mechanikern!« seufzte der Gemeinderat entschuldigend. »Ich könnt' Ihnen in dieser Beziehung Geschichten erzählen, die jeder Beschreibung spotten. Was da zum Beispiel einmal in der Keramik-Abteilung passiert ist, wo wir diese herrlichen Schüsseln herstellen, wo so viele Gipsäpfel und Gipsweintrauben drauf sind, daß man schon kein Naturobst mehr drauflegen kann, wodurch dem Wurmfraße nachdrücklich Einhalt geboten wird – also, dort haben einmal die Schweißapparate versagt ...«

»Ich hab's!« rief der Maschinist. »Die Deklinationsspindel ist im Interferenzgelenk stecken geblieben ...«

Die Räder der gewaltigen Maschine setzten sich knirschend in Bewegung, und eine Büste fiel klickernd in den Trichter.

Die Maschine begann zu stampfen und zu dröhnen.

Dann gab es plötzlich einen Krach und die Räder standen still.

»Na also«, sagte der Maschinist Windspinner. »Jetzt ist sie hin. Ist halt auch nur ein Mensch, so eine Maschin'.«

Müde geworden, beschließe ich meine Niederschrift. Der Besuch bei »Fama & Gloria« war interessant und lehrreich, kein Zweifel. Wovon Schmeggs aber lebt – das weiß ich jetzt weniger denn zuvor ...

Die Verwaltungsreform

17. September. »Und wie immer es sich somit auch verhalten mag«, schloß der Ehrenwerte Oleander (Traditionspartei) seine große Rede vor dem Gemeinderat, »das Volk sieht auf uns, es sieht auf seine gewählten Vertreter. Infolgedessen muß etwas geschehen. Schmeggs, meine Herren, Schmeggs muß sich seinen Platz an der Sonne sichern!«

Der Redner wurde durch heftigen Beifall, auch der Fortschrittlichen, belohnt. Kein Zweifel, die beiden Parteien waren ausnahmsweise einmal einig – einig in dem Bedürfnis nach neuen Taten. Nicht verwunderlich allerdings, wenn man bedenkt, daß die jüngsten Aktionen des Schmeggser Gemeinderates — etwa der Versuch einer Orthographiereform — an der renitenten Gleichgültigkeit weitester Bevölkerungskreise gescheitert sind ...

»Jawohl«, sagte Bürgermeister Kranebitter und eröffnete damit die Generaldebatte zum Antrag Oleanders, »jawohl, Schmeggs muß einen Platz an der Sonne haben, das ist klar ...«

Abermals zustimmende Rufe aus beiden Bankreihen.

»... aber ich mache die Herren aufmerksam«, fuhr der Bürgermeister mit ernster Stimme fort, »Geld, also Geld ist keines da.«

»Es ist aber sehr schwer«, murrte der Ehrenwerte Oleander nach einer Pause, »ohne Geld einen Platz an der Sonne zu bekommen. Heutzutage ...«

»Vielleicht«, sagte der Ehrenwerte Schluckauf (Fortschrittspartei) zögernd, »vielleicht ging's auch ohne Geld. Wenn wir ein Gewerkschaftstreffen mit Massenchören und vielen Fahnen ...«

»Oder noch besser«, rief der Ehrenwerte Oleander dazwischen, »noch besser wäre vielleicht ein historischer Festzug mit Burgfräuleins und vielen Fahnen und ...«

»Fahnen kosten Geld«, sagte der Bürgermeister kalt. »Und ich habe kein Geld in der Stadtkassa.«

»Für den Platz an der Sonne darf einem nichts zu teuer sein!« entgegnete der Ehrenwerte Schluckauf hitzig.

Herr Gemeinderat Oleander erhob sich förmlich.

»Herr Bürgermeister, ich muß im Namen der traditionsgebundenen Schmeggser mein offizielles Bedauern darüber ausdrücken, daß sich unsere schöne Stadt ihren Platz an der Sonne nicht mit den entsprechenden Mitteln zu erkämpfen weiß.«

Beifall auch von den Fortschrittlichen. Der Ehrenwerte Schluckauf schloß sich im Namen seiner Fraktion gleichfalls offiziell dem Protest des Vorredners an.

Der Bürgermeister schien zwar von dieser überraschenden Einmütigkeit ziemlich beeindruckt zu sein, schüttelte jedoch mit eiserner Entschlossenheit den Kopf.

»Ich habe kein Geld«, verkündete er. »Aber ich habe einen Einfall!«

»Hört, hört!«

»Wir werden«, sagte Bürgermeister Kranebitter, »wir werden in Schmeggs eine Verwaltungsreform durchführen. Das hat jeder gern, das macht Wirbel. Und das kostet uns gar nichts.«

Das Sitzungsprotokoll vermerkt an dieser Stelle: »Ovationen, Hoch-Rufe, die Gemeinderäte erheben sich spontan von ihren Plätzen und stimmen das Schmeggser Heimatlied an.«

18. September. Der Gemeinderat tagte auch die Nacht hindurch. Es heißt, daß sich die Diskussionen hauptsächlich um die Definition des Begriffes »Verwaltungsreform« drehen.

19. September. Die Bürger der Stadt Schmeggs scheinen von der Ankündigung einer Verwaltungsreform wenig beeindruckt zu sein. Das entspricht sicherlich nicht dem Wunsch der Gemeinderäte, ist aber begreiflich, wenn man das Vorhaben in das Licht historischer Forschungen rückt, wie es der Direktor des Heimatmuseums gestern in einem vielbeachteten Vortrag getan hat. Der Gedanke einer Verwaltungsreform ist nämlich, wie dieser gelehrte Mann schlüssig bewies, schon ziemlich alt. Bereits anno 1611 hatte der damalige Graf Schmeggs zu Wurmriesel, Franciscus XI. mit den gebauschten Hosen, vom Schmeggser Bürgermeister eine »Eylige Reformation Hiesiger Civiler Administrationis« gefordert. Dieses Verlangen muß wohl nicht den erwünschten Zweck erzielt haben, denn sein Ururenkel, François XVI. mit dem wollüstigen Schmunzeln, verlangte gleichfalls ein »Renauveau administratif de la cité de Schmeggs«. Und wenn dieser Fürst Erfolg gehabt hätte, dann gäbe es nicht jene Urkunde aus dem Jahre 1789 (Stadt-

archiv, tom. XMCLXIII/137), die ausdrücklich den Umstand beklagt, daß man zahlreiche Beamte bereits bei ihrem Dienstantritt pensionieren müsse, weil keine »bureaux-Localitäten« mehr vorhanden seien. Borromäus Viktor I. (»der Aufgeklärte«) aber ist bekanntlich in Trübsal versunken, nachdem er die Lösung derselben Frage in Angriff genommen hatte. Seine Nachfolger dürften dann das Einzige getan haben, was noch zu tun war: sie kümmerten sich nicht weiter um die ganze Geschichte.

20. September. Schon heute — kaum drei Tage später — haben sich die Fraktionen des Gemeinderates auf die Definition des Begriffes »Verwaltungsreform« geeinigt; Bürgermeister Kranebitter las sie unter atemloser Spannung des Hauses vor:

»Die Reform in der Verwaltung der Stadtgemeinde Schmeggs wird in Übereinstimmung mit § 117 der Schmeggser Stadtverwaltung aus 1853, bzw. mit den Ausnahmen, die die §§ 173, lit. c und d aus 1903 und § 124 lit. b aus 1871, soferne nicht die in §§ 41 und 91 sowie 93 angeführten Hinderungsgründe, die jedoch ihrerseits den Einschränkungen der §§ 137 und 154 der Zusatznovellen von 1945 unterliegen, geltend gemacht werden, vorsehen, durchgeführt. Der Begriff ›Verwaltungsreform‹ ist sonach zu definieren als die Summe jener Absichten und Handlungen, die geeignet sein können, im Zusammenhang mit bestimmten verwaltungstechnischen Maßnahmen eine Verwaltungsreform durchzuführen beziehungsweise in ihrem Gefolge zu haben.«

»So«, setzte Bürgermeister Kranebitter nach einer Pause hinzu: »Und was machen wir jetzt wirklich?«

Das Sitzungsprotokoll vermerkt an dieser Stelle, daß die Debatte vertagt wurde.

21. September. Der Gemeinderat hat noch immer nicht den rechten Ansatzpunkt für eine Verwaltungsreform gefunden. Zudem tauchen neue Probleme auf: Die im Mäusgraben — dem dunklen Stadtviertel jenseits der

Schilda — heimischen Scherenschleifer und Rastelbinder, ein anarchisch denkendes Völkchen, haben eine Erhöhung der Rastelbund-Schutzzölle und die Einrichtung einer Scherenschleifakademie gefordert; der mächtige Altdamen-Verein (die stärkste Stütze der Traditionspartei) fordert einen Protestmarsch gegen die überhandnehmende Gefährdung der öffentlichen Sittlichkeit; und das Denkmalamt erhebt Einspruch gegen die Errichtung eines Neubaues an der Stelle des kürzlich abgebrannten Lorbeerhofes und verlangt, daß dieser Neubau, wenn er schon gebaut werde, wenigstens dem alten Bau (ca. 1450) aufs Haar gleiche.

»Probleme, Probleme, Probleme!« seufzte der Ehrenwerte Oleander im Gemeinderat.

»Ja«, ergänzte der Ehrenwerte Schluckauf. »Und wir müssen sie auch noch in Angriff nehmen. Tun wir's gleich, damit wir sie hinter uns haben.«

»Ich verstehe die Herren manchmal nicht«, fuhr Bürgermeister Kranebitter dazwischen. »Jetzt sitzen die Herren schon so lange im Gemeinderat und haben immer noch nicht begriffen, daß in der Politik nichts, aber auch schon gar nichts ›sofort‹ erledigt werden darf. Die Sachen müssen doch erst einmal abliegen, meine Herren, damit sie den richtigen Geschmack bekommen, die Würze, das gewisse Etwas, den politischen Hautgout eben. Auch politische Probleme müssen heranreifen. Kurz und gut, wir werden alle diese Proteste und Forderungen bis auf weiteres wohlwollend prüfen. Basta.«

»Na schön«, stimmte Gemeinderat Oleander seufzend den Ausführungen des größten politischen Theoretikers der Schmeggser Geschichte zu. »Aber irgend etwas müssen wir doch in Angriff nehmen. Der Platz an der Sonne ...«

»Natürlich die Verwaltungsreform«, sagte Herr Kranebitter mit der ihm eigenen Entschlossenheit. »Das ist immer noch das Ungefährlichste.«

»Aber wir wissen noch immer nicht, wie wir sie beginnen sollen!« klagte der Ehrenwerte Schluckauf.

»Zuerst — na, zuerst müssen wir natürlich eine Besichtigung vornehmen.«

»Sehr gut«, pflichtete der Gemeinderat bei. »Besichtigungen sind immer gut. Besichtigen wir also.«

Man hat mich, den Ortsunkundigen, mit viel Courtoisie eingeladen, als gleichsam unparteiischer Zeuge an der Besichtigung teilzunehmen. Ich habe die Einladung angenommen.

22. September. Die Gemeindeverwaltung der Stadt Schmeggs, zu deren Besichtigung wir im Laufe des heutigen Vormittags aufbrachen, nimmt keineswegs nur die Räume des Rathauses ein. Sie hat vielmehr im Laufe des letzten Jahrhunderts — und insbesondere unter der Ägide Viktor Borromäus III. des Nachlässigen — in die Häuserblocks hinter und neben dem Rathaus übergegriffen. Die Feuermauern zwischen diesen aus verschiedenen Bauperioden stammenden Gebäuden sind durchbrochen, zugemauert und an anderen Stellen wieder aufgerissen worden, um Durchgänge zu schaffen; Treppen, Stiegen und Stufen versuchen, der Niveauunterschiede Herr zu werden: es schien von Anfang an nicht leicht, sich in diesen verwinkelten Gängen, die bald vor einer Stiege, bald vor verschlossenen Türen enden, halbwegs zurechtzufinden.

Nach einer Weile des stummen Dahinschreitens fanden die Herren — und ich schloß mich ihrer Meinung an —, daß wir nun ein ausreichendes Bild von den Korridoren des Schmeggser Verwaltungsapparates hatten. Der Ehrenwerte Oleander schlug vor, nunmehr eine Abteilung zu besichtigen.

Aber das nächste Zimmer — 220 — war geschlossen. »Kein Parteienverkehr« stand auf der Tür.

221 war ohne Angabe von Gründen gesperrt.

»Anmeldung nebenan« befahl eine Tafel auf 222.

Wir betraten 223.

Ein subalternes Individuum begrüßte uns, da es den Bürgermeister erkannte, auf das höflichste. Was hier vor sich gehe, frage Herr Kranebitter.

Es handle sich um die Abteilung A 2 der Sektion XXIII, Referat für Wiederabforstung, murmelte der Beamte.

Was diese Abteilung für Agenden verwalte, wollte der Ehrenwerte Oleander wissen.

»Ich registriere«, führte der Subalterne aus, »die kürzlich von der Abteilung B 5 ausgegebenen und hieramts wieder einlaufenden Fragebogen, in denen die Ortsansässigen Auskunft über den Umfang ihres Unterzündholzverbrauches geben.«

»Interessant, interessant«, murmelte der Bürgermeister. »Und was geschieht mit Ihren Registraturen?«

Das wisse er nicht, sagte der Subalterne. Die Registraturen gingen in das Zimmer 351 im zweiten Stock.

»Tüchtig, tüchtig«, sagte Herr Kranebitter leutselig. »Viel Arbeit mit dieser Wiederabforstung, wie? Kommen Sie, meine Herren — wir wollen uns einmal Nummer 351 ansehen.«

Es war nicht leicht, die Stiege zu finden, die in den zweiten Stock führte, und noch schwieriger war es, das Zimmer 351 zu entdecken. Aber schließlich fanden wir es.

Ein Subalterner offensichtlich höheren Ranges gab uns Auskunft. Er verwalte, so erklärte er, die Zentraleinlaufstelle des Wiederabforstungsreferates. Ob wir genaue Angaben über den Verbrauch an Zünd- und Unterzündhölzern, Sägespänen, Hobelscharten, Laubsägeholz usf. wünschten?

Wir verzichteten dankend, erkundigten uns aber, was mit den solcherart gesammelten Ziffern geschehe.

Die würden in das Zimmer 352 weitergeleitet, sagte der Subalterne höheren Ranges. In Zimmer 352 befände sich seiner Vermutung nach die Koordinationsstelle der Aufforstungs-, Abforstungs-, Wiederaufforstungs- und Wiederabforstungsreferate. Doch sei dies, wie gesagt, nur eine Vermutung von ihm.

Wir brachen zu Zimmer 352 auf, das sich nicht nebenan, sondern im dritten Stockwerk befand.

»Ist das nicht prächtig?« fragte Bürgermeister Kranebitter, während wir wieder durch Korridore wandelten, Stiegen erklommen und um scharfe Ecken bogen. »Ich möchte nur wissen, was wir da reformieren sollen. Wunderbar, wie da alles geordnet ist mit diesen vielen Registraturen. Ein richtiger Instanzenweg, was sag' ich: der reinste Instanzenzug ist das! Geradezu vorbildlich, dieser Zweig unserer Verwaltung!«

Die Gemeinderäte stimmten ihm mit warmen Worten zu.

Hatten wir nun den dritten Stock erreicht?

Ich wußte es nicht. Zu viele Treppen hatten wir erstiegen, zu viele Stufen beschritten. Mir schien es, als wäre dieser Teil des Verwaltungskomplexes älter; er zeigte Spuren sichtlicher Vernachlässigung, und die Brettchen auf den Fußböden waren gewiß lange nicht mehr mit Öl getränkt worden. Auch die Numerierung der Türen verursachte mir Kopfzerbrechen: sie begann mit 5, lief bis 137, hörte dann ganz auf und begann wiederum mit 89a.

Ich sah meine Gefährten an. Und bemerkte sofort, daß auch sie es erkannt hatten: wir hatten uns verirrt.

Die Türen links und rechts waren geschlossen — dieses Gebiet hatte heute zweifellos keinen Parteienverkehr. Wir sahen einander wieder an und wanderten weiter, treppauf, treppab, durch Türen, auf denen »Durchgang verboten« stand, an verschlossenen Toiletten vorbei, deren Schlüssel in unauffindbaren Zimmern verwahrt wurden ...

Der Ehrenwerte Schluckauf war es, der nach einer langen, schier unendlichen Zeit des stummen Dahinschreitens das Schweigen brach.

»Ich bin müde«, sagte er kläglich.

» ... und durstig«, setzte der Ehrenwerte Oleander hinzu.

»Setzen wir uns doch nieder«, murmelte Herr Kranebitter. »Ein bißchen ausruhen ...«

Diesen Augenblick hatte ich kommen sehen. Nun galt es, stark zu bleiben. Mitleid war nicht mehr am Platze.

»Unter keinen Umständen!« herrschte ich brutal die Herren an. »Unter keinen Umständen dürfen wir uns jetzt niedersetzen! Dies könnte höchst verhängnisvoll werden! Wir müssen weiter! Los, meine Herren! Noch dürfen wir hoffen! Vorwärts! Weiter!«

Sie gehorchten, erschöpft, doch ohne Murren. Ich übernahm die Führung. Stets um einen Schritt voraus, nur auf meinen Instinkt angewiesen, leitete ich unser Trüppchen weiter kreuz und quer durch die Korridore, die nur durch schmale Lichthoffenster gelegentlich trübes Licht erhielten. Wie sehr bedauerte ich, daß ich nicht mehr den kleinen Zierkompaß an meiner Uhrkette trug!

Und dann — ich weiß nicht, wieviel Zeit verflossen war —, dann kam der schreckliche Augenblick, in dem ich mir eingestehen mußte, was ich schon lange dunkel geahnt hatte: mein Instinkt hatte versagt. Als wir zum drittenmal an der Türnummer 137 vorbeikamen, war es mit unserer Kraft zu Ende. Mutlos sanken wir nieder und blieben unbeweglich sitzen.

Meine Erinnerungen an diese vielleicht schlimmsten Stunden meines Lebens sind naturgemäß getrübt, aber ich weiß noch, daß Herr Gemeinderat Oleander irgendwann zu delirieren begann; wir konnten ihn nur mit Aufbietung unserer letzten Kräfte davon abhalten, mit dem Kopf gegen die Mauer zu rennen, um solcherart einen Ausgang zu gewinnen.

Dann schliefen wir ein; mein Schlaf war leicht und von Träumen verwirrt.

Ich glaube, daß ich es war, der es zum erstenmal hörte: das Geräusch von sehr fernen, schlurfenden Schritten: Ich hatte Angst, einer (in diesem Zustand nur zu begreiflichen) Sinnestäuschung zum Opfer zu fallen — aber dann sprang ich doch auf und stieß schrille Rufe aus, die in den leeren Korridoren schaurig widerhallten.

»Halloh!« schrie ich. »Halloh! Halloh!«

Stille. Nichts rührte sich ...

»Halloh! Hallohalloh!«

Meine Gefährten sahen mit stumpfen Augen auf mich. Hoffnungslosigkeit sprach aus ihnen.

Und dann hörte ich die schlurfenden Schritte abermals. Näher diesmal, deutlicher ...

»Halloh!« brüllte ich, so laut ich konnte; neue Lebensgeister beflügelten mich. »Halloooh! Her zu uns!«

Ein flackernder Lichtschein tauchte hinter einer Biegung auf, kam näher. »Halloh!« rief ich noch einmal und dann sah ich, daß das Licht einer jener Grubenlampen entsprang, wie sie vorzugsweise Bergleute zu tragen pflegen.

»I komm' ja schon!« ertönte eine mürrische, uns gleichwohl wie Engelszungen klingende Stimme. »Komm' ja schon!«

Wie erlöst sahen wir auf den Träger der Lampe, der zwei Schritte vor uns stehen blieb: ein hageres, ältliches Geschöpf mit den blicklosen, wie von einem Häutchen überzogenen Augen des lange gedient habenden Beamten.

»Bin ja schon da!« sagte er strafend. »Sind ja eh noch ganz gut beieinander die Herren. Hätten nicht so zu schreien brauchen!«

»Kennen sie mich nicht?« flüsterte Herr Kranebitter in einem kläglichen Versuch, auch jetzt noch seine Autorität zu wahren. »Ich bin der Bürgermeister.«

»Der is' vor neunzehn Jahr'n gestorben«, erwiderte der Fremde.

»Aber das war doch mein Vorgänger!«

»So, so? Na ja, das geht halt alles sehr g'schwind, heutzutag. Da kommt unsereins nicht mehr so mit. Also, geh'n wir, geh'n wir, bitte mir zu folgen ...«

Er wandte sich um. Wir folgten ihm mit neuen Kräften.

»Wer sind Sie denn eigentlich?« fragte Schluckauf nach einer Weile.

»Karl Zwazek, pragmatisierter Auffindungsbeamter, 57 Dienstjahre«, sagte unser Retter, ohne sich umzuwenden. »Links bitte, Achtung, Stufe ...«

»Auffindungsbeamter?!« Ich war höchst erstaunt. »Wußte ja gar nicht, daß es so etwas gibt. Was finden Sie denn auf?«

»No — die verirrten Vorgeladenen. Was sonst? Ihnen hab' ich ja auch aufg'funden, oder vielleicht nicht?«

»Gott sei Dank!« sagte ich aus tiefstem Herzensgrunde. »Und finden Sie die immer?«

Ich hatte mit dieser Frage den bescheidenen Stolz dieses Mannes geweckt.

»Freilich find' ich sie«, antwortete er. »Drum bin ich ja auch pragmatisiert worden. Und alle lebend, bitte sehr, wenn auch oft in völlig erschöpftem Zustand. Nur wenn ich vom Urlaub z'ruckkomm', finde ich bisweilen Leichname kürzlich verstorbener Antragsteller. Sind eben zu wenig Auffindungsbeamte da, gar kein Nachwuchs. In meiner Jugend ja, da war ein Auffindungsbeamter noch was Hochgelehrtes. Seine Durchlaucht Viktor Borromäus III., im Volksmunde ›der Schlampige‹ genannt, ein sehr leutseliger Herr, der hat mich bei der definitiv provisorischen Übernahme in den Kommunaldienst sogar mit der bronzenen bürgerlichen Verdienstmedaille IV. Klasse dekoriert, bitte sehr. Mein seliger Herr Vater, der was auch schon pragmatisierter Auffindungsbeamter war, ist im Hochamt am Sonntag in der zweiten Reih' gesessen. Aber heut'? Heut' is' man ja nicht einmal sicher, daß sich nicht so ein aufgefundener Petent aufrafft und mit seinen letzten Kräften den armen Auffindungsbeamten tätlich insultiert, wie das dem Kollegen Waldbeißer von der Aktenverbrennungsabteilung doch tatsächlich einmal passiert ist ...«

»Schrecklich!«

»Nicht wahr? Ja, sind halt zu wenig Beamte da, und die sind natürlich dauernd übermüdet — im Interpunktionsressort zum Beispiel, also dort is' der Auffindungsbeamte Pratzlwascher, stellen s' Ihnen vor, der hat sich in seiner Übermüdung in die Ausradierabteilung verirrt, und was soll ich Ihnen sagen — derselbe is' bis heute nicht wieder zum Vorschein 'kommen, weil die Ausradierabteilung seit dem Tode des Kollegen Kernschlucker keinen mit der Lokalität vertrauten Auffindungsbeamten mehr hat, der was den Kollegen Pratzlwascher hätt' finden können. Was sich dort tut, das is' ja direkt schon bürokratisch. Der Nachwuchs fehlt, das is' das Malheur ...«*)

Und mit diesen Worten öffnete der pragmatisierte Auffindungsbeamte Karl Zwazek, 57 Dienstjahre, eine Türe und wir traten, tief aufatmend, Tränen der Freude in den Augen, auf den Franz Xaver Greindl-Platz.

23. September. Ausgeschlafen, gestärkt und voll frischem Tatendurst erklärte Herr Bürgermeister Kranebitter unter allgemeiner Zustimmung der Gemeinderäte folgendes:

»Meine Herren, ich kann mich kurz fassen. Eine Verwaltungsreform in Schmeggs ist ein Unding. Es ist alles in bester Ordnung, für jeden Eventualfall vorgesorgt. Zu klären ist nur die Frage, ob wir, da die Auffindungsbeamten über Nachwuchsmangel klagen, nicht den Einsatz von Suchhunden — es müssen ja nicht gleich Bernhardiner sein — erwägen sollten. Eine diesbezügliche Studienkommission wird die weiteren Schritte beraten. Im übrigen, meine Herren: die Schmeggser Verwaltungsreform erkläre ich hiemit feierlich für abgeschlossen.«

---

*) Die Ausbildung zum Auffindungsbeamten erfolgt in drei Etappen: Zu Beginn ist ein dreijähriges theoretisches Studium der Baupläne des Rathauses zu absolvieren. In der zweiten Etappe durchstreift der Amtsanwärter in Begleitung eines (womöglich pragmatisierten) Auffindungsbeamten fünf Jahre lang kreuz- und querweise, horizontal und vertikal, bei Tag und bei Nacht das Gebäude, wobei er sich nach Tunlichkeit Notizen machen und Wegskizzen anfertigen sollte; schließlich und drittens wird der Kandidat — allerdings nur außerhalb der Amtsstunden — allein losgeschickt, um ein irgendwo im Rathaus von kundiger Hand verstecktes ausgestopftes Meerschweinchen aufzuspüren; dabei ist er nur mit einem dicken Wollknäuel (dem sogenannten Faden der guten Hoffnung) ausgerüstet, welchen er unterwegs abzuspulen hat, auf daß er den Rückweg nicht verfehle. Es ist allerdings schon vorgekommen, daß ein Meerschweinchensucher, ob der für seine weitere Karriere so entscheidenden Aufgabe gereizt und erregt, den Faden verloren oder abgerissen hat; dann muß er, falls er das Labyrinth überhaupt lebend zu verlassen imstande ist, wiederum bei der ersten Etappe beginnen. Anm. d. Hsg.

Das gestohlene Denkmal

25. September. Es ist unfaßbar, aber es ist wahr: Das Franz Xaver Greindl-Denkmal ist gestohlen worden! Es ist die größte nationale Katastrophe, von der die Stadt Schmeggs seit der großen Pestepidemie im Jahre 1659 betroffen wurde.

Man hat selbstverständlich alles getan, um der verschwundenen Bronzefiguren wieder habhaft zu werden. Die Polizei läßt den verwaisten Sockel nicht eine Sekunde aus den Augen. Der Stadtpolizeidirektor teilte mit, daß zweckdienliche Nachforschungen bereits im Gange seien, man jedoch vorläufig im Interesse des Unternehmens noch keine diesbezüglichen Kommuniqués verlautbaren könne.

26. September. Die Polizei schweigt noch immer, um den Erfolg der eingeleiteten Nachforschungen nicht zu gefährden. Der Platz vor meinem Fenster ist weiterhin leer, wenn man von einer Anzahl unauffällig wirkender Kriminalbeamter absieht. Tolle Gerüchte durchschwirren die Stadt. Wie immer in solchen Fällen wird vielfach die Schuld den verachteten Wurmsiedlern zugeschoben, die aus Eifersucht und hämischem Neid auf das emporstrebende Schmeggs das Herzstück des Schmeggser Patriotismus geraubt haben sollen. Mir persönlich kommt freilich jenes andere Gerücht wahrscheinlicher vor, welches besagt, daß hinter diesem schmählichen Verbrechen Mäusgrabner stecken — Bewohner der am anderen Schilda-Ufer liegenden Vorstadt also, in die ein ehrsamer Bewohner der Alt- oder Neustadt auf keinen Fall einen Fuß setzen wird, weil er wohl weiß, daß der schlechte Ruf jenes Stadtteils nur zu berechtigt ist. Niedriges und unstetes Volk nämlich haust dort, seit dem Dreißigjährigen Kriege schon, der im Mäusgraben allerlei Abhub der schwedischen und kaiserlichen Heere zurückließ, verwundete Soldaten, Landstörzer, Tattern und Zigeunerinnen. Heute noch beziehen in den übel beleumundeten Schenken und Herbergen des Mäusgrabens Rastelbinder, Scherenschleifer und Zirkusvolk Winterquartier.*) Was sich in der schönen Stadt Schmeggs an Ungesetzlichem er-

*) »Anm. d. St. Sch.« XXXIX, Pag. 14: » ... am Abend des 3. Juni 1637 war ein Reiterfähnlein des schwedischen Regimentes Oxenstjerna unaufhaltsam bis in die friedlichen Auen der Schilda vorgedrungen, wo es nächst dem Mäusgraben ein Feldlager aufschlug. Am nächsten Tage berannte es die Stadt, wo ihm die Schmeggser Bürger ein mutiges Halt boten, bis ein verräterischer Wurmsiedler den Schweden ein Hinterpförtchen öffnete. Genug der Worte über das grausame Gemetzel, das sich alsbald erhoben hätte, wenn die Schmeggser Besatzung sich nicht sofort in besonnener Ruhe nach Würmelbach abgesetzt hätte.« Anm. d. Hsg.

eignet, hat für gewöhnlich im Mäusgraben Ursprung und Wurzel. — Der Gemeinderat hat wiederum auch die Nacht hindurch getagt, ohne freilich zu irgendeinem Ergebnis gelangt zu sein.

27. September. Die Gerüchte um den Mäusgraben verdichten sich. Ein Suchtrupp der Museumsfreunde ist auf der Erzherzog Ignaz Nepomuk-Brücke mit einer Rastelbinderhorde zusammengestoßen. Zwei Verletzte. Die Polizei schweigt noch immer. An den öffentlichen Gebäuden wurden schwarze Fahnen aufgezogen.

28. September. Die Polizei hat unter dem Drucke der öffentlichen Meinung zugeben müssen, daß sie überhaupt keine Spuren verfolgt; sie hat dafür, um ihren Eifer zu beweisen und weiteren Zwischenfällen vorzubeugen, die Erzherzog Ignaz Nepomuk-Brücke durch einen Kordon gesperrt, der nur nach Ausweisleistung zu durchbrechen ist. In einer plötzlichen abenteuerlichen Laune, wie sie mich bisweilen zu befallen pflegt, habe ich beschlossen, dem Mäusgraben heute abend einen Besuch abzustatten.

29. September, mittags. Müde und zerschlagen, doch sehr befriedigt, notiere ich die Ereignisse des gestrigen Abends. Gegen 20.30 Uhr passierte ich ohne Schwierigkeiten den Polizeikordon der Erzherzog Ignaz Nepomuk-Brücke; den Polizisten war es wohl gleichgültig, daß ein Ortsfremder im Mäusgraben ein privates Risiko einging. Dann, als ich die Brücke überquert hatte, packte mich freilich die Spannung: hier stand ich allein und ungeschützt einer fremden Welt gegenüber; einer sehr verwahrlosten und von verfallenen, nachlässig geflickten Häusern und finsteren Hinterhöfen erfüllten Welt. Menschen sah ich nicht, während ich vorsichtig dahinschritt, aber aus den Kaschemmen, Kneipen und Wirtsstuben, deren es in jedem Haus eine zu geben scheint, drang verworrener Lärm. Ich wählte auf gut Glück die nächstbeste — sie hieß »Zur steifen Brise« — und stieg die schmale Treppe hinab.

Das raucherfüllte Lokal, in dem der Fußboden wohl seit Menschengedenken nicht mehr gesäubert worden war, hatte zweifellos Atmosphäre, aber es war nicht das, was ich suchte. Die kräftigen, struppigen Burschen, an deren Tisch ich Platz genommen hatte, waren, wie ich bald erkannte, Schilda-Matrosen, die hier festhingen, weil eine unterhalb der Erzherzog Ignaz Nepomuk-Brücke gesunkene Zille die Fahrtrinne verstopft hatte. Rauhe, muskelbepackte Gesellen, aber sicherlich ehrbare Leute, die gewiß nicht auf den Gedanken kämen, nächtlings berühmte Denkmäler zu stehlen. Gleichwohl blieb ich an ihrem Tisch eine Weile sitzen, um zu lauschen, wie sie ihr Seemannsgarn spannen; sie hatten sich den Wind, der leewärts von den Schmeggser Bergen herunterweht, gewaltig um die Nasen wehen lassen, manch heimtückischer Schilda-Wirbel hatte ihre Schiffe kieloben treiben lassen und nicht selten war dann achterbord der Klabautermann aufgetaucht und hatte höhnisch gelacht. Ja, das waren atemberaubende Geschichten, aber ich sah mit dem Blick des Geübten, daß diese Männer unter ihrem rauhen Äußeren ein weiches Gemütsleben verbargen. Und als sie, während das alte Grammophon die unsterbliche Weise von »La Paloma« sang, von wildem Weh geschüttelt aufschluchzten, stand ich leise auf und verließ unbemerkt das Lokal.

Die nächste Kneipe, die ich aufs Geratewohl aufsuchte, hieß »Zum armen Konrad«; eine ungeschickte, aber barbarisch-eindrucksvolle Darstellung jenes dämonischen Scherenmannes, der Daumen wie Papier abschneidet, diente dem Lokal als Aushängeschild.

Mit einem Schlag verstummten die Gespräche, als ich das Lokal betrat. Mißtrauische, abweisende, verschlossene Gesichter wandten sich mir zu — ja, hier war man offenbar geneigt, einen Fremden für einen Eindringling zu halten. Mit möglichst unbeteiligtem Gesicht schritt ich quer durch den Raum auf einen Tisch zu, an dem nur zwei Männer kauerten — sonst war jeder Platz besetzt. Ein ältlicher Kellner schlich heran, ich bestellte ein Glas Bier. Das führe man hier nicht, murrte der Kellner, hier gebe es nur dreifach Gebrannten.

»Dreimal einen Dreifachen!« herrschte ich ihn an. »Auch für die Herren da.«

»Sie sind aber nobel!« flüsterte einer meiner Tischnachbarn, ein abgerissenes Individuum mit vorstehenden Zähnen.

Nach einer neuerlichen Bestellung dreier Dreifacher war das Eis gebrochen. An den anderen Tischen setzte das Geflüster wieder ein und bald war es auch gelungen, mit den beiden Männern an meinem Tisch ein Gespräch zu beginnen.

Ob sie Scherenschleifer seien, fragte ich.

»Ah nein«, lispelte der Rothaarige, »mir sind keine Scherenschleifer nicht. Der da ist nur ein Kochlöffelschnitzer und ich, ich bin ein Rastelbinder. Nicht jeder hat das Glück, als ein Scherenschleifer auf die Welt zu kommen.«

»Die glauben immer, sie sind was Besseres«, knurrte der andere, dem der Schnaps schon zu Kopf gestiegen war. »Sitzen beinander am eigenen Stammtisch, unsereins darf nicht einmal in die Näh'. Und bei die Prozessionen tragen s' den Baldachin und fühlen sich wie die Fürsten!«

»Pscht!« warnte der Rastelbinder. »Nicht so laut! Du tätst dir noch die schönsten Scherereien anfangen mit so unvorsichtigen Bemerkungen!«

»Weil's wahr is!« erhitzte sich der Kochlöffelschnitzer, »weil's Tyrannen sein, die Scherenschleifer, blutige Tyrannen! Aber es kommt der Tag, wo die unterdrückten Kochlöffelschnitzer aufstehn werden, wo der Zorn der Rastelbinder ausbricht! Ha, denen steck' ich noch meine Kochlöffel in die Ohrwascheln, denen!«

»Du bist ja irrsinnig!« flüsterte der Rothaarige erschrocken. »Wirst das Maul halten!«

»Denen ist also alles Böse zuzutrauen«, fragte ich harmlos, »den Scherenschleifern?«

»Das is es, jawohl!« ereiferte sich der Betrunkene, »vorige Woche erst haben sie einem Bandelkramer das ganze Geschäft auf lauter kleine Stückerln zusammengeschnitten, weil er aufgemuckt hat gegen ihre unerträgliche Diktatur — solche Brutalitäten machen die, jawohl!«

» ... dann wäre ihnen vielleicht«, sagte ich beiläufig, »auch der Diebstahl des Franz Xaver Greindl-Denkmals ...?«

Die beiden stutzten. Und der Zorn des revolutionär gesinnten Kochlöffelschnitzers richtete sich nun plötzlich gegen mich.

» ... Sie sind ja verrückt«, fauchte er mich mit trunkenem Ingrimm an. »Nie tät ein echter Scherenschleifer den Franz Xaver Greindl auch nur anrührn! Nie! Die verehren ihn ja wie einen Heiligen!«

» ... wo er doch die Effilierscher'*) erfunden hat!« setzte der Rothaarige erklärend hinzu.

Ich war verwirrt und verzweifelt.

»Aber wo kann das Denkmal dann nur sein?« sagte ich halb zu mir selbst.

» ... das müssen S' andere fragen«, murmelte der Rastelbinder feindlich. »Nicht uns. Da dürfen S' nicht in den ›Armen Konrad‹ gehen. Da hätten S' schon ins ›Lustige Finanzamt‹ schauen sollen ... und jetzt wär's überhaupt besser, Sie täten verschwinden. Die Scherenschleifer schaun eh schon allerweil zu uns herüber ...«

Ich befolgte diesen Rat — und ich gestehe, daß mir leichter zumute war, als ich die gefährlich glitzernden Augen der Scherenschleifer hinter mir wußte.

Die kühle Nachtluft tat meinem Kopf gut. Ich blieb stehen und dachte nach. Das ›Lustige Finanzamt‹? Sicherlich war auch das der Name einer Kneipe — aber welcher? Und wo in diesem Gewirr alter Häuser mochte sie sich verstecken?

---

*) Effilierschere, von franz. effiler: ausfransen. Findet heutzutage vor allem in der altehrwürdigen »Schmeggser Teppichfransenerneuerungsanstalt« (Bahngasse) Verwendung. Anm. d. Hsg.

Ich hörte Schritte über das Katzenkopfpflaster schleifen und drückte mich tiefer in den Schatten der Hauswand. Dann freilich trat ich eilig wieder hervor — ich erkannte nämlich in dem nächtlichen Spaziergänger den Redakteur des »Schmeggs am Wochenende«, einen Doktor Schnittlauch, der mir dieser Tage bei irgendeiner Gelegenheit vorgestellt worden war.

»Wie, Herr Doktor — Sie hier? Sie, hier im Mäusgraben?«

»Natürlich«, flüsterte der Journalist. »Warum nicht? Der Mäusgraben, mein Verehrter, ist meine beste Informationsquelle. Der Mäusgraben, mein Verehrtester, weiß über alles Bescheid. Über alles. Wenn der Ehrenwerte Oleander seine Blicke auf einer hübschen Verkäuferin ruhen läßt — der Mäusgraben weiß es. Wenn der Ehrenwerte Schluckauf in seinen Mußestunden die Biographie Dschingiskhans und die Memoiren Iwan des Schrecklichen liest — der Mäusgraben weiß es.«

»Und ... und das Denkmal?« murmelte ich.

Der Redakteur blickte vorsichtig um sich.

»Murren, Andeutungen, Stirnrunzeln. Sonst nichts. Der Mäusgraben weiß es, aber er schweigt. Sogar die hiesigen Kartenaufschlägerinnen — ich zahle ihnen ein Pauschale, sogar die schweigen. Ist ja auch wirklich ein Verbrechen sondergleichen.«

Es war deutlich, daß Doktor Schnittlauch sich Angenehmeres gewünscht hätte, als ein Gespräch mit einem Ortsunkundigen mitten im Mäusgraben. Aber ich ließ nicht locker.

»Sagen Sie, Doktor Schnittlauch, Sie Erfahrener: Was ist das ›Lustige Finanzamt‹?«

Doktor Schnittlauch pfiff durch die Zähne:

» ... das ›Lustige Finanzamt‹! Hab's ja geahnt, daß die dahinter stecken! Respekt vor Ihren detektivischen Fähigkeiten. Tja, das ›Lustige Finanzamt‹, das ist das Stammlokal der ›Vereinigung Schmeggser Taschen- und Einschleichdiebe‹, mein Bester.«

»Eine — Vereinigung?«

»Und eine mächtige dazu. Vor der zittern sogar die Scherenschleifer. Also die Vereinigung steckt hinter dem Denkmaldiebstahl ... naja, sie hat einen sehr tüchtigen Präsidenten jetzt ...«

»Und wo ist das Lokal?«

»Hier das Fünfkreuzergassl hinunter, dann rechts die Rotpfenniggasse bis zum Luckertenhellerplatz und dann abbiegen in die Falschefuffzigergasse — dort ist es. Nein, mein Bester, ich geh nicht mit. Ich nicht. Ich will noch ein paar Jahrgänge des ›Schmeggs am Wochenende‹ herausbringen, mein Bester. Glück auf!«

Und Herr Doktor Schnittlauch eilte hinweg, begierig, die sichere Erzherzog Ignaz Nepomuk-Brücke zu erreichen. Ich sah ihm nach, drehte mich um und ging — ein Alexander, der die Schiffe hinter sich verbrannt hat — ins »Lustige Finanzamt«.

Noch jetzt läuft es mir eiskalt über den Rücken, wenn ich an die Augenblicke denke, in denen ich das Lokal betrat, mir unter den stechenden Blicken der Anwesenden einen Platz suchte, etwas zu trinken bestellte, worauf man mir zu meiner Überraschung nicht einen Vierfachen, sondern Limonade brachte (es ist natürlich klar, die hier vertretenen Berufe erfordern Nüchternheit) — und die Stille, die einen sehr dicken, aber bleichgesichtigen Mann begleitete, während er sich an mich heranschob und neben mir niederließ.

»Guten Abend«, sagte er mit allzu freundlicher Fistelstimme.

»Guten Abend.«

»Müssen schon entschuldigen«, fuhr der Dicke fort, »aber es kommen ja so selten Fremde zu uns, da wundert man sich halt, wenn man einmal einen sieht. So kleine Leut' wie wir ...«

»Ja, ja — ich verstehe. Ich möchte nur ...«

»Sind halt nur so neugierig, die fremden Leut'«, unterbrach mich der Dicke. »So arg neugierig sind sie manchmal.«

»Manchmal wirklich« — ich wußte, daß hier nur Kühnheit helfen konnte.

Der Dicke wandte mir seine kalten Äuglein zu.

»Ist aber nicht immer gut, wenn man neugierig ist«, fistelte er, freundlich wie ein Krokodil, das einen appetitlichen Bissen fixiert. »Ist gar nicht gut. Die Leut' werden manchmal schlecht, wenn einer neugierig ist — so arg schlecht.«

»Ich verstehe.«

»Sogar im Mäusgraben kommen manchmal Sachen vor — Sachen, ich sag' Ihnen ... wenn einer fremd ist, und wenn er dann noch vielleicht gar mit der Polizei bekannt ist ...«

Nun galt es, den Stier bei den Hörnern zu packen.

»Hören Sie«, sagte ich energisch, »wir wollen unsere Karten offen auf den Tisch legen. Ich bin ein Fremder, jawohl, aber ich habe nichts, gar nichts mit der Polizei zu tun. Und Sie sind, wenn ich mich nicht sehr irre, der Präsident der Vereinigung Schmeggser Taschen- und Einschleichdiebe. Stimmt's?«

Er wiegte bedächtigt seinen mächtigen Kopf.

»Nein, die Leut' heutzutag!« fistelte er. »Alles wissen sie so gut, die Leut'! Woher wissen S' denn, daß ich ein Präsident bin, hm?«

Ich entschloß mich zum Äußersten.

»Tja ...«, sagte ich und blickte ihn scharf an. »Sie haben halt so einen gewissen genialen Zug um den Mund ...«

Die Schmeichelei wirkte Wunder.

»So, so — hab' ich das?« Es schien fast, als ob der Präsident lächeln wollte. »Nein, was so fremde Leut' heutzutag alles an einem finden ...«

»Also, kurz und gut«, sagte ich, »ich sehe, wir werden uns verständigen. Ich suche — und zwar nicht im Auftrage der Polizei, wohlgemerkt — das verschwundene Denkmal ...«

»Denkmal? Was die Leut' immer mit dem Denkmal haben!«

»... und ich möchte wissen, was es kostet, wenn das Denkmal Franz Xaver Greindls heute nacht noch an seinen angestammten Platz zurückkehrt.«

Er sah mich schweigend an.

»Wie soll denn unsereins wissen, was das kostet?« erwiderte dann die Fistelstimme langsam. »Das kann einen Fünfhunderter kosten oder einen Tausender, wer weiß denn das schon?«

Soviel war ich zum Wohle der Stadt, die mich so gastlich aufgenommen hatte, gerne zu opfern gewillt.

»Schön«, sagte ich, »also siebenhundertfünfzig.«

»Bar auf den Tisch?«

»Sobald ich weiß, daß Sie das Denkmal haben!«

»Er gibt keine Ruh', keine Ruh'!«

»Also?«

Der Präsident erhob sich seufzend.

Ich folgte ihm, hinaus in einen kleinen Hinterhof. Und da stand in trüber Beleuchtung Franz Xaver Greindl, da standen die vier Grazien.

»Ich frage mich nur«, sagte ich sinnend, »warum dieses Denkmal gestohlen worden ist?«

Der Präsident zuckte die Achseln.

»Weil die Leut' vielleicht geglaubt haben, daß es aus Bronze ist.«

»Ja — und?«

»Es ist aber nicht aus Bronze. Es ist aus Gips. Gar keine Pietät haben die Leut' heutzutag«, fistelte er bekümmert.

»Na schön. Mir kommt's ja schließlich nicht auf den materiellen, sondern auf den ideellen Wert an. Also siebenhundertfünfzig. Und das Denkmal wird noch heute nacht — wo, zum Kuckuck, ist nur meine Brieftasche?«

»Die hab' ich versehentlich eingesteckt«, entschuldigte sich der Herr Präsident. »Manchmal muß man sich vergewissern, ob die Leut' auch ein Geld bei sich haben, wenn sie schon in so teure Lokale gehen ...«

Seit heute früh steht Franz Xaver Greindl wieder auf seinem alten Platz, huldigend umgeben ihn vier Grazien und die Bürger von Schmeggs.

Nachdenklich sehe ich auf das Denkmal und seine Bewunderer. In der Tat, der ideelle Wert ist es, auf den es allein ankommt.

Die Siebzehneinhalb-Stunden-Woche

30. September. Vormittags. Selbst einem Ortsunkundigen muß es auffallen, daß irgend etwas in Schmeggs nicht in Ordnung ist. Irgend etwas stimmt nicht. Es fehlt etwas, und wenn ich die bekümmerten Gesichter der hiesigen Politiker betrachte, glaube ich zu wissen, was das ist: es fehlt die große Tat, die mitreißende Aktion, es fehlt ein politisches Ziel, in dem sich die Energien der Schmeggser treffen und vereinigen könnten.

Daher also der psychische Druck, der auf Schmeggs

lastet: unstet schweifen die Emotionen der Bürger auf der Suche nach Befriedigung umher, die ins Unbewußte verdrängten Gefühle, von denen auch die Schmeggser nicht frei sind*), suchen einen Ausweg und finden ihn nicht, unterdrückte Sentiments und Resentiments treiben ziellos durch die Stadt, ziehen sich wolkengleich zusammen — wie, wenn sie sich zu einem Gewitter ballten? Wie, wenn diese unheilschwangere Atmosphäre plötzlich Blitze zeugte?

Abends. In der heutigen Sitzung des Gemeinderates stand der Obmann der »Fortschrittlichen Schmeggser«, Gemeinderat Schluckauf, ohne ersichtlichen Grund auf und verließ den Saal unter Protest. Eine für die allgemein herrschende Nervosität bezeichnende Episode.

1. Oktober. Der Blitz schlug ein und erschütterte die Stadt in ihren Grundfesten. Er hatte die Form eines Demonstrationszuges von Arbeitern der Gipsbüstenfabrik »Fama & Gloria«. Dieser Zug wildgesichtiger Burschen, denen die Muskeln vom Stemmen zahlloser Gipsköpfe gewaltig geschwollen sind, bog aus der Erzherzog Ignaz Nepomuk-Straße in den Franz Xaver Greindl-Platz ein; man vernahm aus seinen Reihen drohendes Gemurmel, man sah sogar einige geschwungene Fäuste — und wer marschierte an seiner Spitze? Gemeinderat Schluckauf.

Die Kolonne blieb stehen und drängte sich um das Franz Xaver Greindl-Denkmal. Drei Männer lösten sich aus der Menge und schritten auf das Rathaus zu — die Führerschaft der Fortschrittlichen, die Gemeinderäte Schluckauf, Sodbrand und Gerstenkorn.

*) Es ist, wie schon angedeutet, eine in der Fachwelt bis heute leider nicht vermerkte Tatsache, daß F. X. Greindl die grundlegenden Erkenntnisse Sigmund Freuds vorweggenommen hat. Neben zahlreichen Hinweisen in seinen Tagebüchern auf die Phänomene der Verdrängung und Sublimierung sei hier auf seinen brillanten Essay »Unbewußt kommt oft. Über die Architektur der menschlichen Bewußtseinsschichten« (1822) verwiesen. Anm. d. Hsg.

Im Portal trat ihnen, die Arme entschlossen über der Brust gekreuzt, Bürgermeister Kranebitter entgegen. Er erinnerte dabei an Leonidas, die Thermopylen verteidigend.

»Was soll das heißen?« herrschte er die drei Fortschrittlichen an. »Was soll der Wirbel?«

»Jaaa ...«, sagte der Ehrenwerte Schluckauf etwas unsicher, » ... wir kommen nämlich als Delegation des arbeitenden Volkes ...«

»Dann kannst du ja gleich wieder nach Hause gehen«, sagte der Bürgermeister kalt. »Wenn einer arbeitet, dann hat er keine Zeit, anderen Leuten auf die Nerven zu gehen.«

Schluckauf war wütend.

»Wir haben aber Forderungen vorzubringen!« brüllte er.

»Bitte sehr!« sagte Herr Kranebitter höhnisch. »Bitte sehr! Dann laß halt das Rathaus stürmen. Bitte sehr. Steck es in Brand, verwüste es, spreng es in die Luft. Bitte sehr.«

»Aber ... das geht doch nicht«, flüsterte Schluckauf gequält. »Ich kann doch nicht das Rathaus kaputt machen ... wo ich doch selber im Gemeinderat sitz' ...«

Auch ein Ortsunkundiger erkannte mit Leichtigkeit, daß sich der Ehrenwerte Schluckauf in einer moralisch äußerst diffizilen Situation befand: zu gleicher Zeit Volkstribun und Gemeinderat zu sein, bringt eben bisweilen Schwierigkeiten mit sich.

»So, so«, meinte Herr Kranebitter etwas weicher. »Aber, sag einmal — was für Forderungen sind denn das heute schon wieder?«

»Ja, wenn ich das nur selber wüßt' ...« erwiderte der Obmann der Fortschrittlichen verzweifelt.

»Das ist doch die Höhe«, fuhr Kranebitter auf. »Du kennst deine eigenen Forderungen nicht?«

»Schau, Herr Bürgermeister«, beeilte sich der arme Volkstribun zu erklären, »das ist ja eben das Furchtbare, daß ich es nicht weiß. Was soll ich denn eigentlich noch fordern? Ich hab' Lohnerhöhungen gefordert — der Gemeinderat hat sie bewilligt. Ich hab' weitere Lohnerhöhungen gefordert — der Gemeinderat hat sie bewilligt. Wir haben die Einundvierzigstundenwoche verlangt, und ihr habt sie bewilligt. Wir haben eine Gefahrenzulage verlangt und eine Gipsstaubzulage und kostenloses Sodawasser — und das ist auch bewilligt worden. Ja, Herrgott noch einmal, ihr gebt nach und immer nur nach, ja Teufel noch einmal, was soll ich denn noch verlangen?«

»No, Herr Gemeinderat — und wenn du ausnahmsweise nichts verlangst?«

Schluckauf schluchzte fast. »Aber wenn wir uns doch schon so daran gewöhnt haben. Und ich muß doch! Schließlich bin ich ja ein Volkstribun!« Seine Stimme wurde sanfter, beschwörender: »Herr Bürgermeister, ich flehe dich an: Hilf uns!«

»Ja, gern«, sagte der Bürgermeister gütig, »recht gern, aber wie?«

»Ich flehe dich an«, flüsterte Schluckauf mit Tränen in den Augen, »ich flehe dich auf den Knien an: bewilligt's mir bitte, bitte, meine Forderungen morgen im Gemeinderat nicht!«

»Nichts wird mir und den Traditionsgebundenen lieber sein«, entgegnete der Bürgermeister mit jener Aufrichtigkeit, die einem wirklichen Manne so wohl ansteht. Wahrhaftig ein schönes Beispiel dafür, daß in den Herzen auch hartgesottener Politiker die weichen Regungen der Hilfsbereitschaft nicht gänzlich erstickt werden können! Mit flammender Begeisterung versprach Schluckauf nun seinen versammelten Parteifreunden, daß er nicht rasten und ruhen werde, ehe nicht alle Forderungen erfüllt seien, worauf sich die Menge in den engen Gassen der Altstadt verlief. Ob Gemeinderat Oleander und seine traditionsgebundenen Freunde wohl wissen, daß sie vor Schluckaufs Privatkarren gespannt werden sollen?

2. Oktober. Es ist fast schon Nacht und noch immer sitze ich vor meinem Tagebuch, starre auf seine Seiten und finde

nicht die Worte, die mein Staunen auszudrücken vermöchten. Nach den Ereignissen des heutigen Nachmittags würde es mich nicht wundern, wenn die Schilda plötzlich bergauf flösse und die Bäume auf den Schmeggser Bergen in den Himmel wüchsen. Und doch will ich versuchen, zu berichten, wie all dies Unnatürliche geschah.

Die Gemeinderatssitzung begann mit der in Spannung erwarteten Rede des Gemeinderats Schluckauf. Ich verzeichne sie hier im vollen Wortlaut des Protokolls:

»Hochlöblicher Gemeinderat, Fortschrittliche Schmeggserinnen und Schmeggser! Die Stunde ist gekommen, da wir unsere Stimmen erheben. Jawohl, wir erheben sie, soweit wir vor Zähneknirschen dazu überhaupt imstande sind. Die Herren von der Traditionspartei mögen unsere Worte immerhin mit eisigem Schweigen aufnehmen. Das stört uns nicht. Wir haben schon manches Eis gebrochen, wir werden auch dieses noch brechen.« (Beifall.) »Ich brauche die tieferen Gründe der Empörung, die uns erfaßt hat, wohl nicht ausführlich zu schildern, sie sind allgemein bekannt.« (Beifall.) »Aber jetzt, Fortschrittliche Schmeggserinnen und Schmeggser, jetzt stehen wir am Ziele unseres Kampfes, und ich sage Ihnen schon jetzt, meine Herren von der Traditionspartei, daß wir auch dann zu kämpfen wissen werden, wenn Sie uns ihr traditionelles Nein nur so entgegenschleudern. Hochlöblicher Gemeinderat! Im Namen meiner Fraktion fordere ich die sofortige und unbedingte Einführung der Siebzehneinhalb-Stunden-Arbeitswoche sowie ein gesetzliches Verbot der unmenschlichen Mehrarbeit. Stellen Sie uns nur immer Ihr hartherziges kapitalistisches Nein entgegen, meine Herren von der Traditionspartei — wir werden es zu ertragen wissen, wie schon so oft!«

Ohrenbetäubender Jubel scholl dem Wackeren entgegen, als er schwer atmend den Platz des Sprechers verließ. Seine Gesinnungsfreunde stürzten auf ihn zu, umarten ihn, küßten ihn, hoben ihn wie einen Triumphator auf ihre breiten Schultern — ihre Begeisterung kannte keine Grenzen. Ich sah, wie Gemeinderat Schluckauf höhnisch zur anderen Seite des Saales blickte. Aber die Traditionsgebundenen verharrten auch jetzt in eisigem Schweigen.

Herr Gemeinderat Oleander bat ums Wort.

»Ich weiß wohl«, sagte er sanft, »daß die Partei der traditionsgebundenen Schmeggser in weitesten Bevölkerungskreisen als ein monolithischer Fels gilt, an dessen eherner Härte jegliche Demagogie zerschellen muß.« (Gemeinderat Liguster: »So ist es!«) »Aber, meine Herren, hochlöblicher Gemeinderat! In diesem Fels schlägt doch ein fühlend Herz, wie der Dichter sagt.« (Gemeinderat Schluckauf: »Hört, hört!« Gemeinderat Hornaus: »Lachhaft!«) »Wie, Sie bezweifeln es, meine Herren von der fortschrittlichen Fraktion?« (»Selbstverständlich!«) »Nun, ich gebe zu, wir waren in der Vergangenheit bisweilen ein wenig hart, man könnte vielleicht sogar sagen: stahlhart. Aber das ist jetzt vorbei. Wir sagen uns: dieser Schluckauf ist ein ehrenwerter Mann und weiß, wie seinen Anhängern zumute ist. Auch tut er uns ein wenig leid, denn es ist ja gewiß nicht leicht, Obmann von Fortschrittlichen zu sein. Und so hat mich meine Partei beauftragt, dem hochlöblichen Gemeinderat mitzuteilen, daß sie sich bei der nunmehr folgenden Abstimmung der Stimme enthalten wird.«

Es herrschte tiefe Stille.

»Ja, Oleander ...«, flüsterte Schluckauf fassungslos, »ja Herrgott noch einmal ...«

»Diese Anrufung bleibt meiner Partei vorbehalten«, replizierte der Ehrenwerte Oleander mit eisiger Schärfe; dann sprach er in dieser Sitzung kein Wort mehr.

Die Schmeggser Bevölkerung befindet sich also nunmehr im Genusse der Siebzehneinhalb-Stunden-Arbeitswoche. Jubelnde Menschen ziehen Arm in Arm durch die Straßen; auf allen Plätzen der Stadt wird getanzt, überall läßt man nicht nur Schluckauf, sondern auch Oleander und den Bürgermeister hochleben; noch nie und nirgends hat sich eine

Stadtverwaltung der Liebe ihrer Untertanen so sehr erfreut wie in Schmeggs.

An der Uferpromenade traf ich, lange nach der Sitzung, Herrn Bürgermeister Kranebitter.

»Nein«, sagte er verzweifelt, »ich kann es Ihnen nicht erklären. Ich kann es nicht. Ich bin, verzeihen Sie das harte Wort, außer mir. Wohin, mein Teuerster, wohin soll das führen?«

»Das wollte ich von Ihnen erfahren, Herr Bürgermeister ...«

»Ich kann Ihnen nur sagen: wenn es einmal soweit kommt, daß die eine Partei nicht tobsüchtig wird, wenn die andere einen Antrag stellt, dann ist das Ende der Welt nahe. Nein, ich verstehe das alles nicht, ich verstehe es nicht!«

Es schmerzte mich, den größten Politiker, den Schmeggs je sein eigen nennen durfte, in solcher Verfassung zu sehen. Aber ich konnte ihm nicht helfen. Ich bin ja nur ein Ortsunkundiger ...

3. Oktober. Das Volk hat seit zehn Uhr vormittags seinen dreieinhalbstündigen Arbeitstag hinter sich und gibt sich nunmehr ausgelassenem Müßiggang hin. Es hat sich seine Sonntagskleider angezogen und wandelt die Straßen auf und nieder. Gemeinderat Oleander liegt an einer Grippe darnieder, die ich freilich für eine der sogenannten diplomatischen Krankheiten halte.

Nachmittags. Wurde soeben Zeuge einer merkwürdigen Begebenheit in der Ratsstube. Der Bürgermeister schüttelte seinen mächtigen Kopf, während Schluckauf versuchte, sich selbst in Begeisterung zu versetzen.

»Was willst du, Herr Bürgermeister?« sagte er, »die Leute sind doch restlos glücklich. Das Paradies steht vor der Tür ...«

Der Bürgermeister schüttelte weiter den Kopf und rief »Herein«, da es zaghaft geklopft hatte.

Die Tür öffnete sich und herein trat schüchtern ein hagerer Gipsbüstenarbeiter, verbeugte sich linkisch und sagte:

»Guten Morgen, Paradies mein Name ...«

» ... na alsdann«, meinte der Bürgermeister bitter, »so also schaut dein Paradies aus, Schluckauf! Unrasiert und ... was wollen Sie, Paradies?«

Herr Paradies drehte verlegen seinen Hut.

»Ich wollt' nur fragen .... ich möcht' bitten, daß ich wieder ... ich meine, daß ich wieder ... wieder arbeiten darf ...«

»Jeder Mensch hat das Recht auf dreieinhalb Arbeitsstunden täglich«, fuhr ihn der Ehrenwerte Schluckauf an. »Es gibt in Schmeggs keine Arbeitslosigkeit.«

»Ja, bitte«, sagte der schüchterne Arbeiter, »ich möcht' aber mehr Stunden arbeiten. Vielleicht acht wie früher — oder sechs ...«

»Das gibt es nicht. Das wäre unmenschlich. Überstunden dürfen keine gemacht werden. Der Dreieinhalbstundentag ist gesetzlich.«

» ... oder vielleicht ... ich wär' ja schon glücklich, wenn ich nur fünf Stunden ...«

»Dreieinhalb Stunden und keine Minute mehr!« schrie Schluckauf. »Verstanden? Wir haben jetzt das Par ... den Garten Eden auf Erden, verstanden? Und Sie haben glücklich zu sein, verstanden?«

»Ja ... bitte ... aber ...«

»Warum wollen Sie denn partout so viel arbeiten?« erkundigte sich der Bürgermeister neugierig.

»Ja, weil ich ... nämlich, ich bin schon dreimal geschieden«, stotterte der Unglückliche, » ... und wenn ich jetzt so viel Zeit hab', dann passiert's mir vielleicht, daß ich mich noch ein viertes Mal ... und ... nein, da bring' ich mich lieber gleich um!«

»Hinaus!« brüllte Schluckauf.

»Daß ich vielleicht — vier Stunden ...?«

Wenn ich mich nicht dazwischen geworfen hätte, wäre vielleicht Schlimmes geschehen.

4. Oktober. Die kleine Episode, deren Zeuge ich da geworden war, scheint kein Einzelfall zu sein. Wie ich so-

eben erfahre, ist der einflußreiche und politisch äußerst rege Altdamen-Verein bei den Behörden vorstellig geworden, weil die Moral weiter Bevölkerungsschichten seit der Einführung des Dreieinhalbstundentages heftigen Anfechtungen ausgesetzt sei. Ich finde, daß meine Schmeggser bei ihrer Freizeitgestaltung wirklich etwas mehr Phantasie walten lassen sollten.

Mittags. Ein fortschrittliches Rollkommando hat einige Arbeitsfanatiker mit Gewalt von ihren Arbeitsplätzen in der Gipsbüstenfabrik entfernt; ein gewisser Paradies soll dabei nicht unerheblich verletzt worden sein.

Abends. Die Geschäfte sind geschlossen, weil Ausnahmeregelungen für Verkäufer, Handelsangestellte und dergleichen natürlich nicht zulässig sind. Auch die Genossenschaft der Freudenmädchen protestierte energisch gegen die derzeit geltenden Arbeitszeitbestimmungen.

Kam soeben von einem Spaziergang durch die Neustadt zurück. Schmeggs ist wie ausgestorben.

5. Oktober. Traf am Muskatplatz Herrn Gemeinderat Oleander, der von seiner diplomatischen Grippe genesen zu sein scheint. Verlangte von ihm nähere Erklärungen; er ließ geschickt durchblicken, daß man von den Traditionsgebundenen schließlich nicht habe verlangen können, sich mit einem klaren Nein gleichzeitig unpopulär und den politischen Wünschen Schluckaufs gefügig zu machen. So habe man die Fortschrittlichen gewähren lassen.

»Wissen Sie«, fügte er nachdenklich hinzu, »dies ist ja überhaupt der gleichsam metaphysische Grundsatz unserer Traditionspartei: wir lassen die Dinge laufen, wie sie laufen — irgendwann laufen sie dann immer dorthin, wo wir sie haben wollen. Natürlich, nach außen müssen wir Energie zeigen — aber in Wirklichkeit ...«

Er verstummte, und ich verbeugte mich mit Hochachtung vor diesem bedeutenden Politiker.

Abends. Man erzählt mir, daß die Polizei in fortgesetzten Razzien die Arbeitswütigen von ihren Arbeitsplätzen holen müsse. Die Schluckaufschen Rollkommandos reichen dazu nicht mehr aus, umso weniger, als sie ja gleichfalls den Dreieinhalbstundentag haben. Man flüstert sich zu, daß gewissenlose Handwerker Arbeitsstunden zu Schwarzmarktpreisen verhandeln. Die Straßen sind menschenleer, die Langeweile steigt.

6. Oktober. Herr Gemeinderat Gerstenkorn wurde heute nachmittags auf frischer Tat ertappt, als er bei einem Flickschuster eine Überstunde kaufen wollte. Man tut natürlich das Menschenmögliche, um diesen kompromittierenden Vorfall zu vertuschen, aber es ist nicht zu leugnen, daß er bereits viel böses Blut gemacht hat. Das Volk liebt es eben nicht, seine Heroen mit menschlichen Schwächen behaftet zu sehen.

7. Oktober. 10 Uhr vormittags. Die allgemeine Unzufriedenheit hat ihren Siedepunkt erreicht. Der Franz Xaver Greindl-Platz ist von erregten Menschenmassen überflutet. Über den Köpfen schweben blutrote Transparente: »Wir haben ein Recht auf Arbeit!« steht auf dem einen, »Fort mit den unmenschlichen Arbeitsbestimmungen« auf einem anderen. Redner haben die Bogenlampen erklettert und putschen die Masse mit demagogischen Phrasen auf. Es ist nur mehr eine Frage von Minuten, daß das Rathaus gestürmt wird.

11.30 Uhr. Der Bürgermeister — Lob und Ruhm dem großen Mann! — hat wieder einmal in letzter Sekunde die Situation gerettet. Im selben Augenblick, in dem die Erregung der Massen auf den Siedepunkt gestiegen war, verließ er den Sitzungssaal und trat auf den Balkon. Selbst jetzt noch war seine Autorität groß genug; es trat augenblicks Stille ein, und in sie hinein erscholl Kranebitters Rede:

»Schmeggser und Schmeggserinnen!« rief er mit ehrfurchtgebietendem Pathos. »Mitbürger! Unsere schöne Stadt steht wieder einmal am Wendepunkt einer langen und ruhmreichen Geschichte. Und mit Stolz dürfen wir sagen, daß wir zwar immer noch nicht an das internationale Verkehrsnetz angeschlossen sind, daß wir jedoch eine kleine, aber hörbare Stimme im europäischen Konzert einnehmen!«

Beifall brandete auf, vertrauensvoll blickten aller Augen auf den Rathausbalkon.

»Schmeggser und Schmeggserinnen!« fuhr Bürgermeister Kranebitter fort. »Der Stand der Lage geht nun dahin, daß ich euch mit tiefer Bewegung verkünden kann, was der Gemeinderat unserer schönen Stadt soeben auf Antrag der Traditionspartei und mit Stimmenthaltung der Fortschrittlichen beschlossen hat: die sofortige und bedingungslose Einführung der Vierzigstunden-Arbeitswoche!«

Meine Feder hat nicht Kraft genug, um die Szenen ohrenbetäubenden Jubels zu beschreiben, die der Rede des Bürgermeisters folgten.

Ach, meine Schmeggser sind glücklich, denn sie haben ihre Emotionen gehabt ...

Spätabends. Zwischen den Gemeinderäten Schluckauf und Oleander fand ein Akt der Versöhnung statt, der alle Beobachter aufs herzlichste rührte. In einer schlichten, aber ergreifenden Feier dankten Vertreter und Delegationen aller arbeitenden Schichten den beiden Pionieren einer neuen Arbeitszeitgesetzgebung mit Worten, die in ihrer Volkstümlichkeit umso mehr bewegten.

In Schmeggs wird geplant

10. Oktober. Die Tage gehen dahin, ein milder Herbst ist gekommen, Schmeggs blüht und gedeiht und ich — nun ja, ich gebe mich dem Müßiggang hin und denke immer noch darüber nach, aus welchen Gründen es Schmeggs so offensichtlich gut geht. Denn auch meine Besuche in der Gipsbüstenfabrik, den Verwaltungsgebäuden und anderen interessanten und bedeutenden Institutionen haben mir keine Antwort auf diese Frage gegeben. Ich erörterte sie mit den Gemeinderäten Schluckauf und Oleander.

»Unsere schöne Stadt«, sagte der Ehrenwerte Oleander und blickte sinnend in sein Glas, »unsere schöne Stadt lebt von ihrer Vergangenheit. Sie lebt von dem milden Glanz ihrer Barockpaläste, mein Herr, und von der zierlichen Gotik der St. Ulrichs-Pfarrkirche. Sie lebt von ihrer stolzen und ruhmreichen Tradition.«

»Sagt die Traditionspartei!« rief Herr Schluckauf und stach mit seinem Zeigefinger nach mir. »Hören Sie auf mich, denn aus mir spricht das Volk: Schmeggs lebt von der Zukunft und für die Zukunft. Schmeggs lebt von der Erwartung besserer, gerechterer und schönerer Zeiten. Jetzt aber lebt Schmeggs nicht. Jetzt siecht es dahin. Bestenfalls.«

»Ach was!« erwiderte Oleander. »Das behaupten die Fortschrittlichen schon seit dem Einfall der Schweden. Und vielleicht — ich spreche jetzt selbstverständlich nicht als Politiker, sondern als Mensch —, vielleicht haben sie sogar recht. Aber wenn sie tatsächlich recht haben und Schmeggs seit drei Jahrhunderten stirbt, nun, dann wäre wahrhaftig nicht einzusehen, warum Schmeggs nicht ebensogut bis zum Ende der Welt so weiter sterben sollte ... Prost, Schluckauf!«

»Prost, Oleander!«

Dieses Gespräch befriedigte mich zwar nicht, weil es eine simple Frage doch allzu geistvoll zu beantworten suchte, aber es interessierte mich; denn diese Worte waren ja schließlich nicht von unwichtigen und einflußlosen Persönlichkeiten geäußert worden, sondern von Politikern, die doch gewisse Möglichkeiten haben, ihre Vorstellungen und Wunschträume in die Tat umzusetzen. Und so beschloß ich denn nach längerer Überlegung, Herrn Gemeinderat Schluckauf um Zutritt in das Stadtbaubüro zu bitten. Dieses ganz und gar im machtpolitischen Bereich der Fortschrittlichen Schmeggser liegende Amt nämlich dürfte erkennen lassen, in welchem Maße die Schluckaufsche Zukunftsgläubigkeit in Taten und Pläne umgesetzt wird.

11. Oktober. Herr Gemeinderat Schluckauf besaß die übergroße Freundlichkeit, mich, den Ortsunkundigen, persön-

lich in das Stadtbaubüro einzuführen und dem obersten Baudirektor vorzustellen — Herrn Professor Hochmuth*), der sich nicht nur als respektgebietender Vertreter seines Standes, sondern auch als Mann von Welt erwies.

»Am Anfang, in der Mitte und am Ende unserer Arbeit, meine Herren«, führte er uns in das Wesen seiner Arbeit ein, »steht der Gedanke der durchdachten Planung. Uns Architekten erscheint die Welt als ein Chaos, in das wir mit Hilfe unserer Zeichentische, Telephongespräche und Konferenzprotokolle erst ein wenig Ordnung bringen müssen. Unsere Aufgabe ist es, mit einem Wort, das Chaos planmäßig zu gestalten.« **)

Herr Professor Hochmuth äußerte noch mehr Essentielles dieser Art und griff dann zu Skizzen, Plänen und Modellen, um uns Einzelheiten zu demonstrieren.

Ich traute meinen Augen nicht, als ich in diese Pläne Einblick nahm. War das noch Schmeggs, was da in sauberen Kurven und glatten Konturen aufgezeichnet war? Mühselig fand ich mich zurecht: das Schloß, dessen der Fremde schon von ferne ansichtig wird, war hier in ein Terrassencafé verwandelt, wo Hubschrauber starten und landen konnten; die üppig gekrümmte Erzherzog Ignaz Nepomuk-Straße war schnurgerade gezogen und kreuzte sich mit einer projektierten Ost-West-Avenue gerade dort, wo jetzt die hübsche Altstadt steht. Und an Stelle des Rathauses erhob sich ein elegant silhouettiertes Hochhaus, dessen Dachterrasse abermals ein Café enthalten sollte.

»Na, Verehrtester«, sagte Gemeinderat Schluckauf voll Stolz, »so was nennt man Planung, was?«

Ich stimmte höflich zu.

---

*) Der bekannte Architekt Eberhardt Hochmuth. Der nach ihm benannte Steinbaukasten hat in weiten Kreisen der Bevölkerung lebhaftes Interesse gefunden. Anm. d. Hsg.

**) Nach einem Vers aus Greindls Gedicht-Zyklus »Jupiter, der Schattenspieler« (1833): »Und nichts vermag mich davon abzuhalten, / der Welten Chaos planvoll zu gestalten.« Anm. d. Hsg.

»Und wann«, so fragte ich, »wann werden diese Projekte in die Tat umgesetzt?«

Ein Schatten huschte über das Antlitz des großen Planers.

»Sie sollten eher heute denn morgen realisiert werden«, seufzte er und das düstere Feuer der Melancholie glomm in seinen Augen auf. »Denn nur heute ist dies alles neu und wahrhaftig fortschrittlich. Morgen schon werden unsere Pläne nicht mehr dem neuesten Stand der Dinge entsprechen. Gewiß, meine Herren, wir planen voraus, aber dennoch, mit jedem Tag rückt auch die Vergangenheit ein Stück nach. Weiß Gott, meine Herren, wir entziehen uns dem Kampf gegen sie nicht; ein Stab bester Mitarbeiter ist mit der täglichen Korrektur unserer Pläne und Projekte befaßt; Strich um Strich, Gedanke um Gedanke werden sie dem jeweils neuesten Stand architektonischer und städtebaulicher, technischer und soziologischer Erkenntnisse angepaßt. O ja, dieser Kampf mit seinen stummen Siegen und seinen verschwiegenen Niederlagen, er ist nicht nur grausam, er ist auch heroisch; aber er sollte nicht endlos währen.«

»Sehr richtig«, fiel der Ehrenwerte Schluckauf hitzig ein, »wir werden sehen, was sich nach der nächsten Gemeinderatswahl machen läßt.«

Professor Hochmuth schwieg und sah mit rätselhaftem Lächeln auf das Modell der neugeplanten Stadt. Vielleicht sah er hinter dessen weißen Konturen schon ein Zukunfts-Schmeggs, gegen welches dieses Projekt wie die jetzige Altstadt wirken würde.

Aber er war Weltmann genug, um sich nicht allzu lange in die eigenen Gedanken zu verlieren. Mit einer stilvollen Handbewegung bat er uns zu einem Rundgang durch die Zeichensäle seines Amtes.

Nun, dieser Rundgang bot im großen und ganzen nichts Besonderes. Zeichensäle gleichen einander, wie man weiß, bis ins kleinste. Interessant erschien mir eigentlich nur, daß die für das Aufreißen reparaturbedürftiger Straßen zuständige Abteilung mit der für das Wiederzuschütten verantwortlichen Sektion einen internen Leistungswettkampf ausfocht, in dem sie trotz aller Anstrengungen der Gegenseite seit Jahrzehnten unbestrittener Sieger geblieben war.

Sehr nachdenklich schritt ich nach Hause. Das gegenwärtige Schmeggs mit seinen krummen Straßen, vereinzelten Barockfassaden und zahlreichen Gründerzeit-Ornamenten erschien mir jetzt, da ich ein klares und stilistisch gereinigtes Bild gesehen hatte, wie ein Schemen, wie das leicht schwankende Bild aus einer altmodischen Laterna magica. Die Erdaufschüttungen der eben in Reparatur befindlichen Erzherzog Ignaz Nepomuk-Straße allerdings bereiteten mir diesmal nicht Verdruß, sondern fast ein Wohlgefallen — man sieht derlei doch gleich mit anderen Augen an, wenn man weiß, daß es ordentlich und von erstklassigen Fachkräften geplant wurde.

12. Oktober: Immer noch sehe ich Schmeggs so vor mir, wie es nach dem Willen der Fortschrittlichen aussehen sollte: klar, großzügig und ein wenig kühl; die Gegenwart fällt dagegen ab, finde ich.

Bat den Herrn Gemeinderat Oleander, in seiner Begleitung das Denkmalamt — natürlich eine Domäne der Traditionspartei — besuchen zu dürfen. Herr Oleander ging mit gewohnter Bereitwilligkeit auf meinen Wunsch ein.

Das Denkmalamt ist in einer Zimmerflucht des alten Schlosses untergebracht, in hohen, düsteren Zimmern voll verblichenem Prunk. Der oberste Denkmalpfleger, Professor Demuth*), empfing uns mit der etwas weltabgewandten Höflichkeit des Gelehrten aus gepflegter Familie.

»Selbstverständlich planen wir nicht ins Blinde hinein«, sagte er. »Wir gehen vielmehr auf Grund unzähliger

*) Alfons Demuth, der bekannte Kunsthistoriker, der sich insbesondere um die Erforschung der mittelalterlichen Schmeggser Schaumbläserschule so große Verdienste erworben hat. Ihm ist es bekanntlich gelungen, das Oeuvre des »Meisters der Kornblume« — szt. fälschlich mit einem Hans Schwarz identifiziert — endgültig Hans Sedlmayr (um 1507) zuzuschreiben. Kulturhistorisch interessant die vom Verfasser ausführ-

geschichtlicher, kunsthistorischer und volkskundlicher Erkenntnisse vor.«

»Und was, verehrter Herr Professor, ist das eigentliche Ziel Ihrer Arbeit?« warf ich ein.

»Der Drang, der uns beherrscht, meine Herren«, erklärte Professor Demuth, »ist der Drang zur Konservation. Uns, meine Herren, erscheint die Welt als ein Schlachtfeld, in dem das einmal Geborene, das einmal Erschaffene unaufhörlich von den Kräften des Verfalls, der Zerstörung und des Todes bedroht wird. Wir Denkmalpfleger erachten es als unsere Pflicht, diesem Zerstörungsdrang entgegenzuwirken und den Verfall nicht nur aufzuhalten, sondern unmöglich zu machen. Ich hoffe, Sie fühlen, daß dies eine hohe sittliche Verpflichtung ist ...«

»Selbstverständlich, Herr Professor.«

»Ein hohes Ziel, ja. Aber freilich auch ein fast unerreichbares ...«

Der Professor blickte traurig vor sich hin.

»Darf ich fragen«, riß ich ihn aus seiner Nachdenklichkeit, »welche Pläne Ihr Amt zu realisieren gedenkt?«

»Natürlich«, sagte er, wieder lebhaft. »Natürlich. Wenn Sie vielleicht einen Blick auf unseren Maximalplan werfen wollten?«

Ich tat es und war auch diesmal nicht wenig verblüfft. War das noch Schmeggs? Ja, doch, denn da stand die Altstadt und dies hier war das Schloß, das man freilich von seinen klassischen Turmkronen befreit hatte — aber dort, wo die Neustadt steht, zeigte der Plan ein freies Feld, auf dem sich nur das Häuschen des ehrlosen Schinders befand. Die längst

---

lich erläuterte Episode des Inquisitionsprozesses gegen den ketzerischer Neigungen verdächtigten Schaumbläsermeister und dessen glücklich bestandener »Ketzerprobe«, in deren Verlauf der Inquisit vor den Augen der Zeugen eine größere Anzahl von Kerzen ohne Schluckbeschwerden hinunterschluckte. Es ist zu fordern, daß das bisher unveröffentlichte Werk Alfons Demuths »Ein kunstgeschichliches Phänomen« endlich einen Verleger findet. Anm. d. Hsg.

unsichtbar gewordene Stadtmauer — nur im Pfeffergassl sind noch geringe Reste erhalten — umgürtete hier wieder die Stadt, wie sie es vor Jahrhunderten getan hatte, und die zwar nicht schöne, gewiß aber nützliche Erzherzog Ignaz Nepomuk-Brücke war durch einen stilvollen Holzsteg ersetzt.

»Ein Maximalplan, wie gesagt«, murmelte Professor Demuth, »ein Projekt eben, leider. Was in Jahrhunderten zerstört wurde, kann nicht von heute auf morgen wieder gutgemacht werden. Wir müssen uns mit Teilergebnissen zufrieden geben. Meine Assistenten feierten dieser Tage ein rauschhaftes Fest, weil es uns gelungen war, das Stadtbauamt zu einer generellen Anbringung spätgotischer Wasserspeier an Neubauten zu bewegen. Es mangelt uns auch an Geld ...«

»Wir werden«, sprach Gemeinderat Oleander mit männlich fester Stimme, »diesen Maximalplan im Laufe des nächsten Wahlkampfes mit allen Mitteln propagieren.«

»Das Denkmalamt weiß, was es an Ihnen hat!« dankte Herr Professor Demuth gerührt.

Unter seiner Führung besichtigten wir abschließend einige Abteilungen des Amtes. Besonderen Eindruck machte auf mich die Tarnabteilung, die damit befaßt ist, das Stadtbild störende Telephonhäuschen und Bedürfnisanstalten durch geeignete Bemalung und Dekorierung fast unsichtbar zu machen; Hand in Hand mit dieser Abteilung arbeitet eine andere an der Herstellung stilechter Hinweisschilder, die das Auffinden der getarnten Anstalten ermöglichen sollen.

Nicht weniger beeindruckte mich auch die in den alten Kasematten des Schlosses untergebrachte Zuchtanstalt, in der in sehr rationeller Weise Holzwürmer, Spinnen und Tausendfüßler gezüchtet werden, die dazu dienen, restaurierten Kunstobjekten die notwendige Alterspatina zu verleihen. Freilich drängte ich, Kopfschmerzen vorschützend, bald darauf, diese Arbeitsräume zu verlassen.

13. Oktober. Ich berichtete dem Bürgermeister von meinen Eindrücken, während ich an seiner Seite den Spaziergang zur Sophien-Dorotheen-Warte beschritt.

» … und doch«, sagte ich, »es ist nicht zu leugnen, daß ich leider nicht mehr aus noch ein weiß. Da sind nun einerseits die Architekten, die in die Zukunft konstruieren, andererseits die Kunsthistoriker, die in die Vergangenheit hinein planen. Hier stehen die Traditionsgebundenen und ziehen nach rechts, da stehen die Fortschrittlichen und wirken nach links …«

» … und je länger man diesen Planern zuhört, umso wirrer wird es einem im Kopf«, ergänzte der Bürgermeister. »Ich kenne das. Man sollte gar nicht hinhören, das wäre das Gescheiteste.«

»Gewiß, Herr Bürgermeister. Aber dennoch, daß Schmeggs in dieser Zerreißprobe nicht zugrunde geht, sondern im Gegenteil, unbekümmert um diese Pläne, Skizzen und Projekte, blüht und gedeiht …«

»Das ist metaphysisch«, sagte Herr Kranebitter.

»Wie bitte?«

»Ja«, ergänzte der Bürgermeister gelassen. »Früher ist mir das gar nicht so aufgefallen, aber jetzt, wo Sie mich dran erinnern, sage ich: es ist einfach metaphysisch.«

Wir standen neben der Sophien-Dorotheen-Warte und blickten hinab auf das abendliche Schmeggs, in dem langsam die Lichter aufflammten. Und plötzlich fiel mir ein, daß mir dieses Schmeggs mit seinen wenigen barocken Fassaden, seinen vereinzelten Neubauten und den vielen gleichgültigen, unschönen und lächerlichen Details viel, sehr viel lieber ist als das Schmeggs jener beiden stilvollen Pläne und Projekte. Denn es ist Gegenwart, und Gegenwart bedeutet Leben. Mir wurde bewußt, daß Herr Bürgermeister Kranebitter ein wahres Wort gesprochen haben könnte, und ich blickte mit Ehrerbietung auf sein Profil, das sich ausdrucksvoll gegen den bläßlichen Abendhimmel über den Schmeggser Bergen abhob.

Canossagänge

14. Oktober. Der Gemeinderat nahm die Mitteilung des Bürgermeisters, daß Herr Müller-Eynfalt, Hauptaktionär der »Schilda-Papiermühlen AG«, die Papierpreise abermals erhöhen wolle, mit Entrüstung auf.

»Diese verdammte Kapitalistenbrut!« schrie Gemeinderat Schluckauf.

»Diese Handlanger des Bolschewismus«, seufzte Gemeinderat Oleander. Andere fortschrittliche und traditionsgebundene Gemeinderäte äußerten sich in ähnlicher Weise.

In der darauffolgenden Debatte kam es zu einem gemeinsamen Antrag beider Fraktionen: der Gemeinderat dürfe kein Mittel unversucht lassen, um diesem Anschlag auf den Frieden der Stadt entgegenzuwirken. Die Aufnahme von Verhandlungen mit Müller-Eynfalt sei mit äußerster Eile in die Wege zu leiten.

Dieser Antrag wurde mit Stimmeneinhelligkeit angenommen.

15. Oktober. Die unveränderte Freundlichkeit der drei die politischen Geschicke der Stadt leitenden Persönlichkeiten bewirkte eine Einladung an mich, ihnen auf ihrem schweren Gang zu Müller-Eynfalt Gesellschaft zu leisten. Ich habe diese Einladung selbstverständlich mit Dankbarkeit angenommen.

16. Oktober. Herr Müller-Eynfalt wohnt in einer sehr pompösen Villa am Rande der Neustadt, dort also, wo ein solider Kaufmann in Schmeggs eben zu wohnen hat, wenn er nicht befürchten will, daß man in das Florieren seiner Unternehmungen Zweifel setze.

Der bedeutende Unternehmer empfing uns mit ausgesuchter Höflichkeit, die freilich eine gewisse Melancholie nicht ganz verdecken konnte. Es spricht aber gewiß für diesen von breiteren Volksschichten vielfach gelästerten Mann, daß es nicht vieler Worte seitens Kranebitters bedurfte, um ihn sofort zum Kern der Sache kommen zu lassen.

»Ich bin selbstverständlich ganz und gar Ihrer Meinung«, sagte Herr Müller-Eynfalt und lehnte sich tiefer in die Polster seines Lehnstuhles zurück, »ganz und gar Ihrer Meinung, meine Herren. Ich bin mir vollauf bewußt, daß die in Aussicht stehende, wenn auch geringfügige Erhöhung meiner Preise nicht unbeträchtliche Rückwirkungen auf den Schmeggser Handel und Wandel haben wird.«

»Schön, daß Sie's einsehen«, stellte der Bürgermeister nicht allzu höflich fest.

»Aber wie sollte ich's nicht einsehen!« rief Müller-Eynfalt gekränkt. »Ist doch Papier in allen seinen mannigfachen Verwendungsformen, vom wasserundurchlässigen Pergamin angefangen über das Rotationspapier, Packpapier und Glanzpapier bis herab zum wassersaugenden Edelnaßkrepp ein untilgbarer, ja geradezu integrierender Bestandteil unserer Zivilisation. Um mit dem Dichter zu sprechen: am Papiere hängt, zum Papiere drängt doch alles. Ach, wir Armen!«

Diese feingeistige, von Trauer gleichsam durchtränkte Anspielung ließ in uns freilich nicht einen Augenblick lang die Meinung aufkommen, daß Herr Müller-Eynfalt persönlich in einem anderen, denn in einem höchst metaphorischen Sinne zu den Armen dieser Erde zählte. Arme Leute wohnen nicht in so erlesen ausgestatteten Zimmern und pflegen auch nicht einen echten Kindermann*) an der Wand hängen zu haben, wie ihn sich sonst nur Minister leisten können.

»An sich wäre ich durchaus bereit«, fügte Müller-Eynfalt hinzu, »das Papier zum Selbstkostenpreis abzugeben ...«

»Wie schön!« murmelte Gemeinderat Oleander.

» ... aber leider, leider ... Ja, wenn mein Freund Müller-Zweygleys nicht die Holzpreise erhöht hätte ... Sie verstehen mich, meine Herren: Papier wird ja schließlich und endlich aus Holz erzeugt ...«

»Wohl aus Mahagoni, weil es gar so teuer ist«, sagte Gemeinderat Schluckauf mürrisch.

»Ein bezaubernder Scherz, verehrter Gemeinderat. Ja, man möchte in der Tat glauben, daß es aus Edelhölzern hergestellt werde. Und dabei ist's nur Fichte, billige Fichte. Wirklich, ich weiß nicht, was in meinen Freund Müller-Zweygleys gefahren ist, daß er seine Preise derart erhöht

*) Heinrich Kindermann (1810—1879), bekannter Schmeggser Kupferstecher. Erfinder des Fehldrucks. Der bezwingende Humor seiner Werke wird viel gelobt. Vgl. Ekkehard Graus: »H. K. und der unfreiwillige Humor.« Leipzig. o. J. Anm. d. Hsg.

hat. Ich persönlich wäre ja selbstverständlich zu jedem Opfer bereit, sofern Müller-Zweygleys ... vielleicht sehen die Herren irgendeine Möglichkeit, auf Müller-Zweygleys in diesem Sinne Einfluß zu nehmen ...«

Ein positiveres Ergebnis zeitigten die Verhandlungen mit Müller-Eynfalt leider nicht. Immerhin hatten wir im Laufe dieser Verhandlungen einsehen gelernt, daß auch Großindustrielle ihre Sorgen haben. Und so schieden wir, die wir nicht ohne Ressentiments die Müller-Eynfaltsche Villa betreten hatten, doch als Freunde, wozu vielleicht auch das reizende Edelnaßkrepp-Päckchen beitrug, das Müller-Eynfalt jedem von uns als Abschiedsgeschenk aushändigen ließ. Nichts Kostbares, gewiß nicht, aber es zeugte von Aufmerksamkeit.

Da kein Mittel unversucht bleiben darf, werden wir morgen Müller-Zweygleys besuchen, den Herrn der Schmeggser Holzproduktion.

17. Oktober. Müller-Zweygleys gehört zu den bereits emanzipierten Industriellen; er hat seine Cottage-Villa verlassen und sich in dem kleinen Biedermeierpalais am Schloßberghang heimisch gemacht.

Der Holzindustrielle empfing uns ebenfalls mit ausgesuchter Höflichkeit und bat die drei Herren von der Stadtverwaltung, ihm ihre Wünsche rückhaltslos anzuvertrauen. Das Kinn gedankenvoll in die Hand gestützt, lauschte er den Worten des Bürgermeisters.

»Ich verstehe Ihr Ansinnen durchaus«, sagte er, als Herr Kranebitter geendet hatte. »Durchaus. Allein —« und es traten Tränen in die Augen des Wirtschaftskapitäns, »— ich kann Ihnen nicht verhehlen, daß ich, so wie Sie mich vor sich sehen, vor dem gänzlichen, dem totalen Ruin stehe.«

Nun, wenn das Haus, in dem diese verzweiflungsschweren Worte fielen, eine Ruine war, so war es eine ungemein glanzvolle. Kostbare Chippendale-Möbel schmückten den mit Eben- und Rosenholz getäfelten Raum und an der

Wand hing ein echter Kindermann-Autograph*), der sicher ein stattliches Sümmchen gekostet hatte. Auch sonst sprach vieles für lange währende Wohlhabenheit — doch weiß man ja, daß die Armut eines Millionärs von anderer Art ist als die eines Bettlers.

»Selbstverständlich«, fuhr Herr Müller-Zweygleys fort und wischte sich verstohlen eine Träne aus dem Auge, »selbstverständlich ist es mir ein sehnlicher Wunsch, die Preise sowohl für Stangen-, Rund- und Schnittholz als auch für Brenn- und Industrieholz umgehend zu senken.«

»Wir danken Ihnen!« flüsterte Gemeinderat Schluckauf, der im Grunde ein weiches Herz hat. Die Ergriffenheit des Großindustriellen hatte ihn mitgerissen, und ich sah, daß auch die Herren Kranebitter und Oleander keineswegs unbewegt waren.

»Und wenn die Herren«, fuhr der Hausherr fort, »meinen alten Freund Müller-Dreyspitz**) zu einer Senkung seiner Preise bewegen könnten ...«

»Was hat denn Herr Müller-Dreyspitz damit zu tun?« erkundigte sich Gemeinderat Oleander. »Der kontrolliert doch die hiesige Milchwirtschaft?«

»Gewiß, verehrter Herr Gemeinderat, gewiß. Und was, denken Sie, ist das Grundnahrungsmittel meiner Holzknechte?«

»Schnaps«, sagte ich, mich selbst vergessend. Ein scharfer Blick aus den tränenumflorten Augen des Papierindustriellen ließ mich verstummen. Und in der Tat, ich, ein Ortsunkundiger, hatte wirklich nicht das Recht gehabt, mich in

---

*) Henrijkus Kindermann (1497 bis ca. 1578), bekannter niederländischer Literat, dessen Werke leider verschollen sind. Wiedertäufer. Gilt als der Erfinder des Druckfehlers, doch ist dies ungewiß. Siehe auch Aap van Meeren, »Ein ongloeckzeeliger Maansch«, Amsterdam 1892. Anm. d. Hsg.

**) Müller-Dreyspitz, wohlgemerkt. Die nur weitläufig mit diesem alten Voralpengeschlecht verwandte Familie Müller-Dreispitz — mit i — hat sich bekanntlich um die Kultivierung des Meerrettichs verdient gemacht. Anm. d. Hsg.

dieses Gespräch zu mischen, mochte ich immerhin nach bestem Wissen und Gewissen gesprochen haben.

»Sie leben vielmehr von Milch!« erläuterte Müller-Zweygleys. »Von Milch, von saurer Milch, von Butterschmalz, in dem sie ihr kärgliches Mahl rösten, von Rahm, mit dem sie ihre bescheidenen Polentagerichte würzen. Und ohne den aus Molken erzeugten Riechkäse ist an eine Holzgewinnung nicht zu denken. Genug, meine Herren, ich ertrage es nicht länger, Sie werden mir verzeihen, meine Herren ...«

Und von seinem großen Schmerz übermannt, stand Müller-Zweygleys auf und verließ, das Antlitz in den Händen bergend, den Raum. Ein Diener geleitete uns hinaus; wir baten ihn, seinem Herrn unser tiefes Mitgefühl auszudrücken.

Da auch weiterhin kein Mittel unversucht gelassen werden darf, wollen wir morgen Müller-Dreyspitz aufsuchen. Hoffentlich wird dies nicht abermals ein Canossagang.

18. Oktober. Es war ein Canossagang. Müller-Dreyspitz sah uns, empfing uns ausgesucht höflich und begann zu schluchzen.

»Ich weiß, was Sie wollen«, stieß er hervor, »ich weiß es. Und doch — was soll ich tun? Ich bin ja nur ein kleiner Großkapitalist. Ich stehe ja vor dem Bankrott. Dem totalen Zusammenbruch. Ich kann die Milchpreise nicht senken — ja, ich kann es nicht. Zerschmettern Sie mich, vernichten Sie mich, meine Herren, zertrampeln Sie mich — ich kann es nicht ...«

»Nicht doch, mein liebster, bester Herr Müller-Dreyspitz!« flehte Herr Kranebitter weinend.

»Wir sind ja schließlich keine Barbaren«, murmelte Schluckauf erschüttert.

»Was soll ich tun?« rief Müller-Dreyspitz. »Wissen Sie, was mich die Formulare kosten, die zur sachgemäßen Führung eines solchen Betriebes notwendig sind? Die Zuchtbücher? Die Melktabellen? Die wasserundurchlässigen Pergamine, in die meine Butter, die Hartpapiere, in die der sowohl wohlschmeckende als preiswerte Riechkäse verpackt wird? Das Briefpapier, auf dem ich meine Gesuche um Stundung der Steuerschulden schreibe? Ja, wenn die Herren vielleicht mit Müller-Eynfalt ein Wörtlein sprechen könnten ...«

Wir verließen, von der Wucht dieses schmerzlichen Ausbruches nahezu erschöpft, das schöne Barockschlößchen nahe dem Fluß, in denen die Müller-Dreyspitz seit Generationen der Aufzucht des wetterharten gefleckten Schilda-Rindes obliegen.

19. Oktober. »Und was jetzt?« fragte Bürgermeister Kranebitter müde, als wir im Vorgarten der »Krone« einen kräftigenden Schluck Wurmriesling zu uns nahmen.

»Es wird nichts anderes übrig bleiben«, sagte der Ehrenwerte Schluckauf traurig. »Wir werden den drei Müllers wohl oder übel eine Subvention gewähren müssen ...«

Schweigsam tranken wir unser Glas leer.

Abends. Soeben gingen unter meinem Fenster drei Männer Arm in Arm vorbei. Sie lachten schallend.

Ich erkannte in ihnen die Herren Müller-Eynfalt, Müller-Zweygleys und Müller-Dreyspitz. Und ich freute mich von Herzen darüber, daß sie in den Pausen ihres Schmerzes doch auch vergnügter Gedanken fähig zu sein schienen.

Die Turmbesteigung

20. Oktober. Der Herbst ist da und das Wetter wandelt sich zum Schlechtern. Es ist windig, naß und kalt.

21. Oktober. Begab mich mit einer leichten Verkühlung nicht ungern zu Bett — gibt es denn ein subtileres Vergnügen, als vom Fieber leicht geschwächt im Bett zu liegen und dem Herbstwind zu lauschen, der an die barocke Rustikagliederung des Rathauses saust? Ich habe mir, um den Genuß noch um ein Beträchtliches zu erhöhen, etliche Äpfel besorgt und

lasse sie auf dem altmodischen Kachelofen brutzeln. Welch ein Duft!

22. Oktober. Der Herbstwind hat sich in der Nacht zu einer Art Orkan gesteigert, der den Dächern der Altstadt recht übel mitgespielt haben soll. Schlimmer ist, daß er den gewaltigen Wetterhahn auf dem Turm der St. Ulrichs-Pfarrkirche derart gelockert hat, daß dieser nun schief über das Spitzdach hinunterhängt. Das ist nicht ungefährlich, denn der zentnerschwere Metallklotz mit seinen lanzenartigen Federn und Fußkrallen würde von der hohen Spitze des Turms gewiß wie ein Meteor oder ein Damoklesschwert auf den friedlichen Franz Xaver Greindl-Platz hinabstürzen, lockerte sich der letzte Halt. Die Polizei hat den gefährdeten Raum um den Turm natürlich für jeden Verkehr gesperrt.

23. Oktober. Durch die ohne Zweifel notwendigen polizeilichen Absperrmaßnahmen ist die Erzherzog Ignaz Nepomuk-Straße in zwei Teile geteilt worden. Den Franz Xaver Greindl-Platz kann man nur auf langwierigen Umwegen erreichen. Das kommt einer Lahmlegung der wichtigsten Geschäftsstraße und des Verwaltungszentrums gleich. Ein unhaltbarer Zustand.

Mittags. Erhielt den ehrenden Krankenbesuch Herrn Bürgermeister Kranebitters, der sich äußerst freundlich nach meinem Befinden erkundigte und mir interessante, wenngleich betrübliche Einzelheiten über den Stand der Lage mitteilte, der — wie er sich ausdrückte — augenblicklich dahin gehe, daß man ratlos sei. Die Turmstiege sei seit den letzten voralpenländischen Erbfolgekriegen*) unbenützbar, weshalb man sich ja auch mit dem Glockengeläute des Chorturmes begnüge. Die längste Feuerwehrleiter der Stadt reiche bei weitem nicht bis zu dem im Winde bedrohlich schwankenden Wetterhahn, ein Gerüst aber könne

---

*) siehe Kapitel 12 (1. November) und Kapitel 16 (28. November). Anm. d. Hsg.

man nicht aufstellen, weil die Gerüstarbeiter der Stadt derzeit eine Frischluftzulage verlangten, die man ihnen aus Präzedenzgründen unmöglich gewähren könne. Die Lage sei, so schloß Herr Kranebitter, im Augenblick also ziemlich ernst, wenn auch insoferne nicht hoffnungslos, als der für morgen zu einer Sondersitzung einberufene Gemeinderat doch wohl irgendeinen Ausweg finden werde.

24. Oktober. Ungeachtet meines Zustandes begab ich mich zu der Gemeinderatssitzung. Ich kann doch meine Schmeggser in einer solch ernsten Stunde nicht allein lassen.

Die Stimmung war von Anfang an nervös und gereizt, woran ein politisch nicht sehr geschickter Antrag der Fortschrittlichen die Schuld trug; sie verlangten nämlich, daß der Bürgermeister mit den notwendigen Vollmachten ausgestattet werde, damit er dem Übel Einhalt gebiete; aber Herr Kranebitter merkte sofort, daß man ihm nur auf hinterlistige Art die Alleinverantwortung zuschieben wollte.

»Wenn ich wüßte, was zu tun wäre«, sagte er verstimmt, »dann müßte ich ja keinen Gemeinderat einberufen, nicht wahr?«

»Ha!« rief der Ehrenwerte Schluckauf, um das Mißlingen seiner List zu vertuschen, »ha! Der Bürgermeister will also den Gemeinderat ausschalten, was? Diktatorische Gelüste, was?«

»Reg dich nicht auf, Herr Schluckauf«, erwiderte der Bürgermeister gelassen, »denk lieber auch nach, wie wir den Hahn vom Dach herunterkriegen.«

»Denken dürfte nicht gerade die Stärke der Fortschrittspartei sein!« warf bissig Herr Oleander ein.

»Bitte, bitte«, gab Schluckauf höhnisch zurück, »dann soll eben die Traditionspartei aufs Dach steigen. Bitte sehr!«

»So war's ja doch nicht gemeint«, sagte der Ehrenwerte Oleander versöhnlich.

Aber der Ehrenwerte Schluckauf hatte jetzt Blut geleckt.

»Das ist wieder typisch für die Traditionspartei«, schrie er hitzig, »versprechen und nichts halten — typisch ist das!«

Herr Oleander erhob sich, bleich vor Zorn.

»Hochlöblicher Gemeinderat, meine Herren!« begann er mit eisiger Stimme. »Ich betone ausdrücklich, daß die Traditionspartei gar nichts versprochen hat, füge jedoch hinzu, daß sie es dennoch halten wird. Wir werden weder rasten noch ruhen, ehe nicht das drohende Verhängnis von unserer schönen Stadt abgewendet ist. Ich verpfände mein Wort dafür, allen Demagogen zum Trotz.«

Ergriffenes Schweigen herrschte im Saale, unterbrochen nur von einem leisen Knurren, das aus der Gegend kam, wo der Ehrenwerte Schluckauf seinen Sitz hatte.

»Herr Gemeinderat!« sprach Bürgermeister Kranebitter, »lange politische Erfahrung hat mich gelehrt, mein Herz von jedweder Erschütterung fernzuhalten. Aber diesmal, ich gestehe es offen, diesmal bin ich in höchstem Maße zutiefst bewegt.«

25. Oktober. Der Hahn hängt noch immer an der Turmspitze und kann in jeder Sekunde hinabstürzen. Die Geschäftsleute in der Erzherzog Ignaz Nepomuk-Straße stehen vor dem Ruin. Traf auf meinem Morgenspaziergang — dem ersten seit mehreren Tagen — Herrn Gemeinderat Schluckauf, der mit finster brütenden Blicken einen harmlos die Uferpromenade verzierenden Gipszwerg betrachtete und schloß aus seiner wütenden Versunkenheit, daß er über Mittel und Wege nachdenkt, um seine gestrige Scharte im Gemeinderat auszuwetzen. Soeben war jedoch Herr Gemeinderat Oleander bei mir und forderte mich auf, mit ihm einen entscheidenden Gang zu tun. »Wohin«, fragte ich.

»In die Alpine Sektion des Schmeggser Turnvereins.«

»Alpine Sektion?«

»Ja. Ihre Mitglieder tragen ein Alpenröslein am Schlips. Als Abzeichen, natürlich.«

»Ich verstehe, ich verstehe.«

»Kein echtes freilich.« Oleanders Züge verdüsterten sich ein wenig. »Schmeggs ist ja leider allzu weit vom Gebirge entfernt ...«

Die Alpine Sektion des Schmeggser Turnvereins – der, wie man weiß, eine durch und durch traditionsgetreue Institution ist – erwartete uns in jener strammen Haltung, wie sie Turnern und Bergfreunden ansteht, die Brust herausgedrückt und die Bärte waagrecht vorgestreckt. Es handelte sich durchwegs um reife und erfahrene Männer, auf die man sich in Stunden der Gefahr wohl verlassen durfte.

»Turnheil!« rief Herr Oleander.

»Reckheil!« scholl es ihm wie aus einem Munde als Antwort entgegen.

»Männer und Freunde! Unsere Vaterstadt ist in Gefahr. Hilfe tut not, soll einem Unglück gewehrt werden. Ich weiß, Männer, daß euer aufrechter Turnersinn eines Sinnes mit meinem ist. Dieser Gefahr werden wir mit unserem letzten Blutstropfen als echte Turner und Bergfreunde entgegenblicken. Nicht umsonst ist das Alpenröslein euer Abzeichen! Turnheil, Männer!«

Ich ließ meinen Blick während dieser zu Herzen gehenden Rede über die Alpine Sektion gleiten. Keine Miene zuckte in diesen steinernen Antlitzen, aber so manches Auge schimmerte feucht vor Begeisterung. Fürwahr: solange es solche Männer gibt, muß Schmeggs an der Schilda um seine Zukunft nicht fürchten.

Herr Oleander wünschte sich hierauf von der Einsatzbereitschaft der Sektion zu überzeugen.

Der Vorturner trat vor und gab knappe Kommandos.

»Wir üben jetzt Anseilen mittels Sitzschlinge«, befahl er. »Eins – zwei – drei ...!«

In bewundernswürdigem Gleichtakt führten die Männer komplizierte Griffe an einem langen Seil aus. Man sah, daß sie eine harte und mühevolle Ausbildung hinter sich hatten.

»Zu dritt – vortreten! Wir üben den Einstieg in eine Wand.«

Die Turner gruppierten sich um.

»Erste Gruppe – steigt ein! Zweite, dritte Gruppe – steigt ein!«

Warum aber legten sich die Männer auf den Boden und bewegten sich in schlangengleichen Windungen vorwärts?

»Seil nachlassen!« tönte der Ruf der Ersten in den Dreierreihen.

»Seil nachlassen!« riefen die Letzten.

Da verstand ich und fühlte mein Herz in gerührter Begeisterung schneller schlagen; weil Schmeggs weitab vom Gebirge liegt, mußte die Alpine Sektion des Schmeggser Turnvereins ihr Training eben in der Horizontalen absolvieren. Nicht ohne ein Gefühl tiefer Hochachtung schied ich von diesen Männern, die von ihrem Idealismus so weit über irdische Unzulänglichkeiten hinaus erhoben werden.

26. Oktober. Heute erschien Herr Gemeinderat Schluckauf bei mir und ersuchte mich, ihn auf einem kleinen Spaziergang zu begleiten. Seltsam, daß er ohne nähere Erklärungen den Weg zum Mäusgraben einschlug! Der Mäusgraben ist doch gewiß nicht der rechte Ort für die Spaziergänge von Schmeggser Gemeinderäten, mag es sich dabei auch um fortschrittlich gesinnte handeln ...

Erst als wir uns in der Nähe des Luckertenhellerplatzls befanden, kam er auf das Ziel seines Spazierganges zu sprechen.

»Es wird Sie als Ortsunkundigen vielleicht interessieren«, sagte er höflich, »daß die Gebrüder Gsimsbeißer, die wir jetzt besuchen, früher einmal als die besten Fassadenkletterer ihrer Zeit gegolten haben.«

» ... ach nein! Und Sie als Gemeinderat ...!«

»Tja, mein Verehrtester, wir können uns doch von diesen Traditionsgebundenen nicht in den Schatten stellen lassen. Uns muß derzeit jedes Mittel recht sein! Auch sind die Gebrüder Gsimsbeißer nie erwischt worden — und außerdem, sie haben sich schon seit geraumer Zeit zur wohlverdienten Ruhe gesetzt.«

Was hätte ich sagen sollen? Korrekter als ein Gemeinderat konnte ich wohl auch nicht sein.

Die beiden Gsimsbeißer empfingen uns in ihrem reizend

ausgestatteten und mit feinbürgerlichem Geschmack möblierten Heim aufs freundlichste.

»Ach ja«, sagte der ältere Gsimsbeißer, ein langer und dürrer Mensch, und strich sorgfältig das Häkeldeckchen auf dem Rauchtischchen glatt, »ach ja! Wir werden halt auch schon langsam alt. Manchmal sehnen wir uns direkt nach den früheren, alten Zeiten zurück.«

»Ja, ja«, bekräftigte der jüngere Gsimsbeißer. »Es war schon schön, damals. Wir steigen zwar heute noch jeden Morgen einmal auf das Dach, übungshalber ...«

» ... aber es ist halt doch nicht das Rechte«, seufzte sein Bruder. Und beide versanken in dumpfes Schweigen.

Gemeinderat Schluckauf erachtete den Augenblick gekommen, um die Brüder mit seinen Wünschen vertraut zu machen.

Während er sprach, trat ich zu dem kleinen Bücherregal, das dem trauten Raum das Aussehen eines Gelehrtenstübchens verlieh. Ich staunte nicht wenig, als ich die Titel auf den Bücherrücken las — wahrhaftig, da standen die Standardwerke, deren der Fassadenkletterer von Rang nicht entbehren kann, nahezu vollständig versammelt: Ottavio Climburnus »De rebus pedium velocium etc.« in der seltenen florentinischen Oktavausgabe von 1510, ein wahrhaft erlesenes Werk von unschätzbarem bibliophilem Wert; Bamkraxlers bekanntes »Handbuch der Fassadenkletterei« war sowohl in der Erst- wie in der bedeutend erweiterten zweiten Auflage vorhanden; es fehlten auch nicht die wichtigen, wenngleich etwas schlüpfrigen »Mémoires d'un façadeur passionné de Paris«*) und die »Z deníku jednoho českeho fasàdního splhavče« des berühmten Svatopluk Dostal, Mährisch-Ostrau 1850. Kurz, es war eine Biblio-

*) Eine freie ungarische Übersetzung dieses Werkes ist 1889 bei L. Szeps in Budapest unter dem Titel »Szérötöm ez Nagyfassadnöszygyagom« erschienen. Die deutsche Variante dieser Ausgabe — »Die Lüste des Gerüsters«, o. J. — gibt kaum eine Vorstellung von dem Original und ist daher aufs schärfste abzulehnen. Anm. d. Hsg.

thek, über die jedem Fachmann das Herz im Leibe lachen mußte.

In der Tat, ein Blick auf den Bücherkasten belehrt uns unfehlbar, ob wir es mit Geistern höheren oder niederen Ranges zu tun haben.

Ich wandte mich befriedigt der Unterhaltung zu, die eben zu einem gedeihlichen Ende kam.

»Unter keinen Umständen«, hörte ich erregt den jüngeren Gsimsbeißer ausrufen, »unter keinen Umständen nehmen wir Bezahlung an!«

»Auch in unserer Brust schlägt schließlich ein Schmeggser Herz!« setzte der ältere Bruder hinzu.

27. Oktober. Nur die politische Weisheit Bürgermeister Kranebitters verhinderte heute im Gemeinderat den Ausbruch größerer Tumulte; die Traditionspartei schäumte nicht mit Unrecht über die seltsame Konkurrenzierung ihres Unternehmens durch die Fortschrittlichen, und die Fortschrittlichen bemühten sich ihrerseits nach Kräften, grobe Keile auf grobe Klötze zu setzen. Herr Kranebitter entschied als ein wahrer Salomon: die Turmbesteigung wird morgen von beiden Parteien zu gleicher Zeit in Angriff genommen. Eine Partie wird den Aufstieg an der Nordseite, die andere an der Südseite beginnen. Die Himmelsrichtung wird durch ein vom Bürgermeister persönlich geworfenes Los bestimmt. Was wäre Schmeggs ohne diesen Mann!

28. Oktober, acht Uhr morgens. In einer Stunde wird das historische Ereignis beginnen. Bereits jetzt umlagern Massen von Schaulustigen den von Polizisten und einem Pfadfinder-Hilfskorps abgeriegelten Raum um den Turm der St. Ulrichs-Pfarrkirche.

8.30 Uhr. Die beiden Mannschaften sind zur Stelle. Rechts stehen Oleanders wackere Bergfreunde, wohl versehen mit Lodenanzügen, Rucksäcken, Pickeln und Seilen; die Alpenröslein an den drei Halsbundtüchern erstrahlen in frohgemutem Glanze. Links stehen in lässiger Haltung die

Gebrüder Gsimsbeißer, in die Tracht ihres Standes — schwarze Trikots und Turnschuhe — gekleidet.

8.45 Uhr. Der Bürgermeister naht mit den Herren seines Stabes. Der Chor des Männergesangvereines eröffnet die schlichte Feier mit dem Schmeggser Heimatlied.

8.55 Uhr. Der Bürgermeister hält eine kurze Rede, in der er seiner Befriedigung darüber Ausdruck gibt, daß Schmeggs, wenn es schon nicht an das internationale Verkehrsnetz angeschlossen sei, so doch eine kleine, aber hörbare Stimme im Konzert der europäischen Gegenwart einnehme. »So wie diese tapferen Männer«, sagt der Redner ferner, »an diesem Turm immer höher und höher klettern werden, so wird auch unsere schöne Stadt unaufhaltsam höher und höher steigen.« Dann wirft Herr Kranebitter die Münze: Die Alpine Sektion wird an der Nordwand einsteigen.

9.00 Uhr. Die beiden Teams begeben sich an ihre Plätze, keineswegs eilig oder überhastet, sondern im Bewußtsein verhaltener Kraft. Ein Hornsignal ertönt, das Rennen um die Palme der Turm-Besteigung beginnt.

9.15 Uhr. Schon nach den ersten Griffen merke ich, daß hier vollwertige Gegner einander gegenüberstehen. Was die Gebrüder Gsimsbeißer an Routine, Erfahrung und Improvisationsbegabung voraushaben, scheint die Alpine Sektion durch ihre ausgeklügelte Methodik wettzumachen. Die beiden Gsimsbeißer verwenden keinerlei Hilfsmittel, außer Federweiß, mit dem sie ihre Hände griffest machen; sie turnen schlangengleich über die gotischen Fialen und Krabben des untersten Turmgeschosses hinauf, nur selten muß einer dem anderen mit einem Griffzug brüderliche Hilfe leisten. Die Alpinisten arbeiten weit weniger elegant und virtuos, dafür aber mit bestechender Solidität. Da wird kein Griff getan, ohne daß nicht die Unterlage auf ihre Festigkeit geprüft würde, kein Klimmzug ohne ausgiebige Seilsicherung unternommen. Es ist gut, daß ich diese Vorgänge vom Fenster meines Zimmers aus betrachten kann. Dieser

Umstand erhöht meinen Genuß an ihnen um ein Beträchtliches.

9.45 Uhr. Die beiden Mannschaften haben das breite Gesims oberhalb des Untergeschosses erreicht und eine kleine Rastpause eingelegt. Sie blicken auf den Himmel, der leider bewölkt ist.

10.00 Uhr. Es beginnt leise und kühl zu regnen. Die Kletterer befinden sich bereits im zweiten Geschoß, der leichtesten Etappe des Aufstieges, denn es stammt aus der überaus ornamentfreudigen Bauepoche um 1490. Die Gebrüder Gsimsbeißer haben hier Gelegenheit, ihr Können voll auszuspielen, und der Beifall der Menge reißt sie sogar zu einigen übermütigen akrobatischen Kunststücken hin.

12.00 Uhr. Ein prasselnder Regenguß hat die Tapferen sowohl auf der Nord- als auch an der Südseite des Turmes in der Höhe des breiten Mauerbandes festgehalten, welches das spätgotische Geschoß vom nächsten trennt. Dieses bietet die ersten eigentlichen Schwierigkeiten, weil es aus der Zeit um 1540 stammt, die mehr Vorliebe für glatte Mauern als Lust an architektonischer Dekoration hatte.

14.00 Uhr. Nach einem erfrischenden Nachmittagsschläfchen, das die letzten Grippebazillen verscheucht haben dürfte, gilt mein erster Blick wieder dem Turm. Die Alpine Sektion hat sich bis in das oberste Drittel des dritten Geschosses vorgearbeitet, die Gebrüder Gsimsbeißer sind ein wenig ins Hintertreffen geraten. Es regnet noch immer. Die Menge der Zuschauer hat sich verlaufen, kleinere Grüppchen haben sich in den Schutz vorspringender Dächer und offener Haustore zurückgezogen.

14.45 Uhr. Fast keine Fortschritte. Die Gebrüder Gsimsbeißer haben etwas aufgeholt.

16.00 Uhr. Allgemeines Aufatmen. Beide Partien haben die Galerie (ca. 1640) der ehemaligen Glockenstube erreicht. Hier können sie etwas rasten. Sie haben sich die Ruhepause redlich verdient, denn die weitaus gefährlichste

Etappe — das letzte Geschoß und der Turmhelm — liegen ja noch vor ihnen.

16.45 Uhr. Der starke Regen hat die beiden Mannschaften zur Verlängerung ihrer Rast gezwungen. An der Nordwand flammt ein kleines Licht auf: die Alpine Sektion hat sich offenbar entschlossen, abzukochen.

17.30 Uhr. In meinem Zimmer haben sich die Herren Oleander, Schluckauf und Kranebitter versammelt; mein Fenster ist ja auch ein ausgezeichneter Beobachtungsort.

»Das ist wieder einmal bezeichnend«, sagt der Ehrenwerte Oleander bitter und deutet auf den Turm. »Ungeheure kulturelle Leistungen werden hier vollbracht, und kein Mensch denkt daran, wie man sie wohl entsprechend entlohnen könnte.«

»Du hast ja auch nicht daran gedacht«, gibt Herr Kranebitter scharf zurück. »Was sollen wir denn auch machen? Ich kann doch nicht in der Geschwindigkeit einen Lorbeerkranz auftreiben. Sollen wir ihnen Geld geben? Solche kulturelle Leistungen sind doch mit schnödem Mammon gar nicht aufzuwiegen. Und außerdem haben wir gar kein Geld. Wenn sie vom Turm herunterfallen, dann könnten wir ihnen immerhin Ehrengräber geben, aber so ...«

Verstimmt blicken die drei Herren auf den Turm, ehe sie sich schweigend empfehlen.

18.00 Uhr. Es ist ziemlich dunkel und der Franz Xaver Greindl-Platz menschenleer.

20.30 Uhr. Ein Drama spielt sich in dem Dunkel da draußen ab und ich schätze mich glücklich, ein Nachtglas mein eigen zu nennen, das mich instand setzt, alle Phasen des Geschehens verfolgen zu können.

Was ist geschehen?

Die Gebrüder Gsimsbeißer haben unter dem Eindruck des immer schlechter werdenden Wetters einen Gewaltstreich und den Angriff auf das letzte Turmgeschoß gewagt. Auch die Alpine Sektion steht nicht zurück und bricht ihr Biwak ab.

21.15 Uhr. Die Mannschaften leisten Ungeheures. Schier besinnungslos steigen sie an der gefährlichen Wand höher und höher. Sie haben alle Vorsichtsmaßnahmen beiseite geschoben, der Genius der Liebe zur schönen Heimatstadt ist es allein, der diese Männer beseelt.

22.00 Uhr. Es ist unglaublich, aber es ist wahr: das letzte Geschoß ist in Rekordzeit gemeistert worden. Nur der Turmhelm ist noch zu überwinden!

22.27 Uhr. Herr Bürgermeister Kranebitter steht neben mir und memoriert murmelnd — die Tapferen müssen doch wenigstens mit einer Rede empfangen werden: »Der Stand der Lage ... wir wollen es als ein Symbol betrachten ... oh Gott, wenn das nur nicht ein Herbstgewitter wird ... kleine, aber hörbare Stimme ...«

22.45 Uhr. Es wurde wirklich ein Herbstgewitter, das den Turm der St. Ulrichs-Pfarrkirche in das grelle Licht einander fast ohne Unterbrechung folgender Blitze taucht. Nicht mehr menschliche Kräfte sind es, die die Männer da oben am Turm immer weiter vorwärtstreiben. Glücklicherweise ist der Fuß des Turmhelmes, so gefährlich er an sich ist, mit einigen Voluten und Verkröpfungen aus der Zeit um 1735 geschmückt, die dem tastenden Fuß doch ein wenig Halt bieten. Der Regen strömt herab. Die beiden Mannschaften liegen wiederum Kopf an Kopf. Brav, ihr Wackeren!

23.00 Uhr. Es ist alles vorbei. Um 22.55 Uhr hatten die Kletterer die Turmspitze erreicht. Von der einen Seite her streckte sich die Hand des jüngeren Gsimsbeißer, von der anderen eine Turnerpranke nach dem Turmhahn aus. Und in diesem Moment löste sich infolge eines überaus heftigen Donnerschlages der Wetterhahn von seinem letzten Halt, stürzte herab und blieb in tausend Stückchen liegen. Er war, wie so vieles in Schmeggs, nur aus Gips gewesen.

Die Herren Kranebitter, Schluckauf und Oleander sind verschwunden, ein wenig erleichtert, weil der Himmel sie der Sorge einer Preiszuerteilung enthoben hat. Auf dem Turm aber beginnen die Alpine Sektion und die Gebrüder Gsimsbeißer, diesmal treulich vereint, den gemeinsamen Abstieg, unbeachtet, verlassen, einsame Helden, die alles an ein zwecklos gewordenes Abenteuer gewagt haben.

So ist die Welt*): gewissenlos und selten geneigt, wahre Größe auch dann anzuerkennen, wenn es allzu unbequem wird.

---

*) Greindl-Aphorismus aus dem Drama »Minotaurus im Schwalbennest« (1836), zu dem der um die Jahrhundertwende populäre Tonsetzer Florian Schallgruber (»Das Grabmahl auf der Via Appia«, »Schnurrpfeifers Höllenfahrt«) eine leider allzu romantisierende Ouverture komponiert hat. Anm. d. Hsg.

Das Ultimatum

29. Oktober. Noch einmal nimmt sich der Herbst zusammen und zeigt sich von seiner besten Seite. Der Himmel ist blau, die Wälder auf den Schmeggser Bergen leuchten braungold und rostrot und durch die milde Luft treiben die silbernen Fäden des Altweibersommers. Es ist eine Lust, zu leben.

Diese gute Stimmung teilt sich dem gesamten Gemeinwesen mit. Der Stand der Lage geht dahin, daß alles zum Besten steht, um die Worte des Bürgermeisters zu zitieren.

Traf Gemeinderat Schluckauf, der gleich mir feststellte, daß das Wetter — in dieser Jahreszeit! — geradezu unglaublich sei.

»Man müßte«, sagte der Ehrenwerte Schluckauf versonnen, »man müßte eigentlich eine Kundgebung veranstalten oder ein bisserl einen Streik, damit die Leute ins Freie kommen.«

Auch von den Weinhängen nächst der Stadt werden befriedigende Ergebnisse gemeldet.

30. Oktober. Eine dunkle Wolke senkt sich schwer auf das herbstliche Idyll. Es ist ein grüner Brief in jenem hochoffiziellen Format, wie es im Schriftverkehr zwischen regierenden Persönlichkeiten gebräuchlich ist, angekommen, und dieses grüne Kuvert, mit rotem Siegel versehen und mit dem Wurmsiedler Wappen — die silberne Schierlingsblüte im dreimal geschrägten Felde — geschmückt, enthält nichts anderes, als eine kurze und bündige Aufforderung des Wurmsiedlers Senates, alsbald bekanntzugeben, in welcher Weise man Wurmsiedel für den niedergebrannten Alten Lorbeerhof*), der nachweisbar Wurmsiedler Eigentum gewesen sei, zu entschädigen gedenke.

Die Debatte über diesen Brief ermangelte nicht der kriegerischen Untertöne.

Herr Gemeinderat Oleander, Präsident der Traditionsgebundenen Schmeggser, band sich den Helm fester und trat mannhaft in die Schranken. Angespornt von dem Gedanken, daß die Bürger von Schmeggs im Kampfe gegen Wurmsiedel manche Scharte auszuwetzen hatten, forderte er, selbstverständlich mit offenem Visier kämpfend und

---

*) Vgl. Kap. 3 und 4 des vorliegenden Tagebuches. Ergänzend sei dazu mitgeteilt, daß der sogen. Alte Lorbeerhof — etwa um 1415 als Handelsniederlassung der Wurmsiedler Folterbank-Industrie errichtet — anno 1637 von den Schweden geplündert und hierauf den Schmeggsern überlassen wurde. Aus jener Zeit also datiert der zwar bisweilen ruhende, niemals jedoch entschiedene Streit um die Eigentumsverhältnisse bei diesem Bau. Anm. d. Hsg.

allerdings auch sehr bald in Harnisch geratend, den Gemeinderat auf, den Wurmsiedlern alsbald den Fehdehandschuh hinzuwerfen. Überdies brach er manche Lanze für die Abfassung eines höhnischen Antwortschreibens.

In sinngemäß ähnlichen Ausdrücken sprach der Obmann der Fortschrittlichen, Herr Gemeinderat Schluckauf. Er wies darauf hin, daß der Marsch des Fortschritts auch in dieser Beziehung unaufhaltsam sei, befürwortete den vollen Einsatz aller Kräfte, erklärte, daß man in Schmeggs Gewehr bei Fuß stehen müsse und verlangte die sofortige Durchführung eines Gegenstoßes.

Als Ergebnis dieser Debatte ging ein Antwortschreiben an den Wurmsiedler Senat ab, ein kühler, abschlägiger Bescheid im offiziellen blauen Umschlag, doppelt versiegelt und mit dem Wappen der Stadt — dem Janushaupte im grün und gelb verkreuzten Felde — eindrucksvoll geschmückt.

Inoffiziell wird mitgeteilt, daß man die Lage zwar für ernst, keineswegs jedoch für bitterernst halte.

31. Oktober. Obwohl das Kommuniqué des Gemeinderates über den Notenwechsel mit Wurmsiedel noch nicht veröffentlicht wurde, ist die Stadt bereits von Gerüchten erfüllt. Der schwelende Haß gegen die Wurmsiedler flackert aufs neue auf.

Mittags. Verbrachte einen anregenden Vormittag im Stadtarchiv, wo mir der Archivar auf meine Bitte hin einige interessante, den Gegensatz zwischen Wurmsiedel und Schmeggs betreffende Akten, Urkunden und dergleichen zeigte. Besonders wichtig erscheint mir eine, weit in das 14. Jahrhundert zurückreichende Stelle in der Stadtchronik:

»Und habn heint«, so heißt es in der altertümlichen Sprache jener Zeit, »die quackgitztn leut zu wormbsidele (Wurmsiedel) sich geweigeret und geweret, den Mauthschilling ze berappn. Sintemaln sie ihn aber berappn missn nach fug und recht und brauch, so sie ire ross und pfert iber unser pruckhn fihrn, ist uns grosz Schad geschehn, item sie ein halbschilling berappn missn fir ein jeds ross und deren zween fir zwiegespann, so sie auf der Marckt ze wormbrisele (offenbar Wurmriesel, die jenseits gelegene, Schmeggs stets freundlich verbunden gewesene Nachbarstadt) farn. Wolltn abers nit zaln, so habn wir inen verweret, iber unser pruckhn ze farn. Ey sagtn sie und trugn die pfert iber die pruckhn und ey sagtn sie und lissn die zwiegespann ibern flusz schwimmen und war ein grosz geschrey unter den birgersleutn ze Schmeggs iber den schmehlichn schimpff, den sie uns wieder antan habn, weiln sie nicht berappt habn nach fug und recht und brauch.«

Soweit die zweifellos älteste noch vorhandene Nachricht über die Feindschaft zwischen Schmeggs und Wurmsiedel. Sie gibt, glaube ich, ziemlich deutlich zu erkennen, daß schon damals die Verhältnisse zwischen den beiden Städten nicht zum Besten gestanden sind. Darauf läßt allein schon die Andeutung schließen, daß die Verweigerung der Mautzahlung »wieder« ein unfreundlicher Akt gewesen sei, dem also andere vorangegangen sein müssen.*)

1. November. Man wartet mit Spannung auf die Reaktion der Wurmsiedler, vermutet aber, daß sie nicht so bald erfolgen werde.

Mittags. Neuerlicher Besuch im Stadtarchiv. Der Streit zwischen den beiden Städten — vergleichbar der Rivalität zwischen dem strahlenden Athen und dem finsteren Sparta, dem marmornen Rom und dem barbarischen Karthago, Esztergom und Debreczin — zieht sich gleichmäßig durch die Jahrhunderte. Wann immer Europa durch Kriege erschüttert wurde, die Schmeggser hielten treu zu der einen, die Wurmsiedler verbissen zur anderen Seite. Die Schmeggser verbündeten sich den Kaiserlichen, die Wurm-

---

*) Aus Gründen der Loyalität wollen wir darauf hinweisen, daß die Wurmsiedler Geschichtsschreibung diese Dinge mit einigermaßen anderen Augen betrachtet. Doch ist dies ja wohl selbstverständlich. Anm. d. Hsg.

siedler Gustav Adolf und Oxenstjerna; im voralpenländischen Erbfolgekrieg traten die Schmeggser Mann für Mann auf die Seite der schönen Reichsfürstin Eleonora, während es die Wurmsiedler mit ihrem verruchten Neffen Carl Cäsar hielten; die Schmeggser schlossen sich der Heiligen Allianz an, die Wurmsiedler hingegen baten Napoleon Bonaparte um Aufnahme in den Rheinbund, welche Bitte allerdings aus geographischen Gründen abgelehnt wurde. Kein Wunder, daß es um die Gegenwart nicht besser bestellt ist.

2. November. Noch keine Antwort. Morgen soll, wie offiziell bekannt wurde, eine geheime Gemeinderatssitzung stattfinden. Ob man mich, den Ortsunkundigen, dazu einladen wird?

3. November. Man hat mich eingeladen, mir jedoch in aller Höflichkeit bedeutet, daß es sich um eine streng vertrauliche Angelegenheit handle. Ich habe selbstverständlich versprochen, kein Wort darüber verlauten zu lassen. Den kleinen Gewissensvorbehalt — daß nämlich »nichts verlauten lassen« eine Tagebuchniederschrift nicht ausschließt — darf ich vor mir selbst wohl verantworten.

Die Gemeinderatssitzung begann mit einer kleinen Ansprache des Bürgermeisters, die allen Anwesenden den Ernst der Situation ins Gedächtnis rief.

»Verehrte Freunde«, rief Herr Kranebitter, »Schmeggser! Jahre, Jahrzehnte lang sogar haben wir die bösartigen und verbrecherischen Angriffe Wurmsiedels über uns ergehen lassen, ohne auch nur mit der Wimper zu zucken. Dieser Tage nun haben wir gezuckt — Sie alle kennen ja den Brief, den wir an den Wurmsiedler Senat gesandt haben.«

Der Gemeinderat nickte beifällig. Es waren in diesem Brief einige Satzwendungen und Wortspiele gebraucht worden, die den Wurmsiedlern in eben diesen Stunden sauer schmecken würden.

»Wir alle«, fuhr der Bürgermeister fort, »sind uns dessen bewußt, daß die Wurmsiedler weitere Schritte ergreifen werden. Wir müssen darauf vorbereitet sein. Und, meine Herren, wir sind darauf vorbereitet! Pelikan« — dies galt dem schüchternen, kleinen Gemeindeschreiber — »holen Sie den Mann herein, der draußen wartet!«

Pelikan verschwand und der Bürgermeister wandte sich erklärend zum Gemeinderat.

»Unser Geheimagent ist soeben aus Wurmsiedel zurückgekehrt. Mit den neuesten Nachrichten!« flüsterte er. »Ich brauche wohl nicht zu betonen, daß das Siegel der Verschwiegenheit Ihre Lippen zieren muß, meine Herren.«

So scheu um sich blickend, wie es die Art dieser Menschen ist, betrat der Geheimagent den Saal und begrüßte uns mit einer stummen Verbeugung.

»Berichten Sie, Geheimagent!« befahl der Bürgermeister.

Der Agent machte abermals eine stumme Verbeugung, ließ wiederum seinen Blick durch den Raum schweifen und hob an, leise, fast lispelnd — jeder Zoll ein Geheimagent! — zu berichten:

»Auftragsgemäß begab ich mich am 31. Oktober dieses via Würmelbach nach Wurmsiedel. Dortselbst kam ich um 21.20 Uhr an und stieg im Gasthof ›Zur schwarzen Schlange‹ ab, mich daselbst als Würmelbacher ausgebend, der längere Zeit in der Fremde geweilt habe. Der Wurmsiedler Geheimdienst schöpfte keinerlei Verdacht.«

»Wackerer Bursche!« lobte Herr Oleander den Geheimagenten.

»Keineswegs«, antwortete der Agent trocken. »Dieses ist ja mein Beruf, Herr Gemeinderat. Dafür werde ich bezahlt. Allerdings in unzureichender Weise, denn laut Kollektivvertrag der Fachgruppe Geheimagenten, Spitzel und Spione hätte ich eigentlich begründetes Anrecht auf jenes dreizehnte Monatsgehalt, das mir bis jetzt trotz verschiedener Urgenzen nicht ausbezahlt worden ist.«

»Das wird geregelt, mein Bester«, sagte Kranebitter rasch und gab dem Geheimagenten einen Wink, fortzufahren.

»Hierauf gelang es mir«, berichtete der Agent weiter, »mich in das Vertrauen des Wurmsiedler Gemeindedieners einzuschleichen. Ich spiegelte ihm vor, daß ich Weinreisender sei, der über zahlreiche Gratisproben verfüge.«

»Ein teuflischer Gedanke!« rief der Ehrenwerte Schluckauf bewundernd.

»Dieses ist ja mein Beruf. Als ich mir der innigen Zuneigung des Gemeindedieners sicher war — ich darf an dieser Stelle erwähnen, daß die von ihm genossenen Quantitäten an Wurmriesling-Kostproben auf meiner Spesenrechnung einen nicht unbeträchtlichen Posten ausmachen ...«

»Hat's denn unbedingt Wurmriesling sein müssen?« unterbrach Herr Kranebitter klagenden Tones.

»Der Gemeindediener erwies sich leider als vortrefflicher Weinkenner. Sodann gelang es mir, auch mit dem Wurmsiedler Gemeindeschreiber Bekanntschaft zu schließen, was allerdings eine größere Menge an Ausgaben für Bonbons, Schokolade und andere Süßwaren verursachte, die unter Rubrik 17 in meiner Spesenabrechnung figurieren.«

»Schokolade für einen Gemeindeschreiber?« fragte der Ehrenwerte Schluckauf verblüfft.

»Für seine Frau!« erklärte der Agent, ohne eine Miene zu verziehen. »Eine nicht unsympathische Blondine von 35 Jahren, mit der ich bei der ersten sich bietenden Gelegenheit ein intimes Verhältnis anknüpfte. Eine Garnitur Unterwäsche ist auf der Spesenliste unter Rubrik 14 vermerkt.«

»Das ist ja die reinste Erpressung!« rief der Bürgermeister ärgerlich.

»Dieses ist ja mein Beruf. Ich darf bei dieser Gelegenheit darauf hinweisen, Herr Bürgermeister, daß ich zwecks Eintragung eines Steuerfreibetrages in meine Lohnsteuerkarte eine amtliche Bestätigung des hiesigen Gemeinderates benötige, in der auf die besondere Gefährlichkeit meines Berufes ausführlich hingewiesen wird.«

»In Gottes Namen. Sprechen Sie weiter.«

»Nachdem ich mich in geschilderter Weise in das Vertrauen mehrerer maßgeblicher Personen eingeschlichen hatte, war es mir ein leichtes, den Sitzungen des Wurmsiedler Senats als geheimer Beobachter beizuwohnen.«

»Na, also!« rief Herr Kranebitter. »Und was hat der Senat über uns gesprochen?«

»Ehe ich darauf eingehe, will ich noch kurz über den weiteren Verlauf meiner Tätigkeit in Wurmsiedel berichten. Bedauerlicherweise stand die oberwähnte Frau des Gemeindeschreibers in den Diensten des Wurmsiedler Geheimdienstes; sie bezieht überdies, wie ich feststellen konnte, auch von seiten des Würmelbacher Großen Rates ein nicht unerhebliches Pauschale für gelegentliche vertrauliche Mitteilungen.«

»Das muß ja ein tolles Weib sein!« entfuhr es dem Ehrenwerten Oleander.

»Sie ist es in der Tat. Kurz und gut, ein Agent des Wurmsiedler Geheimdienstes folgte mir nun auf Schritt und Tritt, so daß ich ihn schließlich mit gebotener Heimtücke im Dunkeln niederschlagen mußte.«

»Hinterrücks ...? Das tut man doch nicht!« sagte Herr Kranebitter vorwurfsvoll.

»Je nun«, der Agent zuckte mit den Schultern, »dergleichen ist nun einmal mein Geschäft. Ich darf bei dieser Gelegenheit darauf hinweisen, daß infolge jenes Zwischenfalls im Wurmsiedler Dienstpostenplan eine Geheimagenten-Stelle vakant geworden ist. Es böten sich unsereins dortselbst nicht unbeträchtliche Vorteile. Der Wurmsiedler Senat wäre nicht abgeneigt, die Frage einer zusätzlichen Weihnachtsremuneration in diesem Falle zum Gegenstand eingehender Besprechungen zu machen.«

»Aber das wäre doch glatter Verrat!« rief Herr Oleander.

»Dieser ist ja mein Geschäft.«

»Schön«, sagte Herr Kranebitter müde. »Sie bekommen Ihre Weihnachtsremuneration. Aber jetzt erzählen Sie uns endlich, was der Wurmsiedler Senat beabsichtigt.«

»Besten Dank, Herr Bürgermeister. Ich betone jedoch, daß es sich bei meinen Forderungen nur um die Beanspruchung der mir kollektivvertraglich zustehenden Rechte handelt.«

»Schon gut, schon gut.«

»Um nun auf die Sitzungen des Wurmsiedler Senates zu kommen: es fiel in seinen Debatten wiederholt der Hinweis, daß man mit diesen Schmeggsern wohl noch fertig werden würde.«

Entrüstung unter den Gemeinderäten.

»Ferner wurde in hämischer Weise davon gesprochen, daß die Schmeggser Behörden nicht einmal imstande seien, die Angehörigen ihres Geheimdienstes in angemessener Weise zu entlohnen.«

»Das ist eine glatte Lüge«, unterbrach ihn der Bürgermeister. »Weiter!«

»Die Stimmung in Wurmsiedel ist sehr gegen Schmeggs eingenommen. Ihr Brief, meine Herren, hat wie eine Bombe eingeschlagen. Man überlegt nunmehr ein Ultimatum.«

»Hört, hört!«

»Über die Formulierung dieses Ultimatums wurde jedoch noch keine Entscheidung getroffen — wenigstens bis zu meiner etwas überstürzten Abreise nicht, in deren Verlauf ich übrigens notgedrungenermaßen einige private Utensilien hinterlassen mußte, deren Wert jedoch im Anhang meiner Spesenrechnung genau verzeichnet ist.«

Der Bericht des Geheimagenten hat also die herrschenden Vermutungen bestätigt. Dieser selbst wurde mit dem Auftrag entlassen, in der ihm richtig erscheinenden Verkleidung abermals schleunigst nach Wurmsiedel abzugehen, um von dort aus über den Fortgang der Entwicklung zu berichten. Da habe ich doch einmal einen ausgiebigen Blick hinter die Kulissen getan!

4. November. Ein seltsames Erlebnis. Stieß heute in einem Winkel der Altstadt auf einen Menschen, der mir auf

den ersten Blick bekannt vorkam, obwohl ich nie zuvor einen so gewaltigen, schwarzen Vollbart in meinem Bekanntenkreise gesehen hatte. Er wollte sich, scheu blickend, an mir vorbeizwängen — da erkannte ich ihn und hielt ihn eilig am Mantel fest.

»Sie da«, rief ich, »Sie kenne ich!«

»Nicht, daß ich wüßte ...«

»Keine Angst. Ich bin ein Ortsunkundiger in dieser Stadt — und ich verstehe zu schweigen. Sie sollten doch schon längst wieder in Wurmsiedel sein. Oder etwa nicht?«

»Doch.«

»Und warum sind Sie's nicht? Keine Ausflüchte!«

» ... tja. Gewisse Geschäfte ...«

»Ich verstehe«, sagte ich bitter. »Sie stehen nicht nur in den Diensten der Schmeggser, sondern auch im Solde der Wurmsiedler, stimmt's?«

»Stimmt.«

»Und Sie empfinden keine Scham darüber?«

»Warum? Es ist mein Beruf, ein Doppelspiel zu treiben.«

»Ach so ... Aber der hiesige Gemeinderat erwartet doch Ihre Berichte!«

»Er wird sie bekommen.«

»Die Blondine?«

»Nun ja. Wir arbeiten Hand in Hand. Ich schicke ihr Berichte über die Vorgänge in Schmeggs, sie tut desgleichen über die Lage in Wurmsiedel. Es handelt sich selbstverständlich um gewissenhaft abgefaßte und in allen Angaben korrekte Berichte.«

»Tja ...« Ich seufzte. »Wahrscheinlich ist das unter Leuten Ihres Schlages so üblich, nicht wahr?«

»Freilich. Unser Beruf wäre unerträglich, erhöbe uns nicht innerlich das Gefühl gegenseitiger Hochachtung. Ich empfehle mich Ihnen.«

Abends. Soeben kam das lange erwartete Ultimatum aus Wurmsiedel.

Wie wird das alles enden?

Eine historische Rede

5. November. Das Ultimatum des Wurmsiedler Senats stellt noch einmal ausdrücklich die Wurmsiedler Eigentumsrechte an dem kürzlich niedergebrannten Alten Lorbeerhof fest und verlangt als Schadenersatz eine Summe, die — mag immerhin der Anspruch auf den Alten Lorbeerhof einer gewissen historisch fundierten Berechtigung nicht entbehren — übertrieben hoch ist. Man könnte mit ihr ganz Schmeggs in Flammen aufgehen lassen und wieder aufbauen.

Die Gemeinderatsdebatte über dieses Ultimatum zeichnete sich durch fast klassische Prägnanz und Kürze aus. Die beiden Fraktionen der Fortschrittlichen und Traditionsgebundenen brachten eine gemeinsame Resolution ein, in der eine eindeutige Ablehnung der Schadenersatzansprüche Wurmsiedels gefordert wurde. Der Bürgermeister gab ohne weiteres seine Zustimmung, indem er bemerkte, daß die Stadtkasse ohnehin leer und eine Zahlung, welcher Art auch immer, somit von vornherein ausgeschlossen und daher mit aller Entschiedenheit abzulehnen sei. Daraufhin erhoben sich die Gemeinderäte, von einem mächtigen patriotischen Impuls beseelt, und stimmten spontan das Schmeggser Heimatlied an. Die Minute war als weihevoll zu bezeichnen.

Sodann vertagte der Gemeinderat die Sitzung, weil man fand, daß man die weiteren Schritte in einer kühleren und sachlicheren Atmosphäre beraten müßte.

6. November. Mittags. Sinnend schritt ich durch die Straßen und über die Plätze der mir lieb gewordenen Stadt. Es war nicht schwierig, die herrschende Volksmeinung kennenzulernen, die mit den Ansichten der Regierenden diesmal ausnahmsweise völlig übereinstimmt. Die Schmeggser sind einhellig von dem Wunsche erfüllt, es den Wurmsiedlern gehörig zu zeigen. Was man ihnen zeigen soll, ist allerdings noch nicht ganz klar. Die Neustadt möchte den Verhaßten die kalte Schulter, die Altstadt eher die Faust, der zuchtlose Mäusgraben hingegen die Zunge zeigen — aber das sind ja schon nicht mehr prinzipielle Fragen, sondern solche der Nuance. Die Erbitterung gegen Wurmsiedel ist jedenfalls enorm.

Nachmittags. Einem geheimnisvollen Zwang folgend, ist die Bevölkerung der Stadt vor dem Rathaus zusammengeströmt. Von allen Seiten sind sie gekommen, aus den Altstadtvierteln, aus dem Cottage, dem Mäusgraben, aus den Büros, der Gipsbüstenfabrik und den Geschäften der Erzherzog Ignaz Nepomuk-Straße. Keiner hat sie gerufen und doch kamen sie: nun ist der Platz rund um das Denkmal Franz Xaver Greindls schon dicht von Menschenmassen besetzt, und immer noch versuchen an den Zufahrtsstraßen neue Zuzügler, sich näher an das Rathaus heranzudrängen. Sie schweigen und wenden ihre Gesichter dem barocken Balkon zu, der in der Geschichte der Stadt schon mehrmals eine bedeutende Rolle gespielt hat. Sie warten, stumm und geduldig. Worauf? Ich weiß es nicht. Vielleicht auf den Eintritt, auf die Verkündigung eines großen Ereignisses?

Totenstille herrschte auf dem weiten Platz, als Bürgermeister Kranebitter den Balkon betrat und jene große Rede anhub, die in den Annalen der Stadt für immer verzeichnet sein wird.*)

»Schmeggser und Schmeggserinnen!« sprach er, »Mitbürger und Freunde! Wieder einmal steht unsere schöne Stadt an einem entscheidenden Wendepunkt ihrer langen und ruhmreichen Geschichte. Wohl erinnern wir uns mit Trauer der Mißernten des Jahres 1612 und des Jahres 1843 sowie des Schwedeneinfalles im Jahre 1637, der Pest im Jahre 1702 und der zwei verheerenden Brände in den Jahren 1867 und 1869. Doch heute können wir ohne Zaudern sagen, daß unsere schöne Stadt, obwohl sie noch immer nicht an das internationale Verkehrsnetz angeschlossen ist, eine kleine, aber hörbare Stimme im Konzert der europäischen Gegenwart einnimmt.«

An dieser Stelle vernahm man aus der Menschenmasse zustimmendes Gemurmel.

»Schmeggser und Schmeggserinnen!« fuhr Herr Kranebitter fort, »nun aber geht der Stand der Lage wieder einmal dahin, daß düstere Wolken am politischen Horizont auftauchen. Düstere Wolken, jawohl, und Sie alle, meine lieben Mitbürger, wissen, woher diese düsteren Wolken kommen.«

---

*) Ein so faktenreiches wie tendenziöses Werk zu diesem Thema ist Walpurga Ogoschniggs »Die Bedeutung von Balkonen in der europäischen Kulturgeschichte von der Karolingerzeit bis heute« (Diss., Klagenfurt 1947). Anm. d. Hsg.

Grollerfülltes Raunen und Zischen strich über den Franz Xaver Greindl-Platz.

»Schmeggser und Schmeggserinnen! Ihr alle wißt, daß die Geduld und die Gutmütigkeit der Bewohner unserer schönen Stadt in weitem Umkreis sprichwörtlich geworden sind. Vielleicht bauen unsere Feinde auf diesen unseren Charakter, ich weiß es nicht. Aber ich sage: wer auf unseren Charakter baut, der baut auf Sand. In diesem Punkt sind wir stahlhart!«

Zum erstenmal brandete Beifallsgeschrei auf.

Herr Kranebitter machte eine kleine Pause und setzte seine Rede in etwas verändertem Ton fort — ernster, gleichsam ergriffener. Er wollte seinen Zuhörern klarmachen, daß es nun um letzte Entscheidungen ging:

»Ich habe im Auftrage des hochlöblichen Gemeinderates der Stadt Schmeggs Euch allen mitzuteilen, daß wir das kecke Ultimatum des sogenannten Wurmsiedler Senats auf das entschiedenste zurückgewiesen haben. Die Wurmsiedler haben im Falle der Ablehnung ihres Ultimatums mit Repressalien gedroht. Nun wohl, wir haben in unserem Gegenultimatum nicht den geringsten Zweifel darüber gelassen, daß wir Repressalien mit Gegenrepressalien und etwelche Kontrarepressalien gegen diese Gegenrepressalien mit Rekontrarepressalien beantworten werden.«

Tobende Zustimmung der Bevölkerung.

Herr Kranebitter nahm, sich räuspernd, einen letzten Anlauf, um die patriotische Stimmung aufs äußerste zu steigern. Er spielte den höchsten Trumpf aus — den Appell an die großen Geister der Stadt.

»Wir sind es dem Andenken an den großen Gönner und Freund unserer Stadt, Erzherzog Ignaz Nepomuk*), schul-

*) Erzherzog Ignaz Nepomuk (1717—1803), der Schmeggs liebevoll als »Voralpenrose unter den blühenden Städten Europens« zu bezeichnen pflegte, hat dafür gesorgt, daß unter seiner Regentschaft Schmeggs eine zwei Generationen währende Blütezeit erlebte. Der kunstsinnige und fortschrittliche Erzherzog ließ nicht nur das Schloß von Grund

dig«, rief er und durch die Masse lief ein ehrfürchtiger Schauer, »— und wir verpflichten uns angesichts des Denkmals des großen Sohnes unserer Stadt« (des Bürgermeisters Finger wies auf die Gipsstatue des Franz Xaver Greindl) »vor den finsteren Wurmsiedler Anschlägen keinen Fußbreit zu weichen. So wahr wir Schmeggser sind und so wahr wir Schmeggser bleiben werden!«

Und nun ereignete sich das Unglaubliche: die Schmeggser brachen nicht, wie zu erwarten war, in wilde, tobende, patriotische Begeisterungsrufe aus. Zu groß war ihre Erregung, zu deutlich ihr Bewußtsein ausgeprägt, daß sie wiederum einmal Zeugen einer schon historisch werdenden Viertelstunde waren. Nein, die riesige Menschenmasse folgte demselben Impuls, dem tags zuvor schon die Gemeinderäte erlegen waren: keiner hatte das Einsatzzeichen gegeben, und doch erklang aus Tausenden von Kehlen dieselbe Melodie, erklangen die geheiligten Worte des Schmeggser Heimatliedes:

»Dort, wo die Schilda trotzig schäumt,
Dort, wo der Hirsch voll Stolz sich bäumt,
Dort am grünen Rebenstrand,
Liegt mein Schmeggs, mein Heimatland!«*)

Ich gestehe freilich, daß ich das Fenster schloß, ehe der Refrain zum drittenmal wiederholt wurde. Je seltener man Hymnen hört, um so feierlicher sind sie, doch ist dies selbstverständlich eine ganz subjektiv gemeinte Behauptung. Wäre ich nicht ein Ortsunkundiger, sondern ein mit dem hiesigen Boden verwurzelter Schmeggser, würde ich sicherlich anders empfinden.

---

auf restaurieren, er förderte auch den Bau des Rathauses, betrieb die Schilda-Regulierung, gründete die Schmeggser Feuerwache, das erzherzögliche Witwen- und Waisenheim und schuf das für seine Zeit vorbildliche städtische Hunde- und Katzenasyl. Anm. d. Hsg.

*) Als Autor des Heimatliedes gilt der Schmeggser Lyriker Johann Wolfgang Zauderer (1832—1914). Der Komponist desselben ist der schon erwähnte Florian Schallgruber. Anm. d. Hsg.

Abends. Ich versuche, ziemlich erfolglos übrigens, Näheres über die Besonderheiten Wurmsiedels in Erfahrung zu bringen. Der Haß gegen diese Stadt hat die Schmeggser davon abgehalten, sich eingehender über das Leben und Treiben ihrer Feinde zu orientieren, und so ist hier außer den bekannten Ränken und Intrigen der Wurmsiedler gegen die Schmeggser wenig von der Geschichte ihrer Stadt bekannt. Sicher ist eigentlich nur deren Lage am Unterlauf der Schilda. Landeinwärts ist sie von Sümpfen umgeben, aus denen sommers und winters übelriechende Nebel aufsteigen, die über Wurmsiedel eine kaum je von der Sonne durchbrochene graue Decke ausbreiten, so daß man selbst vom höchsten Punkt der Schmeggser Umgebung, der Sophien-Dorotheen-Warte aus, noch niemals einen Blick auf die Stadt selbst erhascht hat. Die Sümpfe werden nur an wenigen Stellen von Fußpfaden durchkreuzt, von denen allein die gebürtigen Wurmsiedler Kenntnis besitzen.

Irgendeine offizielle oder auch nur menschliche Verbindung zwischen den Bewohnern der beiden Städte gibt es kaum. Nur manchmal verirrt sich ein abenteuerlustiger Rastelbinder aus dem Mäusgraben nach Wurmsiedel — dieses zweifelhafte Völkchen hat ja seine eigenen, seltsamen Beziehungen und Schleichwege —, aber selbst Menschen dieser Art kehren gern wieder nach Schmeggs zurück. Wenn man ihren spärlichen Berichten trauen darf — und es besteht in dieser Hinsicht wenig Grund, es nicht zu tun —, dann sind die Wurmsiedler, ganz anders als die rundlichen und heiteren Schmeggser, überaus magere und scharfnasige Leute, mit denen selbst dann nicht gut Kirschen essen wäre, wenn dergleichen erquickende Früchte dortselbst wüchsen, was aber nicht der Fall ist. Die Obstkulturen der Wurmsiedler scheinen sich auf Galläpfelplantagen, Holzbirnengärten und einige wenige Schlehdornalleen zu beschränken. Irgendwer hat vom Vorhandensein auch eines Pappelwäldchens gesprochen, doch scheint es sich hiebei nur um

Käspappeln zu handeln, die das Bild einer Stadt ja wohl schwerlich anmutiger gestalten.

Im ganzen sind das herzlich wenig Nachrichten über ein immerhin benachbartes Gemeinwesen, finde ich. Vielleicht sollte ich selbst einmal Wurmsiedel besuchen? Einem hier wie dort Ortsunkundigen wird man ja wohl nichts in den Weg legen. Und wenn ich einen Schilda-Matrosen fände, der mich auf dem im Vergleich zu den Sumpfpfaden verhältnismäßig sicheren Wasserweg in diese geheimnisvolle Stadt brächte ...

Aber das Novemberwetter schreckt mich ab. So weit geht mein Forscherdrang vorläufig noch nicht, daß ich rheumatische Beschwerden riskieren wollte.

7. November. Der Gemeinderat hat die Nacht hindurch getagt, ist aber, wie mir der Gemeindeschreiber Pelikan versicherte, noch zu keinem Entschluß betreffs der vorzubereitenden Repressalien und Rekontrarepressalien gekommen. Herr Pelikan teilt, wie er mir unter dem Siegel der Verschwiegenheit zuflüsterte, die allgemeine Begeisterung keineswegs. Schmeggs habe gegen Wurmsiedel immer den kürzeren gezogen, meinte er – und es sei allemal ein zweischneidiges Schwert, das man wider die Wurmsiedler schwinge. Angesichts der herrschenden Stimmung erschien mir dies als eine recht defaitistische Äußerung, aber sie war zweifellos ehrlich gemeint.

Mittags. Nahm heute, einem plötzlichen Einfall folgend, Einblick in den Briefwechsel mit Wurmsiedel. Ich fand dabei heraus, daß der Wurmsiedler Bürgermeister (er nennt sich »Konsul«, wie sich ja überhaupt die Wurmsiedler gerne römisch zu gebärden scheinen), dessen Unterschrift auf den beiden Briefen stand, Edler Sauer von Säuerling heißt: das Gerücht will wissen, daß er Dentist ist, und das würde freilich zu all dem passen, was man von Wurmsiedel weiß.

Abends. Traf abermals den Gemeindeschreiber Pelikan und erfuhr von ihm, daß man zwar über verschiedene Maßnahmen einig geworden sei, jedoch nicht wisse, wie man dieselben finanzieren solle.

8. November. Kleiner Morgenspaziergang entlang der von Rauhreif — ein entzückendes Bild! — bedeckten Uferpromenade. Begegnete den Herren Kranebitter, Oleander und Schluckauf, die glänzender Laune waren.

»Darf ich fragen«, sagte ich nach herzlicher Begrüßung, »was derzeit bedacht und erwogen wird?«

»Gewiß doch«, antwortete Herr Oleander verbindlich. »Wir haben eben einen Plan ausgearbeitet, der den Widerstandswillen der Schmeggser aufs alleräußerste treiben wird.«

»Sollte das tatsächlich vonnöten sein?«

»Gegen die Wurmsiedler darf uns nichts zuviel sein«, rief Herr Kranebitter patriotisch. »Nichts!«

»Und womit gedenken Sie den Widerstandswillen so weit zu treiben?« erkundigte ich mich.

Gemeinderat Schluckauf sah mich bedeutsam an.

»Mit einer neuen Steuer. Mit einer Antiwurmsiedelsteuer, aus deren Erträgnissen wir den Kampf gegen Wurmsiedel finanzieren werden.«

Ich stand sprachlos.

»Da staunen Sie!« sagte Herr Oleander und schmunzelte. »Aber Sie wissen als Ortsunkundiger ja nicht, mit welchem Haß die Schmeggser der Steuer, jeglicher Steuer an und für sich gegenüberstehen. Wenn sie jetzt der Wurmsiedler wegen auch noch Steuer zahlen müssen ...«

Da verstand ich den wahrhaft machiavellistischen Plan in seiner ganzen Tragweite.

9. November. Aufgeregt und erbost rotten sich die Schmeggser zusammen, demonstrieren in den Straßen der Stadt und fordern die sofortige Vernichtung Wurmsiedels. Die Antiwurmsiedelsteuer zeitigt ihre ersten Ergebnisse.

Was, so frage ich mich beklommenen Herzens, werden die nächsten Tage bringen?

Krieg mit Wurmsiedel

14. November. Heute nahm Bürgermeister Kranebitter mit den Herren seines Stabes auf dem historischen Rathausbalkon die Parade der Schmeggser Freiwilligenverbände ab. An der Spitze marschierten in wohlausgerichteten Kolonnen die Mitglieder des Verbandes der Schuldiener (in Wahlzeiten die Elitetruppe der Traditionsgebundenen) vorbei, ihr Kampfabzeichen, den gelben Löwenzahn, in den Knopflöchern — Männer, deren ausdrücklicher Wunsch es ist, gegen die verhaßten Wurmsiedler in der ersten Reihe kämp-

fen zu dürfen. Dann kamen, ebenfalls in vorzüglicher Ordnung, die Herren des Gesangvereines, die Bässe an der Spitze — ein imposantes, kriegerisches Bild; sodann, sehr stramm, der Turnverein und schließlich der Verein der Museumsfreunde, der gewisse Ausbildungsmängel durch die ihm eigene fanatische Leidenschaftlichkeit ausgleichen wird, sollte es einmal zum Ärgsten kommen. Mit einigem Abstand folgten die Aufgebote der Fortschrittlichen, deren Kerntruppe natürlich von den Mischmeistern und den Gesellen der Gipsbüstenfabrik gestellt wird, die verwegene Gruppe der Schilda-Schiffer und die allerdings ziemlich irregulären Truppen der Rastelbinder, Kochlöffelschnitzer und Scherenschleifer, denen man, wie aus Kranebitters Hauptquartier verlautet, vor allem Kundschaftsdienste und dergleichen Aufgaben zuteilen wird.

Ja, so weit ist es nun also gekommen: das friedliche Schmeggs verwandelt sich allgemach in ein Heerlager.

15. November. Besuchte das im Gemeinderatssaal untergebrachte Hauptquartier, um mich nach dem Stand der Lage zu erkundigen.

»Dieser geht dahin«, erläuterte Herr Kranebitter, der selbstverständlich das Oberkommando innehat, »daß er ernst ist. Bitterernst sogar. Die Wurmsiedler holen nach uns zugekommenen Berichten zu einem entscheidenden Schlage aus, dem wir selbstverständlich zuvorkommen müssen. Wir haben demgemäß in Schmeggs den Ausnahmezustand verkündet.«

Ich erkundigte mich, was das bedeute.

»Nun«, sagte der Ehrenwerte Oleander höflich, »das bedeutet, daß die Schulen gesperrt wurden, in den Ämtern Parteienverkehr nur mehr freitags von 12 bis 13 Uhr ist, daß die Flußschiffahrt auf der Schilda eingestellt, die Pfadfinder mobilisiert und die zu Reparaturzwecken aufgerissenen Straßenteile in Fallgruben verwandelt werden.«

»Donnerwetter.«

»In der Tat. Die Anti-Wurmsiedelsteuer hat, wie wir es vorausgesehen haben, den Kampfwillen der Bevölkerung außerordentlich gestärkt. Selbst der Altdamenverein hat sich in den Dienst der Sache gestellt.«

»Inwiefern?«

»Da die Altdamen bekanntlich über außerordentlich scharfe Augen verfügen, beobachten sie von erhöhten Punkten der Stadt, zum Beispiel vom Schloßturm oder der Sophien-Dorotheen-Warte aus, die Anmarschwege zur Stadt. Bisher haben sie allerdings noch keine verdächtigen Bewegungen gemeldet.«

»Und welche strategischen Pläne wurden von Ihnen, meine Herren, gefaßt?«

»Wir sind«, sagte Bürgermeister Kranebitter gelassen, »der Meinung, daß der Angriff die beste Verteidigung ist. Wir sind soeben damit beschäftigt, zu beraten, in welcher Weise und auf welchem Wege wir angreifen werden.«

16. November. Unternahm einen kleinen Rundgang durch die Stadt. Die Männer des Schuldienerverbandes und die Museumsfreunde sind dabei, die Stadt mit Laufgräben zu umgürten und den Rest der mittelalterlichen Stadtmauer instand zu setzen. Die Schüler der höheren Mittelschulklassen sind in den nahen Schilda-Auen damit beschäftigt, handliche Knüppel aus dem dichten Unterholz zu schneiden, während die Gipsarbeiter in aller Eile eine Unzahl historisch gewordener Gipsköpfe aus den Depots holen; diese Köpfe ehemals gekrönt gewesener Männer und Frauen sollen als Wurfgeschosse und Dachlawinen verwendet werden.

Gleichwohl, die Ausrüstung der Schmeggser Truppen ist — man kann leider über diesen Punkt nicht hinwegsehen — ziemlich mangelhaft. Man hat freilich an Jagdflinten und Schrotgewehren alles zusammengetragen, was nur da ist, aber die Schmeggser sind keine großen Jäger vor dem Herrn und so ist das Ergebnis recht mager. Ich frage mich bedrückten Herzens, ob der persönliche Mut und die

Opferbereitschaft meiner Freunde diese Ausrüstungsmängel werden wettmachen können?

Zudem kann ich mich nicht darüber hinwegtäuschen, daß die Kriegszüge der Schmeggser wider die Wurmsiedler noch niemals unter einem guten Stern gestanden sind. Der kleine, bekümmerte Gemeindeschreiber Pelikan — vielleicht der einzige nicht von dem allgemeinen Seelenaufschwung hingerissene Schmeggser — erzählte mir, um diese meine Auffassung noch zu bestätigen, von einem kleineren Unternehmen gegen die Wurmsiedler, das sich im Jahre 1925 abgespielt hat, von der Schmeggser Geschichtsschreibung aber bereits vergessen wurde. Damals nämlich plante, sicheren Nachrichten zufolge, der Wurmsiedler Senat, ein mondänes Strandbad in Wurmsiedel zu errichten. Pelikan schilderte mir, welche heroischen Anstrengungen die Schmeggser Bürger damals unternahmen, um die Wurmsiedler Pläne zu durchkreuzen: in schnell errichteten Gelsenbrutanstalten wurden Millionen von Gelsenlarven in den Zustand der Brutreife versetzt; die Schulkinder sammelten Tausende von scharfzangigen Schilda-Krebsen; freiwillige Tauchkommandos brachten Gelsenlarven und Krebse — nicht ohne eigene Verluste! — bis zu dem Uferstück, an dem das Strandbad errichtet werden sollte. Als sie endlich auf Schleichwegen wieder nach Hause zurückgekehrt waren, öffnete man, als letztes und stärkstes Kampfmittel, die Abwässerschleusen der Gipsbüstenfabrik, um das Wasser im Unterlauf der Schilda — an dem Wurmsiedel bekanntlich liegt — desto sicherer zu verseuchen. Aber Mars stand, wie aus der Erzählung Pelikans deutlich hervorging, auch damals nicht auf seiten Schmeggs; die Gelsen verscheuchten die Badegäste nicht, weil sie, noch als Larven, von den Krebsen aufgefressen worden waren. Die Krebse, deren Zahl freilich so manchen hätte in die Flucht schlagen können, wurden von den Abwässern der Gipsbüstenfabrik getötet. Und die Abwässer selbst schließlich waren, wie sich alsbald herausstellte, für größere Lebewesen nicht nur völlig unschädlich, sondern färbten überdies das sonst lehmgelbe und unansehnliche Wasser der unteren Schilda vermöge eines unerwarteten chemischen Effektes strahlend blau, weshalb denn auch die Wurmsiedler eilends große Reklame für die »Wurmsiedler Adria« machten, sehr zum Kummer und vergeblichen Zorne der Schmeggser.

Gegen die Wurmsiedler zu kämpfen heißt, Krieg gegen das Schicksal selbst zu führen.

17. November. Der erste Verlust ist zu beklagen: eine Gruppe von Pfadfindern, die den Sumpfwegen nach Wurmsiedel nachzuspüren hatten, scheint sich verirrt zu haben, denn man hört von ihnen nichts mehr.

Soeben ist ein Geheimbericht aus Wurmsiedel angekommen — gewiß von der Konfidentin des Geheimagenten, der sich übrigens verborgen haben dürfte, denn ich habe ihn seit unserer Begegnung in der Altstadt nicht mehr gesehen. Ob er wohl noch immer sein doppeltes Spiel treibt?

Mittags. Wieder ein kurzer Besuch im Hauptquartier. Der Geheimbericht meldete mit großer Bestimmtheit, daß die Wurmsiedler morgen zum Angriff antreten würden.

»Eile ist somit ein Gebot der Zeit!« sagte Bürgermeister Kranebitter, und die Mienen seiner Adjutanten Schluckauf und Oleander strafften sich. »Da wir zu dem Entschluß gekommen sind, daß Angriff die beste Verteidigung ist, werden wir schon heute abend angreifen, meine Herren.«

Die Ehrenwerten Oleander und Schluckauf verbeugten sich mit knapper militärischer Allüre. Ihre Mienen waren in diesen historischen Augenblicken nicht mehr gestrafft zu nennen. Sie blickten erzern.

Ich erkundigte mich mit der mir zustehenden Bescheidenheit, auf welcher Marschroute man wider die Feinde ziehen werde.

»Auf dem Wasserwege!« entgegnete der Oberkommandierende, Herr Bürgermeister Kranebitter.

Das war in der Tat ein hochinteressanter strategischer Gedanke. Wenn überhaupt, dann kann Wurmsiedel nur vom Schilda-Ufer aus eingenommen werden, das ist klar; in den Sümpfen landeinwärts würden sich die Schmeggser Bataillone auflösen, noch ehe es zum Treffen käme. Ob der Kriegsgott diesmal den Schmeggsern gnädig sein wird?

Mitternacht. Ich komme soeben von der Erzherzog Ignaz Nepomuk-Brücke, woselbst ich der Abfahrt der Schmeggser Streitmacht beiwohnte. Es war zwar etwas kühl, doch schlechthin erhebend: leise schwankten im nachtschwarzen Schilda-Wasser die im Zuge der geheimen Mobilmachung requirierten Flöße und Kähne, deren Lichter selbstverständlich abgeblendet waren; an den Steuerrudern saßen erfahrene Schilda-Matrosen, aus denen man in aller Eile ein Marine-Korps gebildet hatte. Am Ufer zogen schweigend die Kampfkolonnen der Schmeggser auf; der Oberkommandierende hielt flüsternd eine kleine Rede und betrat, gefolgt von Schluckauf und Oleander, als erster sein Flaggschiff. Und dann diese unvergeßliche Szene, da die Schmeggser Bürger sich, Abteilung um Abteilung, einschifften, die Anker gelöst wurden und schließlich nur mehr die gedämpften Bässe der Schilda-Kapitäne über das leise gluckernde Wasser tönten ...

Wehmütig betrachtete ich noch eine Weile das schwarze, gemächlich vorüberziehende Wasser, das nun so viele tapfere Schmeggser einem ungewissen Schicksal entgegentragen würde. Sinnend ging ich nach Hause.

0.30 Uhr. Ich finde keinen Schlaf. Immer wieder zieht es mich zum Fenster. Wann wird am fernen, nächtlichen Horizont die rote Rakete aufleuchten, mit der das Expeditionskorps der Heimatstadt den Sieg melden will? Oder die grüne, die das Scheitern der Unternehmung anzeigen würde?

1.15 Uhr. Der Himmel bleibt dunkel. Tausende von Augen durchforschen ihn; heute nacht schläft keiner.

1.45 Uhr. Noch immer nichts. Es ist zum Verzweifeln. Warum meldet sich die Flotte nicht?

2.27 Uhr. Schreibe mit zitternder Hand das Unmögliche, das Unerwartete, das Fürchterliche nieder: Die Wurmsiedler sind, vom Lande her kommend, ohne auch nur den geringsten Widerstand zu finden, in Schmeggs eingedrungen ...

Schmeggs ist eine besetzte Stadt.

Vom Franz Xaver Greindl-Platz dringen die harten, taktmäßigen Marschtritte der Wurmsiedler Okkupanten herauf. Ich blicke hinunter: sie marschieren mit schrecklicher Disziplin. Hagere, magere Gestalten, voran die Offiziere, die noch hagerer sind.

Und der Himmel bleibt schwarz — nein, da, da! Hoch oben im Norden bersten rote Lichter — eins, zwei — drei rote Raketen!

Die Schmeggser haben ihrerseits Wurmsiedel ohne jeden Verlust besetzt.

So ist wenigstens Wurmsiedel auch verloren.

Mars, du bist ein launischer Gott ...

Eine wesenzielle Begegnung

20. November. Schmeggs ist also eine besetzte Stadt. In den vertrauten Straßen und Gassen patrouillieren schweigsam und finster blickend die mageren, spitznasigen Soldaten der Wurmsiedler. Die Schmeggser Bevölkerung schaut ihnen, ebenfalls schweigend, bei dieser Tätigkeit zu; der Gedanke, daß zu gleicher Zeit die Schmeggser Soldaten durch die Straßen Wurmsiedels ziehen, gewährt ihr bitteren Trost. Übrigens muß ich zugeben, daß die Wurmsiedler durchaus diszipliniert sind und sich bis jetzt nicht des

kleinsten Übergriffes schuldig gemacht haben. Allerdings hat es ein Ortsunkundiger natürlich leicht, in solchen Dingen objektiv zu sein, abgesehen davon, daß die Wurmsiedler sich dessen bewußt sind, daß Übergriffe ihrerseits von den Schmeggsern in Wurmsiedel mit Repressalien beantwortet würden.

21. November. Nichts Neues, aus Wurmsiedel keinerlei Nachricht. Das Alltagsleben in Schmeggs verläuft, soweit dies unter den gegebenen Umständen möglich ist, normal. Die Geschäfte sind geöffnet, wie eh und je, und es kommt mir vor, als ob die Wurmsiedler Patrouillen, wenn sie an den prächtigen Auslagen der Erzherzog Ignaz Nepomuk-Straße vorbeimarschieren, recht nachdenkliche Blicke auf den dort ausgestellten Nahrungsmitteln ruhen ließen. Ihre Vorräte gehen zweifellos bereits zur Neige.

22. November. Die Stadt ist in heller Empörung über den ersten Übergriff zweier Wurmsiedler Okkupanten: diese unverschämten Kerle, so heißt es, haben in der Erzherzogin Maria Thermophora*)-Gasse nicht nur den Laden eines Fleischhauers betreten, sondern überdies den Besitzer des Geschäftes (allerdings in sehr höflichen Worten) gebeten, er möge ihnen einige kleine Würste schenken. Eine eilig herbeigeholte Abteilung der Wurmsiedler Feldgendarmerie verhaftete die beiden Burschen zwar sofort — aber was geschehen ist, ist geschehen und dient nicht dazu, das Verhältnis zwischen Okkupanten und Bevölkerung inniger zu gestalten.

Mittags. Kurze Unterhaltung mit dem Gemeindeschreiber Pelikan, der in Abwesenheit des Gemeinderates die Geschicke der Stadt so gut weiterführt, wie es eben gehen will. Er gab mir ziemlich beklommen zu verstehen, daß er Sorgen um die fernen Landsleute habe. Der Schmeggser Geheimdienst versage wieder einmal ganz und gar, wie

*) Erzherzogin Maria Thermophora (1729—1783), Gattin von Erzherzog Ignaz Nepomuk, Gründerin der 1. öffentlichen Schmeggser Wärmestube und Stifterin des Instituts für allgemeine Winterfürsorge »Zum lebensrettenden Muff«. Anm. d. Hsg.

immer in entscheidenden Situationen — und man habe deshalb noch keine Verbindung zu den die Stadt Wurmsiedel besetzt haltenden Herren Kranebitter, Oleander und Schluckauf. Ich sah dem kleinen, bekümmerten Mann wohl an, daß er noch irgend etwas Bedeutsames vorbringen wollte, aber es ging ihm nicht recht über die Lippen. Nun, er wird schon reden, wenn es wirklich wichtig sein sollte.

Abends. Im Verlauf eines vorzüglichen, von allen guten Geistern der berühmten Schmeggser Küche gesegneten Abendessens — die Abwesenheit so vieler wehrhafter Männer hat der Stadt einen gewaltigen Überfluß an Lebensmitteln beschert — erzählte ein Schmeggser Bürger, er habe mit eigenen Augen gesehen, wie die Okkupanten ihr Brot aus Baumrinde buken. Die Tischgesellschaft äußerte sich sehr abfällig über die mangelhafte Eßkultur der Wurmsiedler.

23. November. Der Kommandant der Wurmsiedler Truppen — Edler Sauer von Säuerling — hat in einem Maueranschlag die Bürger von Schmeggs um Entschuldigung für den gestrigen Übergriff seiner beiden Soldaten gebeten. Die Schmeggser sind von dieser Geste nicht unangenehm berührt.

Wohnte vor dem Schloßtor einer Wurmsiedler Wachablöse bei, die mit einem großen Aufwand von Kommandos, Stechschritten und Hakenknallen vor sich ging. Die militärische Präzision der Wurmsiedler Bewegungen hatte etwas Erschreckendes an sich. Die Schmeggser sahen dem Schauspiel so abweisend wie fasziniert zu.

Wie soll ich aber mein Erstaunen beschreiben, als ich in den Reihen der Zuschauer einen großen schwarzen Vollbart erblickte?

Ich drängte mich rücksichtslos durch die Menge, ergriff den Träger des Bartes brutal beim Rockaufschlag und zerrte den scheu um sich Blickenden in ein nahegelegenes Haustor.

»Sieh da!« knirschte ich. »Der Geheimagent!«

»Pscht! Ich bitte Sie ...«

»Wenn ich nicht ein Ortsunkundiger wäre«, knurrte ich und schüttelte den Agenten wütend hin und her, »ich übergäbe Sie den Schmeggsern oder den Wurmsiedlern, gleichviel, denn Sie haben beide betrogen!«

»Tun Sie's nicht!« flüsterte der andere ängstlich. »Dergleichen ist ja schließlich mein Geschäft, nicht wahr?«

Ich sah ihn verächtlich an.

»Sie waren es doch, der zu gleicher Zeit die Wurmsiedler auf dem Landweg nach Schmeggs und die Schmeggser auf dem Wasserweg nach Wurmsiedel gelockt hat, stimmt's?«

»Ja ... aber ...«

»Elender!«

»Tja ...« Er hob die Schultern. »Was sonst hätte ich tun sollen? Wäre Ihnen eine offene Feldschlacht mit vielen Opfern lieber gewesen?«

Ich sah den Geheimagenten verblüfft an. An diesen Fall hatte ich allerdings nicht gedacht, und eine solche Lösung des Problems wäre mir ja auch tatsächlich nicht übermäßig sympathisch gewesen.

»Ich für meinen Teil«, sagte der Agent, nun wieder selbstsicher und kaltblütig, »bin sehr gegen solche gewalttätige Entscheidungen eingenommen. Sie verderben unsereins nur das Geschäft.«

»Aber wie soll das denn enden?«

»Ich weiß es nicht.«

»Da Sie an diesem ganzen Malheur schließlich nicht unschuldig sind, sollten Sie doch über Mittel und Wege nachsinnen ...«

»Derzeit nicht!« erwiderte der Agent. »Ich streike. Falls der Wurmsiedler Senat mir das vierzehnte und der Schmeggser Gemeinderat mir das dreizehnte Monatsgehalt bewilligen, wird man weitersehen. Bis dahin werden mir weder Mittel noch Wege einfallen.«

Ich ließ den Burschen laufen. Ich bin ja nur ein Ortsunkundiger.

Mittags. In unruhigen Zeiten wendet sich der reifere

Mensch gern der Philosophie zu. Während draußen die Schritte der fremden Patrouillen über das Katzenkopfpflaster knallen — sie tun das freilich schon ein wenig zögernder und müder —, lese ich gelassen Plutarch, Oswald Spengler und Kusenberg und finde in ihren Schriften so mancherlei Parallelen zur Gegenwart.

Unvermuteter Einfall, indem ich dies niederschreibe; warum in aller Welt habe ich noch nicht den bedeutendsten derzeit lebenden Schmeggser, warum habe ich noch nicht den großen Philosophen Schneidegger*) besucht, an dessen Häuschen oben am Rande der Schmeggser Berge ich schon oft vorübergegangen bin? Welch unbegreifliche Unterlassung!

Ich werde ihn morgen besuchen, um mir Trost in diesen wirren Zeitläufen zu holen. Hoffentlich empfängt er mich. Gleich jetzt werde ich Herrn Pelikan bitten, mich bei dem Meister anzumelden.

24. November. Nur mit tiefer Bewegung kann ich meine Eindrücke von diesem Besuch wiedergeben.

Nicht ohne Bangen, ich gestehe es, schritt ich der Klause des großen Philosophen zu. Wie würde er mich empfangen? Ich wußte wohl, daß er das laute Getriebe der Welt scheut — werden doch in Friedenszeiten selbst Journalisten nur an fünf Tagen der Woche bei ihm vorgelassen, während Reisegesellschaften gar der vorhergehenden Anmeldung bedürfen, wollen sie einen kargen Blick auf den geistigen Vater des mittelkontinentalen Wesenzialismus werfen.

Allein, der Empfang war überaus freundlich. Der Meister trat mir schon an der Schwelle seines Häuschens entgegen; seine Schwester, die ihm seit langem als Dolmetscherin zur Seite steht, begleitete ihn.

---

*) Martin Schneidegger, geb. 1887. Enkelschüler des bedeutenden Essenzialisten Joseph Weinscharl (vgl. H. Kanns »Weinscharl und der europäische Essenzialismus, eine Studie«, Wien 1910). M. S. darf als der eigentliche Begründer des Wesenzialismus angesehen werden, dem er in seinem Hauptwerk »Auf dem Holzweg« ein bis auf weiteres unvergängliches Denkmal gesetzt hat. Anm. d. Hsg.

Ein Lächeln verklärte die Züge des großen Mannes. Er streckte mir die Hände entgegen und rief herzlich:

»Ihre wesende Anwesenheit entwerfe sich in die selbstverständigende Verstehung aller logischen Zusammenhänge des Seins in der Zeit!«

Ich blickte, ein wenig verwirrt zwar, doch sehr beeindruckt, die Schwester an.

»Mein Bruder hat Ihnen ›Guten Tag‹ gesagt«, übersetzte sie lächelnd.

»Guten Tag«, sagte ich ehrfurchtsvoll und folgte ihrer einladenden Handbewegung.

Im Arbeitszimmer des Meisters setzten wir uns in tiefe Fauteuils.

»Hat nicht die kosmische Befindlichkeit des Universalen das Nichts des Gegenwärtigen zur Fülle des historischen Jetzt gesteigert?« erkundigte sich Schneidegger freundlich. »Sie verlangt die Entdrängung Ihres ablehnenden Verhaltens!«

»Schönes Wetter heute, nicht wahr?« dolmetschte die Schwester geläufig.

Ich bestätigte dies mit einem höflichen Kopfnicken und ließ verstohlen meine Blicke durch den Raum schweifen, über die vielen Bücher, die, innen noch lederner als außen, von der unbezähmbaren Arbeitskraft des Hausherrn Zeugnis ablegten. Auf den Fensterbrettern wucherten und blühten — ein reizendes Bild — zahlreiche Rubiazeen, Urideen und Azaleen und ein ungewöhnlich schöner Zwiderwurz entfaltete eben karfreitagsviolette Blüten von großer Pracht.

»Mögen Sie die historische Geworfenheit Ihres Seins zum Tode in dem jemeinigen Bereich der Möglichkeit durch heroischen Optimismus überwinden!« forderte mich der große Philosoph auf.

»Fühlen Sie sich ganz zu Hause!« sagte die Schwester.

Ich verbeugte mich dankend und wagte eine Frage nach dem Befinden des Meisters.

Die Schwester wandte sich ihm zu:

»Die Frage nach dem Sein als solchem — ist sie dir als Grundbefindlichkeit deines Daseins deutlich und, sofern deutlich, in die Aussage vom Sosein bestimmbar?«

Der Meister nickte.

»Die gipfelnde Wesenheit meines Hauptes«, sprach er, »war durch die bloße Zeitlichkeit des Gestern ins Nichts hinausgehalten für ein verweilendes Weilen der Zeit. Durch die Wandlung der Grundstimmung im Sosein des kosmischen Daseins wurde jedoch das Nichts des Hauptes in die Leere eines bloßen Befundes versetzt.«

Die Schwester hatte aufmerksam gelauscht und teilte mir nun mit, daß ihr Bruder laut eigener Aussage zwar gestern Kopfschmerzen gehabt hätte, sich heute jedoch recht wohl fühle. Dann entschuldigte sie sich und verließ das Zimmer.

Des Dolmetschers beraubt, blieb uns nichts anderes übrig, als einander schweigend und lächelnd anzusehen. Ich benützte diese Minute, um mir jede äußere Einzelheit des großen Denkers einzuprägen: die markante Nase, den scharfen Blick, die Schwielen an den Fingern, die in den vielen Stunden entstanden waren, da der Meister sein Haupt nachdenklich in die Hände gestützt hatte.

Die Dame des Hauses erschien wieder und brachte kalten Kaffee und pikante belegte Brötchen.

»Der Möglichkeitscharakter Ihrer gegenwärtigen Anwesenheit in der Zeit möge die fundamentale Form Ihres Sorgens im zugreifenden Annehmen der Vorhandenheit vernichten!«

Ich verstand, daß ich mit diesen Worten zum Zugreifen aufgefordert wurde, und handelte danach.

Dann verabschiedete ich mich jedoch, denn es wäre höchst unziemlich gewesen, den hohen Geist dieses Mannes noch länger mit meiner Alltagserscheinung zu belästigen.

25. November. Man würde es kaum für möglich halten,

aber die Nasen der Wurmsiedler Okkupanten werden immer noch spitzer und gelber. Sie müssen gewaltigen Hunger leiden. Nicht ohne Freude bemerke ich, daß sich in die Ressentiments der Schmeggser wider die Feinde allmählich Mitleid mengt.

Mittags. Geleitete soeben Herrn Pelikan zur Tür hinaus. Was soll ich nun tun? Herr Pelikan hat sein Anliegen vorgebracht, und ich hatte nicht das Herz, ihm einen abschlägigen Bescheid zu geben.

»Es geht so nicht weiter«, sagte der Gemeindeschreiber mit bekümmerter Entschlossenheit. »Was ist mit unseren Leuten, die in Wurmsiedel sitzen? Wir haben noch immer keine Nachricht von ihnen. Unser Geheimdienst stellt Forderungen, die ich nicht bewilligen kann, weil ich keine diesbezüglichen Vollmachten habe. Und dann diese Wurmsiedler Besatzung! Das ist nicht zu machen. Wir können sie doch nicht einfach verhungern lassen — stellen Sie sich nur diese Scherereien vor! Die Schmeggserinnen stecken ihnen — aber das bleibt unter uns — bereits Lebensmittel zu. Doch wenn wir diese verdammten Wurmsiedler schon nicht verhungern lassen können, so dürfen wir sie doch auch nicht auffüttern. Schließlich sind sie ja unsere Feinde. Aber der Gedanke wiederum, daß andererseits die Wurmsiedler der Schmeggser Besatzungstruppe desgleichen keinen Proviant liefern, ist entsetzlich. Mit einem Wort, es muß etwas geschehen! Aber was? Kein Wurmsiedler darf nach Wurmsiedel zurück, kein Schmeggser nach Schmeggs, es gibt keine Verbindung und also auch keine Verhandlungen.«

Herr Pelikan sah mich erwartungsvoll an, doch ich tat, als verstünde ich ihn nicht.

Und da wagte er endlich mit dem Mute der Verzweiflung seine Bitte.

»Wenn indessen ein Ortsfremder, der nicht in die hiesigen Streitigkeiten verwickelt ist«, sagte er und machte eine bedeutungsvolle Pause, »wenn ein solcher erst nach Würmelbach führe und dann von Würmelbach nach Wurmsiedel reiste, man würde ihm weder hier noch dort Schwierigkeiten bereiten. Man ließe ihn unbehindert passieren ...«

Was in aller Welt hätte ich tun sollen? Ich dachte schaudernd an das Wurmsiedler Klima und an meinen kürzlich erst ausgeheilten Rheumatismus — und sagte seufzend ja.

Morgen, spätestens übermorgen reise ich nach Wurmsiedel.

In der feindlichen Stadt

26. November. Meine Reise nach Wurmsiedel verzögert sich, denn Herbststürme und ein fast pausenloser Regen machen längere Fußwanderungen — und eine solche werde ich wohl auf mich nehmen müssen — leider unmöglich.

Zwischen den hungernden Wurmsiedler Besatzungstruppen, die auf jeden Nachschub aus ihrer von den Schmeggsern besetzten Heimatstadt verzichten müssen, und der Bevölkerung ist eine Art von stillschweigendem Gentlemen's Agreement geschlossen worden; die Bevölkerung sorgt in begrenztem Ausmaß für die Verpflegung der Wurmsiedler, die Fremden hingegen verpflichteten sich, ihre Patrouillen aus den Straßen der Stadt abzuziehen und im großen Schloßhof zu konzentrieren. Demgemäß bietet Schmeggs ein friedliches Bild, das gleichwohl trügerisch ist; denn das Bewußtsein, daß die verhaßten Wurmsiedler oben im Schloß sitzen, lastet schwer auf allen Schmeggsern. Keine Nachricht aus Wurmsiedel.

Mittags. Rang mich zu einem mich selbst überraschenden Entschluß durch: wenn mir schon die undankbare Rolle eines diplomatischen Vermittlers zwischen Schmeggs und Wurmsiedel zufällt, dann will ich diese Rolle auch gründlich spielen ...

Um etwa ein Uhr bat ich durch den vor dem Schloßtor stehenden Posten den Kommandanten der Wurmsiedler um eine kurze Unterredung. Ich hätte ihm, so sagte ich, obwohl ich ein Ortsunkundiger sei, einige wichtige Mitteilungen zu machen.

Die Wurmsiedler, in allen Dingen pünktlicher und präziser als die Schmeggser, ließen mich nicht lange warten. Der Posten kehrte alsbald zurück und teilte mir in knappen Worten mit, daß der Kommandant mich empfangen werde.

Ich folgte ihm durch den tiefen Torflur in das Innere des Schlosses.

Die Wurmsiedler Soldaten saßen, offensichtlich planmäßig geordnet, in den Laubengängen des Schloßhofes und zeigten, soweit dies Wurmsiedler Physiognomien überhaupt möglich ist, zufriedene Gesichter; die meisten von ihnen aßen Wurstbrote, die anderen schienen eben gegessen zu haben.

Am Eingang der ehemaligen Beletage übergab mich der Soldat einem höheren Offizier, dem Adjutanten des Kommandanten, einem Herrn Krusch von Glaubersalz, der mich ziemlich kühl begrüßte, durch einige altertümliche Räume führte und schließlich in das Zimmer des Kommandanten eintreten ließ.

Der Edle Sauer von Säuerling, in Friedenszeiten Konsul des Wurmsiedler Senats, stand am Fenster, sah trübselig in den Regen hinaus und rezitierte gedankenverloren — wie es ja hochgebildeten Menschen bisweilen unterläuft — einige klassische griechische Verse:

»Bléndax kai pepsidònt, kalo d'ònton ...«

Spontan fiel ich ein:

» ... hol mala pòlloi dentìstoi rhododàktyloi paradentôsaì ...« *)

Gemeinsam lauschten wir dem Wohlklang der griechischen Sprache und fühlten, daß wir einander verstanden. So schlingt Bildung ein einigendes Band selbst um Fremdlinge.

Der Kommandant faßte sich, straffte seine hohe, magere Gestalt und wandte sich mir zu.

»Was wünschen Sie?« fragte er.

»Herr Kommandant und Konsul!« sagte ich fest. »Ich will Sie bewegen, mitsamt Ihren Truppen diese Stadt zu verlassen!«

»Verlassen? Zum erstenmal in der Geschichte ist es uns geglückt, diese Stadt zu besetzen. Und nun soll ich sie verlassen? Sie verlangen Unmögliches von einem Sieger, mein Herr.«

»Da doch die Schmeggser ihrerseits Wurmsiedel besetzt halten ...«

»Nur durch einen Zufall, mein Herr, nicht auf Grund strategischer Einsichten und Überlegungen. Derlei gilt nicht.«

»Ich als Ortsunkundiger sehe nur ...«

»Es ist Ihr Glück, daß Sie ortsunkundig sind, mein Herr. Wären Sie Schmeggser, wären Sie nicht zudem ein Liebhaber klassischer Dichtung — doch gehen Sie nun! Ich fühle, daß mich meine Gastritis zu übermannen droht.«

Ich ging, wohl oder übel. Meine Mission war fehlgeschlagen, ehe sie noch recht begonnen hatte.

---

*) Die Verse stammen aus dem späthellenistischen Epos »Enkómion eis bolópuron amalgamaion«. Anm. d. Hsg.

Wurmsiedel, 27. November. Nachts. Um den mahnenden Blicken des kleinen Pelikan zu entgehen und weil sich das Wetter ein wenig verbessert hat, habe ich endlich meinen Marsch nach Wurmsiedel gewagt. Er war zwar mühsam, aber weniger abenteuerlich, als ich befürchtet hatte. Die Wurmsiedler Posten kochten, als ich Schmeggs verließ, eben ihr Frühstück ab und schenkten, ganz in ihre Arbeit vertieft, meinen ihnen ein wenig ängstlich entgegengehaltenen Papieren kaum einen flüchtigen Blick. Hingegen mußte ich in Würmelbach*), dieser glücklicherweise seit jeher neutralen Nachbarstadt, erst meine vom Herbstregen völlig durchnäßten Kleider trocknen, ehe ich die zweite Hälfte des Weges nach Wurmsiedel hinter mich bringen konnte. Es war daher fast Abend, als ich auf den Schmeggser Vorposten stieß, der einen der wenigen Sumpfpfade zur Stadt bewachte. Die Offiziere dieses Vorpostens erwiesen sich glücklicherweise als gute Bekannte aus friedlicheren Tagen: der fortschrittliche Gemeinderat Sodbrand und der traditionsgebundene Gemeinderat Liguster waren es, die mich herzlich begrüßten und dafür sorgten, daß ich das Hauptquartier der Schmeggser sofort erreichte. Da es schon dunkel war, konnte ich kaum die Konturen der Stadt erkennen; ich werde also bis morgen warten müssen, ehe ich das geheimnisvolle Wurmsiedel besichtigen kann.

Ich kann die Freude, mit der mich die Herren Kranebitter, Schluckauf und Oleander in den düsteren Räumen des Wurmsiedler Senatorenpalastes begrüßten, kaum beschreiben. Wir schüttelten einander die Hände bis zur Erschöpfung. In unseren Augen — auch in meinen, ich leugne es nicht — standen Tränen der Rührung.

»Wie schön, daß Sie da sind!« rief der Ehrenwerte Oleander ein über das andere Mal. »Wie schön!«

*) Würmelbach, das römische Kastell Vermisculum, in dem Varus nach der verlorenen Schlacht im Teutoburger Wald mit seinem germanischen Kebsweib Robusta angeblich eine Nacht verbrachte. Anm. d. Hsg.

»Die Herren sind zu freundlich«, wehrte ich verlegen ab. »Aber lassen Sie mich nun bitte die Frage stellen, die mir schon so lange auf der Seele brennt: wie geht es Ihnen denn? Wie ist der Stand der Dinge?«

Die Herren sahen einander bedeutsam an.

»Der Stand der Lage«, sagte Herr Kranebitter endlich, »geht leider dahin, daß er sehr, sehr ernst ist. Wir wollen Ihnen das nicht verschweigen.«

Ich dankte für dieses Vertrauen mit einer stummen Verbeugung.

»Die Moral unserer Männer«, fuhr der Bürgermeister sorgenvoll fort, »hat bereits in bedauerlicher Weise gelitten und wird, so fürchten wir, auch weiterhin leiden.«

»Es ist nicht eigentlich ihre Schuld«, setzte Herr Oleander entschuldigend hinzu, »sondern die des Wetters. Wir sind dem Klima hier nicht gewachsen. In diesen Nebeln, in solcher Atmosphäre, kann nur Höllenbrut gedeihen. Leider. Unsere einzige Hoffnung ist, daß es den Wurmsiedlern bei uns zu Hause ähnlich ergeht.«

Es brach mir fast das Herz, als ich den Herren diese letzte Hoffnung rauben mußte, aber das war nicht der Zeitpunkt, in dem man irgend etwas beschönigen durfte. So erzählte ich denn, daß es den Feinden in Schmeggs wider Erwarten gut zu gehen scheine, und berichtete von den Wurmsiedler Soldaten, denen die Schmeggser Kost, mochte sie auch kärglich zugemessen werden, so offenbar gut anschlug, und verschwieg auch nicht meinen erfolglosen Besuch beim Wurmsiedler Konsul.

Als ich geendet hatte, waren wir alle der Verzweiflung nahe.

Wurmsiedel, 28. November. Schlief schlecht; die Betten der Wurmsiedler Gasthöfe dürften nicht einmal spartanischen Ansprüchen genügen, und so ähnlich verhält es sich auch mit allen anderen Dingen, die man sonst als selbstverständliche Bequemlichkeiten hinnimmt.

Machte einen kleinen Spaziergang durch die Stadt, die sich in keiner Hinsicht mit dem freundlichen Schmeggs messen kann. Kaum je von einem Sonnenstrahl erwärmt, sind die Häuser, ob alt oder neu erbaut, feucht und von graugrünlichem Schimmel bedeckt; der Umstand, daß die Wurmsiedler Architektur schon immer Zierate, Ornamente und alle hellen Farben verpönt hat, trägt nicht dazu bei, die Stadt freundlicher zu machen. Eine gewisse Gleichförmigkeit aller Gebäude und Straßen ist nicht zu übersehen. Nur die Don Carl Cäsar-Straße — so benannt nach dem Urheber des letzten voralpenländischen Erbfolgekrieges — macht durch ihre etwas großzügigeren Dimensionen eine gewisse Ausnahme. Dort sind auch einige besser ausgestattete Geschäfte untergebracht, die aber hauptsächlich zahnärztliche Bedarfsartikel, Bruchbänder und ähnliche einschlägige Artikel feilbieten, was den Reiz der Stadt gleichfalls kaum erhöht.

Ach ja, ich verstehe nur zu gut, daß die Schmeggser in dieser Umgebung nicht gedeihen können. Sie bieten denn auch ein trauriges Bild: abgemagert und ausgemergelt — was ihnen jedoch nicht so gut steht wie den hier aufgewachsenen Wurmsiedlern — trotten sie über das nasse Pflaster, viele von ihnen laborieren an Zahnschmerzen, die kein Zahnarzt behebt, denn die Dentisten der Stadt stehen nun als Besatzungsoffiziere in Schmeggs. Rheumatismus, Ischias und Erkältungskrankheiten aller Art, die im milderen Schmeggser Klima als harmlos galten, nehmen hier epidemische Formen an — kein Wunder, daß selbst eine sonst so zuverlässige Truppe wie der Schmeggser Männergesangsverein hart am Rande einer Meuterei steht. Anders als in Schmeggs kann sich die Besatzung hier nicht aus dem Lande verproviantieren, denn dieses bietet nichts, was einem Schmeggser Gaumen munden könnte.

Selten hat mich ein Spaziergang so wenig erquickt wie dieser. Meine Laune verbesserte sich auch nicht, als ich eines Denkmals ansichtig wurde, das inmitten eines kleinen Platzes düster gen das Himmelsgrau ragt. Es stellt einen Mann dar, der, in eine Toga gehüllt, seine Rechte drohend emporreckt. Seine scharfe Nase, die hohlen Wangen und die tiefliegenden Augen deuten darauf hin, daß der Dargestellte zu seinen Lebzeiten den Wurmsiedler Typus in vorbildlicher Weise verkörpert haben muß.

Allegorische Tierfiguren – Drachen, Olme und Schlangen mit aufgerissenen Mäulern – umgeben den Sockel dieses Denkmals.

Ich trat näher, bis ich die bronzenen Buchstaben zu Füßen des Togatragenden erkannte: »Gottfried J. Laub«.

Gottfried J. Laub! Ich schauderte. Dieser schreckliche Mann, der mit der Erfindung der nach ihm benannten Säge einer der düstersten Epochen des europäischen Kunstgewerbes den Stempel seines dämonischen Geistes aufgedrückt hat – dieser Mann also war Wurmsiedels großer Sohn ... *)

Meine Heimkehr in das Hauptquartier glich einer Flucht; ich atmete erst auf, als ich die Gesichter meiner Freunde erblickte: sie blickten kummervoll, aber doch wenigstens menschlich ...

Dieses Wurmsiedel ist in der Tat eine fürchterliche Stadt.

Wurmsiedel, 29. November. Schlief wiederum sehr schlecht und erwachte wie gerädert. Das Waschwasser war eiskalt, das Frühstück miserabel, das Wetter grauenhaft. Was immer man angreift, ist feucht und kalt, und mein alter Rheumatismus macht sich infolgedessen leider wieder bemerkbar. Ich werde dieser Stadt möglichst schnell den Rücken kehren.

Wurmsiedel, 30. November. Morgen verlasse ich diese Stadt und werde nie mehr hieher zurückkommen!

Führte vormittags ein langes Gespräch mit den Herren Schluckauf, Oleander und Kranebitter.

---

*) Gottfried J(akob) Laub (1857–1912), eine der umstrittensten Erscheinungen des Fin de siècle. Gehörte längere Zeit dem George-Kreis an, dessen »Blätter für die Kunst« er nicht unmaßgeblich beeinflußte. Sein Briefwechsel mit R. M. Rilke (»Briefe an den Tunichtgut«) steht vor dem Erscheinen. Anm. d. Hsg.

»Es ist sinnlos«, sagte ich, »hier noch weiter ausharren zu wollen. Die Gesundheit und die Moral unserer Männer verfallen zusehends und ich bemerke, daß die Wurmsiedler Bevölkerung in gleichem Maße aufsässiger und höhnischer wird. Ich glaube nicht, daß auch nur ein einziger Schmeggser völlig frei vom Sumpffieber ist. Sie selbst, meine Herren, sehen erschöpft und verzweifelt aus, auch Ihre Augen glänzen vom Fieber. Schließen Sie Frieden mit den Wurmsiedlern, es geht nicht anders, und kehren Sie nach Hause zurück.«

Eine lange Pause trat ein.

»Nein«, erwiderte dann Herr Kranebitter, »nein und nochmals nein. Zum erstenmal in der Geschichte des Voralpenlandes ist es uns gelungen, Wurmsiedel zu besetzen. Wir werden diese Stadt nur als Sieger oder gar nicht verlassen. Erheben Sie keine Einwände mehr. Dies ist unser letztes Wort.«

»Schön«, sagte ich müde. »Und worauf warten Sie nun?«

»Auf ein Wunder!« antwortete Gemeinderat Oleander und die beiden anderen nickten zustimmend mit den Köpfen.

Die Lage ist somit nach wie vor hoffnungslos.

Die Befreiung

Wurmsiedel, 1. Dezember. Die Schlarpfe (Cyprinus scarpio vulg. L.) ist ein in der Schilda zwar häufig vorkommender, seiner Kleinheit und vielen Gräten halber aber äußerst gering geschätzter Fisch. Nichts ist daher für die außerordentliche Lockerung aller Disziplin in der Schmeggser Besatzungstruppe bezeichnender als die lange Reihe der Soldaten, die auf der Kaimauer dem Schlarpfenfang obliegt. Ich habe sogar schon gesehen, daß Schmeggser Offiziere — Offiziere, nicht etwa Mannschaften! — mit nachdenklichen Blicken die Früchte der hiesigen Galläpfelplantagen mustern.

Lange kann dieser Krieg wohl nicht mehr dauern ...

Ich habe meine Abreise verschoben, weil ich dem bedeutenden Wurmsiedler Schriftsteller und Philosophen J. P. Marter noch einen kurzen Besuch abstatten möchte. Wer weiß, ob ich jemals wieder in diese seltsame und unheimliche Stadt komme, und Marter muß man gewiß gesehen haben, wenn man Wurmsiedel ganz und gar verstehen will.

Wurmsiedel, 2. Dezember. »Reut mich sehr«, sagte J. P. Marter freundlich, als ich ihm mit großer Hochachtung meinen Gruß entbot, »reut mich sehr. Die Unehre ist ganz meinerseits, kommen Sie doch bitte weiter ...«

Das war also J. P. Marter, der schielendste Dichter der gegenwärtigen Literatur, der mich da in sein Zimmer bat. Wir setzten uns, J. P. Marter begann zu plaudern, und alsbald fielen mir die ehernen Sätze aus Schwertleins »Lexikon der Weltliteratur« *) ein: » ... schuf er sich ein eigenständiges Weltbild, das sich durch Pessimismus auszeichnet. In seinen dichterischen Werken führt er eine Sprache von packender Schlagkraft. Ballt erschreckend drastisch wirkende Details in einen tendenzbedingten Symbolrahmen von ekstatischer Ausdrucksform und erringt mit starken Kontrasten eine oft dämonische Steigerung. Seine psychologischen Enthüllungen sind jedem Idealismus fern und öffnen in ihrer Hemmungslosigkeit eher dem Trostlosen und der Verzweiflung die Tür.« **)

Ja, so ist er; kaum des Atmens fähig, lauschte ich dem vielgerühmten Manne, der mit leichter Hand eine Sprache von packender Schlagkraft führte, als er mir von seinen literarischen Plänen erzählte; seine ekstatische Ausdrucksform war nicht zu verkennen, auch ballte er, während er sich bitter über die gegenwärtige politische Lage ausließ, wenig-

*) Erschienen im Eigenverlag, Wien.

**) Hier irrt Schwertlein. J. P. Marter hat letztere vielmehr hinter der Tür verschlossen. Anm. d. Hsg.

stens einige drastische Details; den tendenzbedingten Symbolrahmen allerdings erblickte ich nicht, doch mag es natürlich sein, daß J. P. Marter einem Fremden gegenüber nicht ganz aus ihm fallen wollte, obwohl er das in seinen Werken gerne tut.*)

Ich verbrachte mit dem großen Dichter eine sehr angeregte halbe Stunde; als J. P. Marter dann gastfreundlich einen Becher Schierling oder ein Gläschen Tollkirsch anbot, wehrte ich freilich höflich ab, weil ich mich plötzlich nicht ganz wohl fühlte, und verließ mit vielen Worten des Dankes das gastliche Haus.

Am Abend blätterte ich noch ein wenig in der Biographie Gottfried J. Laubs und entdeckte bei dieser Gelegenheit — ob dieser Jagdbeute ein subtiles »Halali« flüsternd —, daß Laub in müßigen Stunden den Vatermörder und die Schnurrbartbinde erfunden hat. Diese Feststellungen überraschten mich nach all dem, was ich in Wurmsiedel bereits gesehen habe, nicht; sie fügen dem dunklen Bilde nur einige Schatten mehr hinzu.

3. Dezember. Wieder in Schmeggs, wieder in meinem warmen, behaglichen Zimmer! Ich bin glücklich.

Ich habe noch nicht Zeit gehabt, mich umzusehen, doch teilen mir Bekannte und Freunde mit, daß sich in den Tagen meiner Abwesenheit mancherlei verändert habe. Die Wurmsiedler fallen, wenn die Gerüchte stimmen, der

*) Der Verfasser des Tagebuches geht hier, wie uns scheint, ein wenig allzu leichtfertig über wissenschaftliche Erkenntnisse hinweg. Da uns indessen auch eine genauere Prüfung des Zitates den Ausdruck »tendenzbedingter Symbolrahmen« nicht in wünschenswertem Maß erhellte, zogen wir es vor, den Verfasser des »Lexikon der Weltliteratur« (S. 155) um eine Erläuterung zu bitten. Der bedeutende Literaturhistoriker teilte uns freundlich mit, daß er hier einem jener Flüchtigkeitsfehler zum Opfer gefallen sei, wie sie ihm bei der Anfertigung literarischer Wegweiser und wissenschaftlicher Kataloge häufig unterliefen; in der zweiten, spätestens in der dritten Auflage des Werkes würden diese wie andere Fehler bereits berichtigt sein. Die Verlegenheit des ortsunkundigen Verfassers des Tagebuches ist also, wiewohl nicht zu entschuldigen, so doch vielleicht zu verstehen. Anm. d. Hsg.

Schmeggser Küche mit einer Leidenschaftlichkeit anheim, wie man sie bei ihnen kaum für möglich gehalten hätte; sie vergessen, heißt es, angesichts der Schmeggser Lebensmittelgeschäfte, der Marktstände und der mit fetten Kleien*) überfüllten Fischläden jegliche militärische Wachsamkeit und Disziplin. Ja, sie geben sogar Waffen und Munition hin, wenn sie dafür einige Würste oder ein wenig Schinken einhandeln können. Von Tag zu Tag, sagt man mir ferner, mehren sich die Fälle, in denen sich Wurmsiedler Okkupanten um eine Hauptmahlzeit bei Schmeggser Bürgern als Schuhputzer, Holzhacker, Teppichklopfer u. dgl. verdingen. Die Offiziere sehen dieser mit elementarer Wucht vorwärtsschreitenden Entwicklung tatenlos zu.

4. Dezember. Ein Morgenspaziergang bestätigte mir die gestern gehörten Gerüchte. Wie seltsam, wenngleich nicht unerfreulich, ist es doch, einen Wurmsiedler Soldaten Teppiche klopfen zu sehen!

Der Gemeindeschreiber Pelikan raunte mir zu, daß die Schmeggser den Tausch von Genußmitteln gegen Wurmsiedler Ausrüstungsstücke nun methodisch forcierten. Es sei im schlimmsten Falle nur eine Frage von Wochen, ehe man die Okkupanten gänzlich entwaffnet haben werde.

Ich schüttelte bekümmert den Kopf und schilderte dann die Lage der Schmeggser in Wurmsiedel. Kranebitter, Oleander und Schluckauf, sagte ich, dürften froh sein, wenn sie Wurmsiedel nur noch einige Tage halten könnten. Von Wochen sei nicht mehr die Rede.

Diese Mitteilung versetzte dem tapferen Gemeindeschreiber, der von der Last seiner Verantwortung ohnehin fast zu Boden gedrückt wird, einen schweren Schlag; aber es hätte wohl keinen Sinn gehabt, mit ihr hinter dem Berge zu halten. Ich stimmte ihm bei, daß irgend etwas geschehen

*) Tinca Rubraflossiensis Cuv., ein im Oberlauf der Schilda häufiger Fisch, der, insbesondere mit Senfsoße zubereitet, ein äußerst wohlschmeckendes Gericht abgibt. Anm. d. Hsg.

müsse, um die Ehre der Stadt Schmeggs in letzter Minute zu retten — aber was?

Abends. Mittags kam mir unvermittelt der rettende Einfall, und ich zögerte zu meinem eigenen Erstaunen nicht eine Minute, ihn in die Tat umzusetzen.

Ich begab mich sofort zum Schloß.

Kein Posten bewachte den Eingang. Im Wachzimmer endlich stieß ich auf einen vor mehreren geleerten Bouteillen Wurmrieslings schnarchenden Offizier, der sich, nicht ohne Mühe geweckt, als Herr von Preblau vorstellte und mich auf mein Ersuchen hin zum Konsul brachte.*)

Der Edle Sauer von Säuerling sah schlechter aus, als ich ihn in Erinnerung hatte. Tiefe Falten zeichneten sein hageres Gesicht und seine Augen blickten glanzlos und müde.

»Der Ortsunkundige!« brummte er mürrisch. »Ich habe Sie nicht um Ihren Besuch gebeten, mein Herr. Man wird Sie hinausschaffen. Wache!«

Es rührte sich nichts. Der Konsul rief ein zweites, ein drittes Mal, aber niemand kam.

»Rufen Sie nicht, Herr Konsul!« sagte ich endlich gelassen. »Es hört Sie niemand. Ihre Adjutanten sind betrunken, Ihre Soldaten treiben sich in den Hinterhöfen der Schmeggser Bürger umher. Sie sind ein General ohne Armee, Herr Konsul!«

Der Konsul sah mich trübe an, sagte aber nichts.

»Ihre Soldaten«, fuhr ich fort, »sind ganz und gar demoralisiert. Erhöbe sich jetzt die Schmeggser Bevölkerung — Wurmsiedel würde keinen Widerstand mehr leisten.«

»Sie haben recht«, murmelte der Konsul, »aber das nützt nichts. Wir haben zum erstenmal in der Geschichte des Voralpenlandes Schmeggs besetzt. Wir werden, nein, wir können uns den Ruhmeskranz des Siegers nicht entwinden lassen.«

---

*) Diese kleine Episode soll angeblich den Anlaß zur Komposition des bekannten Liedes »I muß amal a Preblaus g'wes'n sein ...« gegeben haben; übrigens ein entzückendes Beispiel Schmeggsischer Poesie. Anm. d. Hsg.

»Es ist richtig«, sagte ich, scheinbar nachdenklich, »daß Sie Schmeggs besetzt haben. Es ist aber auch richtig, daß sich Wurmsiedel in der Hand der Schmeggser befindet, nicht wahr?«

» ... leider.«

»Nun eben. Wie wäre es nun, wenn Sie, Herr Konsul, eilig einen Handstreich auf Wurmsiedel ausführten, um die Ihnen sicherlich teure Heimat wiederzuerobern?«

Ein Funke des Interesses glomm in den Augen des Konsuls auf.

»Wie meinen Sie das, mein Herr?«

»Nun – angenommen, der Handstreich glückte: dann hätten Ihre Truppen im Verlaufe dieses Krieges nicht nur Schmeggs besetzt, sondern auch Wurmsiedel eingenommen, nicht wahr? Zwei Ruhmestitel auf einmal, Herr Konsul!«

»Ein kühner Vorschlag. Ein Vorschlag, der unter Umständen ... der vielleicht oder sogar möglicherweise ... vor allem, wenn ...«

Der Konsul schritt sichtlich erregt auf und ab.

»Ich weiß nicht«, sagte er endlich und ergriff meine Hand, »was Sie, mein Herr, zu diesen Ausführungen bewogen hat. Ich weiß nur, daß dieselben von großartigem Gedankenfluge zeugen. Heute nacht noch, mein Herr, werden meine Soldaten einen neuen Sieg an ihre Fahnen heften. Ich danken Ihnen. Der Wurmsiedler Senat wird Ihre Dienste nicht vergessen.«

Ich verbeugte mich stumm.

»Gehen Sie nun«, rief der Konsul mit überraschender Lebhaftigkeit, »gehen Sie nun! Die Strategie ruft mich. Der Wasserweg ... Gehen Sie und seien Sie bedankt.«

Ich verließ das Schloß, hoffnungsvoll und sehr erleichtert.

Das schwerste Stück Arbeit stand mir indessen noch bevor: ich mußte, kostete es, was es wollte, den Geheimagenten auftreiben. Aber das Glück war mir auch in diesem

Falle hold: ich hatte das Pfeffergassl kaum hinter mir gelassen, als er mir auch schon in die Arme lief.

Ich zog ihn in einen Winkel.

»Hören Sie«, zischte ich, »Sie müssen auf der Stelle nach Wurmsiedel.«

»Ich denke nicht daran.«

»Sie werden dort«, fuhr ich fort, ohne der Unterbrechung zu achten, »die Herren Kranebitter, Schluckauf und Oleander dazu bewegen, heute nacht noch Schmeggs wieder zu besetzen. Sie werden den drei Herren ferner begreiflich machen, daß es dazu der ganzen Stärke ihrer Truppen bedarf. Heute nacht, wohlverstanden! Und auf dem Landwege!«

»Warum sollte ich das tun?«

»Weil es sonst zu einer offenen Feldschlacht zwischen den beiden Gegnern käme, nach deren Abschluß Sie weder mit einem vierzehnten Monatsgehalt seitens des Wurmsiedler Senats, noch mit der Bewilligung eines dreizehnten durch den Schmeggser Gemeinderat rechnen könnten.«

»Ich verstehe«, sagte der Agent. »Man hat mich überspielt.«

»In der Tat«, bemerkte ich nicht ohne Stolz, »das habe ich.«

»Nun ja ...« Der Agent zuckte die Achseln. »Auch dieses gehört schließlich zu meinem Geschäft. Ich werde mich sofort nach Wurmsiedel begeben. Ihr Ergebener.«

Ich werde den heutigen Tag gemeinsam mit dem Gemeindeschreiber Pelikan bei einigen Flaschen Schmeggser Trockenbeerauslese beschließen. Das habe ich mir, wie ich nach reiflicher Gewissensprüfung meine, redlich verdient.

5. Dezember. Wir haben fast die ganze Nacht hindurch gezecht — von jenem Augenblick an, da die Wurmsiedler Soldaten widerwillig und mürrisch, doch von einem letzten Aufflackern des ihnen seit Kindheit eingewurzelten Gehorsams bezwungen, einige requirierte Schilda-Kähne bestiegen, bis zu jenem anderen Augenblick, da landeinwärts die

Marschgeräusche des herannahenden Schmeggser Entsatz-Korps hörbar wurden. Gleichwohl bin ich vergnügt wie kaum je in meinem Leben. Denn durch mein Fenster dringt endlich wieder die Stimme Bürgermeister Kranebitters, der zu den dicht gedrängt den Franz Xaver Greindl-Platz ausfüllenden Schmeggsern also spricht:

»Schmeggser, Freunde, Bürger!« rief er mit jubelnder Stimme. »Der Stand der Lage geht dahin, daß unsere schöne Stadt nicht weniger als zwei große Siege an ihre Fahnen heften kann. Zum erstenmal in der Geschichte des Voralpenlandes haben wir, haben unsere tapferen Freiwilligen die Heimat des Erbfeindes besetzt. Und zum erstenmal in der Geschichte des Voralpenlandes haben wir, Bürger, Freunde, Schmeggser, unsere schöne Stadt befreit. Wir haben nicht gewankt und nicht gezagt, stehenden Fußes sind wir herbeigeeilt. Und so dürfen wir voll Stolz sagen, daß wir — obwohl noch viele Probleme vor uns liegen — in einen entscheidenden Wendepunkt unserer langen und ruhmreichen Geschichte eingetreten sind und eine zwar kleine, aber hörbare Stimme im europäischen Konzert der Gegenwart einnehmen.«

Die rauschenden Klänge des Schmeggser Heimatliedes klingen über den Platz, und Schmeggs gibt sich einem Siegestaumel sondergleichen hin. Welch ein Tag!*)

*) Die Liebhaber der Historie wird vielleicht der Hinweis interessieren, daß die Wurmsiedler Geschichtsschreibung die geschilderten Vorgänge in sehr ähnlicher Weise dem Ruhme Wurmsiedels gutschreibt. Eine merkwürdige Koinzidenz, die nachdenklich stimmen sollte. Anm. d. Hsg.

Das Opfer der Gemeinderäte

7. Dezember. Leise fällt der erste Schnee auf Schmeggs herab und vermehrt noch den tiefen Frieden, der endlich wieder in diese Stadt eingekehrt ist. Behaglich ruhen sich die Bürger von den gewaltigen Strapazen eines langen, wenngleich ruhmreichen Feldzuges aus, in vollen Zügen genießen sie das Gefühl des Geborgenseins in heimatlichen Mauern und Verhältnissen.

8. Dezember. Spazierte heute vormittag an der Seite des Gemeinderates Schluckauf über die verschneite Uferprome-

nade. An der Erzherzog Ignaz Nepomuk-Brücke machten wir halt, beugten uns über das gußeiserne Geländer, sahen gelassen hinab auf die eisschollengefleckten Wasser der Schilda und fütterten die kreischenden Möven.

»Herrlich, so ein Friede!« seufzte Gemeinderat Schluckauf aus vollem Herzen. »Herrlich ...«

»Weiß Gott!« stimmte ich zu und gedachte schaudernd der spartanischen Wurmsiedler Gasthausbetten.

Eine riesige Möve schnappte nach dem Brocken in Schluckaufs Hand und ließ sich dann steil aufs Wasser hinunterfallen.

»Aber wir haben ihn uns ja auch redlich verdient, den Frieden«, setzte der Ehrenwerte nachdenklich hinzu. »Schließlich hätten wir ja auch wie die Löwen gekämpft, wenn es zu einer Schlacht gekommen wäre.«

Wir duchsuchten unsere Taschen und verfütterten die letzten Brotstücke. Dann schlenderten wir gemächlich weiter.

»Wie die Löwen ...«, murmelte der Gemeinderat, dem der Vergleich offensichtlich gefiel. »... und mehr als das: wir waren wachsam wie Luchse, schlau wie Füchse, zäh wie Tiger, stolz wie Adler. Ja, so waren wir ...«

Ich sagte nichts, denn im Grunde meines Herzens bin ich froh, daß sich meine guten Schmeggser jetzt wieder unmartialisch betragen dürfen; auch keimte in mir der Gedanke auf, daß es doch seltsam ist, wenn man zur Rühmung menschlicher Tugenden Vergleiche aus dem Tierreich zu Hilfe nehmen muß. Freilich hätte mir Schluckauf auf eine diesbezügliche Bemerkung nur geantwortet, daß ein Schmeggser Löwe immerhin noch erfreulicher sei als eine Wurmsiedler Ratte — und so unterließ ich sie denn.

»Man sollte sie verewigen ...«, murmelte Schluckauf vor sich hin.

»Was oder wen sollte man verewigen?«

Der Ehrenwerte sah mich verwundert an.

»Die Taten natürlich, die wir hätten vollbringen können«, sagte er, »was sonst?«

9. Dezember. Die heutige Gemeinderatssitzung – die erste im befreiten Schmeggs – stand ganz im Zeichen des Rückblicks auf die glorreichen Tage des Kampfes gegen den Erbfeind Wurmsiedel. Der Ehrenwerte Oleander hielt eine vielbeachtete Rede, in der er den hervorragenden Anteil der Traditionsgebundenen am Sieg der Stadt Schmeggs beleuchtete, während der Ehrenwerte Schluckauf als zweiter Redner auf die Verdienste der Fortschrittlichen in den Tagen der Entscheidung verwies. Hierauf erstattete Herr Bürgermeister Kranebitter ausführlichen Bericht über Beginn, Verlauf und Abschluß des vaterländischen Krieges gegen Wurmsiedel und hob ausdrücklich die Einmütigkeit hervor, mit der sämtliche Schmeggser ohne Rücksicht auf ihre politische Meinung zur gelbgrünen Fahne ihrer schönen Heimatstadt Schmeggs gestanden hätten.

Als Folge dieser bemerkenswerten Ausführungen der drei die Geschicke der Stadt lenkenden Persönlichkeiten verbreitete sich eine in diesem Raume sonst leider nicht allzu häufige Stimmung der allgemeinen gegenseitigen Hochachtung und Sympathie. Die Herzen sowohl der Fortschrittlichen als auch der Traditionsgebundenen schlugen sozusagen in hörbarem Gleichtakt, und es erregte gerührten Beifall, als sich die einander sonst keineswegs wohlgesonnenen Gemeinderäte Liguster (Traditionspartei) und Gerstenkorn (Fortschrittspartei) das Du-Wort anboten.

Als Folge dieser brüderlichen Gefühle kam es zu einem gemeinsamen Antrag beider Fraktionen, aus dem ich den wichtigsten Abschnitt zitiere:

»... in Anbetracht dieser und anderer Erwägungen«, so heißt es dort, »schlagen die beiden im hiesigen hochlöblichen Gemeinderat vertretenen Fraktionen die sofortige Errichtung eines selbstverständlich bronzenen Siegesdenkmales vor, das in der Nähe der Erzherzog Ignaz Nepomuk-Brücke, von der aus die Schmeggser Freiwilligenverbände bekanntlich zur Eroberung Wurmsiedels aufgebrochen sind, seine das Stadtbild belebende Wirkung entfalten soll.

Die beiden Parteien schlagen übereinstimmend weiters vor, daß im Rahmen dieses Denkmals ein Löwe den unbezwinglichen Mut, ein Luchs die Wachsamkeit und ein Tiger die erwiesene Zähigkeit der Bürger von Schmeggs charakterisieren bzw. symbolisieren soll. Die Anbringung eines die Schlauheit der Schmeggser Bürger charakterisierenden bzw. symbolisierenden Fuchses sowie eines die weise Führung derselben charakterisierenden bzw. symbolisierenden Elefanten wird empfohlen. Zur Rechten dieses Denkmals, das von einem Adler als dem Sinnbild des Sieges gekrönt wird, ist ein rückwärts schreitender Krebs anzubringen, der die Teilnahme der Traditionsgebundenen am Kriege gegen Wurmsiedel verewigen wird, während an der Linken ein sich selbst auf die Füße tretender Tausendfüßler als Symbol des auch durch einen Krieg nicht aufzuhaltenden Fortschritts anzubringen ist. Die Errichtung dieses Denkmals ist unverzüglich in die Wege zu leiten.«

Es bedarf wohl kaum des Vermerks, daß dieser Antrag mit Stimmeneinhelligkeit angenommen wurde.

10. Dezember. Traf heute die Herren Oleander, Kranebitter und Schluckauf nächst der Erzherzog Ignaz Nepomuk-Brücke, wo sie verloren auf jenes Stück Boden starrten, das schon bald das stolze Siegesdenkmal tragen soll, dessen Errichtung gestern im Gemeinderat beschlossen wurde.

»Nun«, fragte ich nach geziemender Begrüßung, »ist man sich über die Form des Denkmals bereits einig?«

»Natürlich!« antwortete der Ehrenwerte Kranebitter. »Es soll selbstverständlich so monumental wie nur möglich werden.«

»Und selbstverständlich auch so bronzen wie möglich!« fügte der Ehrenwerte Oleander mit einem Aufleuchten seiner Augen hinzu.

»Wir wissen nur noch nicht, womit wir es bezahlen werden!« sagte der Bürgermeister, und ich bemerkte, daß sich in seinem vom Widerschein des Sieges immer noch strahlenden Gesicht Sorgenfalten einzunisten begannen. »Die finanziellen Reserven der Stadt sind durch den Krieg und die Siegesfeiern zur Gänze aufgezehrt worden. Doch wir werden auch dieses Problem lösen, nicht wahr?«

»Ich zweifle nicht daran«, sagte ich.

11. Dezember. Langer Spaziergang durch die bezaubernd verschneite Altstadt; stöberte in den kleinen Antiquariaten, fand dabei in einem Faszikel vergilbter und fast unleserlicher Briefe einen Autograph Franz Xaver Greindls; wiewohl ich als Ortsunkundiger zu der Gestalt dieses großen Sohnes der Stadt keine sonderlich enge Beziehung habe, erstand ich das kleine, mit wirren Schriftzügen bedeckte Blatt von dem unwissenden Antiquar um billiges Geld — ein Andenken ist es immerhin.*) Sonst nichts Neues.

12. Dezember. Eine außerordentliche Gemeinderatssitzung beschäftigte sich heute abermals mit der Denkmalerrichtung und den damit im Zusammenhang stehenden finanzpolitischen Problemen. Ich muß leider notieren, daß, als die Möglichkeit einer Verbilligung debattiert wurde, zum erstenmal seit dem Abschluß des Krieges kleine, doch

*) Hinter dieser Tagebuchnotiz verbirgt sich nichts anderes als die Nachricht von der Entdeckung jenes alle kulturhistorisch Interessierten so sehr in Aufregung versetzenden Briefes Franz X. Greindls an die »unsterblich Geliebte«. Es ist übrigens bis heute noch nicht geglückt, das Geheimnis zu lüften, das diesen leidenschaftlichen Brief umgibt. War die »unsterblich Geliebte«, wie manche Forscher glauben, jene Fürstin Pauline zu Attheim-Puchnang, die zur Zeit der mutmaßlichen Abfassung des Schriftstückes (ca. 1842) wegen eines Achsenbruches in Schmeggs vorübergehend Aufenthalt nehmen mußte? Oder handelte es sich vielmehr um die schöne Friseurtochter Schwarzpflasterl, wofür der Umstand, daß F. X. Greindl zu eben jener Zeit die in seinem Lebenswerk einen besonderen Platz einnehmende Effilierschere erfand, allerdings ein bedeutendes Indiz bildet? In jüngster Zeit ist darauf verwiesen worden, daß die von ihren Zeitgenossen überschwenglich gefeierte blonde Carilla, eine Tänzerin aus Spanien, zwischen 1842 und 1843 als Gast auf dem Schloß des damaligen Grafen Schmeggs zu Wurmsiedel, Viktor Borromäus IV., genannt »der Geckenhafte«, geweilt und die Schmeggser Lebewelt in Aufregung versetzt hat; ob hier ein Zusammenhang besteht, muß freilich dahingestellt bleiben, umso mehr als F. X. Greindl in Dingen des Tanzes sonst ziemliche Zurückhaltung bewiesen haben soll. Anm. d. Hsg.

nicht zu überhörende Mißtöne zwischen den Fraktionen laut wurden. Denn als der Ehrenwerte Oleander vorschlug, allenfalls den Löwen aus dem Programm zu streichen, fragte Gemeinderat Schluckauf mit etwas übertriebener Schärfe, ob der Ehrenwerte Oleander mit diesem Vorschlag die Tapferkeit der Schmeggser in Zweifel ziehen wolle. Der Ehrenwerte Oleander replizierte darauf mit einem klaren Nein, stellte aber den Gegenvorschlag der Fortschrittlichen, man solle den Tiger fortlassen, als eine deutliche Verhöhnung der schmeggsischen Zähigkeit hin. In dieser Tonart ging das Geplänkel noch eine Weile weiter, und als Bürgermeister Kranebitter die Frage, ob man dann vielleicht von dem sicherlich viel Bronze beanspruchenden Elefanten — dem Symbol der weisen Führung — absehen könne, ziemlich brüsk verneinte, war man völlig ratlos. Die Sitzung mußte vertagt werden.

13. Dezember. In der heutigen Gemeinderatssitzung stellte Gemeinderat Schluckauf die Frage, ob man die Errichtung des Siegesdenkmals nicht vielleicht aus einer neuen Steuer finanzieren könne. Die Traditionsgebundenen schienen geneigt, diesem Antrag unter gewissen Voraussetzungen zuzustimmen, Bürgermeister Kranebitter indes lehnte ihn ab. Man könne, so sagte er, den Schmeggsern zwar allerlei zumuten, bei dem derzeitigen Stand der Lage ihnen aber nicht eine neue Steuer auferlegen. Die beiden Fraktionen mögen bedenken, welche Lasten den Bürgern von Schmeggs aus der Beseitigung der Wurmsiedler Besatzungsschäden zu einem Zeitpunkt erwüchsen, da man die Beseitigung der Schäden aus den Schwedenkriegen eben erst als vorläufig abgeschlossen betrachten könne. Und zudem habe man vor nicht langer Zeit erst die Anti-Wurmsiedelsteuer eingeführt, welche die Bürger ohnehin mit Bitterkeit nur entrichteten, wie er aus zuverlässiger Quelle wisse...

An dieser Stelle überkam den Bürgermeister ein plötzlicher Einfall, den er mit der diesem überragenden Politiker in entscheidenden Augenblicken eigenen Spontaneität sofort in die Diskussion warf.

Wie wäre es, fragte er, wenn man die glücklicherweise noch nicht abgeschaffte Anti-Wurmsiedelsteuer in einen sogenannten Siegesgedächtnisbeitrag umwandle und aus dessen Erträgnis das Denkmal bezahle?

Jubelnd erhoben sich die Gemeinderäte von ihren Sitzen und spendeten dem Oberhaupt der Stadtverwaltung enthusiastischen Beifall. Sein Vorschlag wurde ohne weitere Debatte und natürlich ohne Gegenstimme zum Bescheid erhoben.

14. Dezember. Der gestrige Gemeinderatsbeschluß hat sich sozusagen selbst sein Cannae bereitet. Ein im Überschwang des Augenblicks vergessener, später eiligst nachgeholter Überschlag hat nämlich ergeben, daß die Mittel aus dem Siegesgedächtnisbeitrag auch nicht annähernd für den Entwurf, die Errichtung und die Aufstellung des Denkmals nebst den dazugehörigen Eröffnungsfeierlichkeiten ausreichen würden.

Niedergeschlagen saßen die Gemeinderäte in ihren Bänken und starrten trostlos vor sich hin. Sie sahen sich in einer ausweglosen Situation.

Der unbeugsame Kranebitter war es, der sich als erster aufraffte.

»Mit dem Denkmal ist es also nichts«, sprach er in die traurige Stille. »Aber der Siegesgedächtnisbeitrag ist andererseits eine beschlossene Sache. Was machen wir nun mit den einfließenden Geldern? Ehe die Herren ihre dahingehenden Vorschläge machen, muß ich darauf verweisen, daß der Siegesgedächtnisbeitrag widmungsgemäß ausschließlich für einen an den großen Sieg über Wurmsiedel erinnernden Zweck bestimmt ist. Wir können damit weder den so notwendigen Ausbau des Verkehrsnetzes noch etwas anderes dieser Art finanzieren. Dem Gesetze zu folgen, ist aber unsere Pflicht. Streng gesetzmäßig vorzugehen, meine Herren, ist auch in diesem Punkte das Wichtigste!«

Welch eine kuriose, in der Geschichte dieser Stadt einzig dastehende Situation! Schmeggs hat Geld und weiß nicht, was es damit tun soll!

15. Dezember. Wieder stand ich an Schluckaufs Seite auf der Erzherzog Ignaz Nepomuk-Brücke und beobachtete die graziöse Bettelei der Möven.

»Nun?« fragte ich, »hat man sich schon zu irgend etwas entschlossen?«

Der Gemeinderat zuckte die Achseln.

»Tja«, sagte er, »es ist der Gedanke aufgetaucht, den Siegesgedächtnisbeitrag zur Auszahlung von lebenslänglichen Ehrenpensionen an besonders verdiente Teilnehmer des Feldzuges gegen Wurmsiedel zu verwenden.«

»Das ist«, entgegnete ich, »ein äußerst glücklicher Einfall. Darf ich fragen, warum Sie ihn nicht in freudiger Stimmung äußern?«

»Hm, weil das nicht so einfach ist, wie es klingt. Die Mittel reichen für bestenfalls, na, sagen wir: zehn oder zwölf Pensionen. Welcher Schmeggser aber hat sich in diesen letzten Wochen nicht besondere Verdienste erworben? Ich sage es nicht ohne Stolz: Keiner.«

Ich vestand: wie immer man die Pensionsberechtigungen verteilte, Eifersucht, gekränktes Ehrgefühl, verletzte Eitelkeit würden die notwendige Folge sein. Die Koalition der beiden Regierungsparteien würde zu wanken beginnen, Unruhe sich ausbreiten ...

Stumm schüttelte ich dem Ehrenwerten Schluckauf die kräftige Hand. Ich verstand seine Trauer.

16. Dezember. Traf im Koriandergassl Herrn Bürgermeister Kranebitter, der glänzender Laune zu sein schien.

»So gut aufgelegt?« fragte ich. »Was mag wohl der Grund Ihrer guten Laune sein? Der Gemeinderat ist in Verwirrung ...«

»Macht nichts, macht nichts«, erwiderte Herr Kranebitter fröhlich, »das tut den Herren ganz gut, Hauptsache, daß einer die Lösung in der Tasche hat!«

»Wie? Sie haben?«

»Ich habe! Auf Wiedersehen nachmittags im Gemeinderat!«

Abends. »Sie alle«, sagte der Bürgermeister in seiner mit Spannung erwarteten Rede, »Sie alle, Mitbürger, Freunde, Schmeggser, wissen, mit welchem selbstlosen Eifer wir überlegt haben, welches Siegesdenkmal wir uns setzen wollen. Sie alle wissen, daß gewisse dahingehende Projekte an der mißlichen Finanzlage unserer Stadt gescheitert sind. Und Sie alle haben mit großem Schmerz zur Kenntnis nehmen müssen, daß nicht alle Schmeggser einer Siegesgedächtnisehrenpension teilhaftig werden können.«

Die Gemeinderäte nickten bekümmert.

»Indessen weiß ich«, fuhr Herr Kranebitter in seiner Rede fort, »daß Sie alle mit mir eines Sinnes sind: das Gedächtnis unserer ruhmreichen Taten muß in den Herzen und Hirnen unserer schönen Stadt beziehungsweise deren Bewohner lebendig bleiben. Und darum, Freunde, schlage ich vor: Mitglieder des hochlöblichen Gemeinderates, laßt uns also ein Vorbild geben, das seine Wirkung auf die Öffentlichkeit nicht verfehlen wird. Ich sehe, meine Herren, daß in Ihren Augen die heiligen Tränen des Idealismus schimmern: jawohl, ihr Mandatare der traditionsgebundenen wie der fortschrittlichen Bevölkerungskreise von Schmeggs, in dieser weihevollen Haltung werden wir unser Opfer darbringen. Und so stelle ich denn den Antrag, aus den Mitteln des Siegesgedächtnisbeitrages die Gehälter des Gemeinderates auf das Doppelte zu erhöhen. Ja, meine Herren, wir wollen dieses Opfer bringen ...«

An dieser Stelle brach der Bürgermeister, von den tobenden Gefühlen in seiner Brust übermannt, schluchzend zusammen.

Selbst ich, ich gestehe es, konnte mich der Tränen nicht erwehren.

Das Managerkrankenhaus

17. Dezember. »Es ist die erste Pflicht des Politikers«, sagte Herr Kranebitter heute im Gemeinderat, »den Gegebenheiten furchtlos ins starre Auge zu blicken.«

Die Gemeinderäte nickten beifällig.

»Der Stand der Lage«, fuhr der Bürgermeister mit ernster Stimme fort, »geht aber nunmehr dahin, daß es einfach nicht mehr so weitergehen kann. Die Bürger von Schmeggs, meine Herren, murren! Sie murren, weil wir im Interesse der Allgemeinheit die Gehälter des Gemeinderates auf das

Doppelte erhöht haben. Daß wir dies nicht aus Gründen persönlicher Bereicherung taten, sondern vielmehr um ein Opfer darzubringen — das wollen die Bürger bedauerlicherweise nicht begreifen.«

»Das Volk ist immer schon undankbar gewesen!« seufzte Gemeinderat Schluckauf, der es als Volkstribun ja wissen muß.

»Schlimm, daß das Volk murrt«, sagte der Ehrenwerte Oleander, »sehr schlimm. Wenn die Schmeggser murren, dann beginnen sie auch bald zu knurren. Und wenn sie einmal knurren, dann ist das Ende nicht abzusehen ... schlimm, sehr schlimm ...«

»Meine Herren«, setzte Herr Kranebitter in seinen Ausführungen fort, »es leuchtet somit ein, daß also bald etwas geschehen muß, wenn wir verhindern wollen, daß etwas passiert. Wir müssen dem Volk beweisen, daß wir nicht nur persönliche Opfer bringen können, sondern auch unablässig um das Wohl unserer Bürger besorgt sind. Es versteht sich von selbst, daß etwa zu treffende Maßnahmen beziehungsweise vorzuschlagende Projekte darüber hinaus auch dem Geiste der Gegenwart entspringen müssen, dem wir alle uns zutiefst verpflichtet fühlen.«

Ich sah es dem Ehrenwerten Oleander an, daß er, der Präsident der Traditionsgebundenen Schmeggser, gegen die letzten Worte des Bürgermeisters im Namen seiner Fraktion gerne protestiert hätte. Aber da er offensichtlich keine geeigneten Gegenvorschläge zu machen hatte, begnügte er sich mit einem Stirnrunzeln.

Hierauf wurde die Sitzung vertagt, um den einzelnen Mitgliedern Gelegenheit zur Überlegung geeigneter Vorschläge zu geben.

18. Dezember. Heute nacht wurden einigen Mitgliedern des Gemeinderates von unbekannten Attentätern die Fensterscheiben eingeschlagen. Ich schließe daraus, daß die Schmeggser Bürger vom Knurren zu klirrenden Taten überzugehen gewillt sind.

Mittags. Der Gemeinderat trat in aller Eile zusammen und beschloß nach kürzester Beratung, dem Vorschlag des Bürgermeisters stattzugeben und alsbald ein Managerkrankenhaus zu errichten.

»Was?« fragte ich ziemlich fassungslos, als mir der Ehrenwerte Schluckauf diese überraschende Neuigkeit mitteilte, »was soll errichtet werden?«

»Jawohl!« sagte der Gemeinderat stolz, »ein Managerkrankenhaus. Das erste in Europa!«*)

»... ein ungewöhnlicher Gedanke, wahrhaftig ...«

»Nicht wahr? Und das ist nur der Anfang. Eine Managerkrankenkasse wird folgen — von Managerkrankenscheinen gar nicht zu sprechen.«

»... darf ich nähere Details erfahren?«

»Tja, die wissen wir leider selbst noch nicht.«

»Ach so.«

»Aber wenn Sie nachmittag einer streng vertraulichen Gemeinderatsbesprechung beiwohnen wollen — eine wissenschaftliche Kapazität ersten Ranges wird einen interessanten Vortrag halten ...«

»Ich werde nicht verfehlen ...«

Abends. Es war in der Tat ein äußerst instruktiver Vortrag, den die wissenschaftliche Kapazität — ihr Name blieb mir, da es sich um eine vertrauliche Sitzung handelte, leider verborgen, doch vermute ich, daß er einer der ersten Psychotherapeuten des Voralpenlandes ist**) — vor den aufmerksam lauschenden Gemeinderäten hielt.

»Wie schon der Begriff ›Managerkrankheit‹ besagt«, so begann der Gelehrte, »handelt es sich bei der in Frage ste-

---

*) Leise getretene Fußnote: Die sehr empfindliche Wortprägung »Managerkrankenhaus« ist nicht zuerst hier in Schmeggs, sondern bereits früher in der Rundfunksendung »Die Kuhhaut« von Max Kaindl-Hönig für Gesunde und Kranke in Umlauf gesetzt worden. Anm. d. Hsg.

**) Es dürfte sich um Univ.-Prof. Dr. Gerwin Zirkel, den Autor des heiß umstrittenen Buches »Die voralpenländische Seele« handeln. Anm. d. Hsg.

henden Krankheit um eine solche, die insbesondere Manager befällt, wiewohl ich bereits jetzt vorausschicken möchte, daß diese Definition gewissen Einschränkungen unterliegt. Die Frage, die sich nun vor uns erhebt, ist die nach der Definition des Begriffes ›Manager‹. Was ist ein Manager? Als Manager betrachten wir beispielsweise die Leiter von Gewerkschaften, Vereinen und Verbänden aller Art, ferner freiberuflich Schaffende, dann Generaldirektoren, Direktoren und Direktionssekretäre in der privaten, verstaatlichten und reprivatisierten Wirtschaft sowie Arbeiter und Angestellte in gehobenen Stellungen, Modezeichner, Bildungsfunktionäre, Theaterdirektoren, Künstler und deren Kritiker, Feuilletonredakteure und Hausbesitzer, Straßenbahnkontrolleure, Opernsänger, Tiefseetaucher sowie Jazztrompeter, Polizeioffiziere und Flugkapitäne. Verkehrsminister und Hochbauingenieure sind von vornherein als Manager aufzufassen, desgleichen Vertreter für Spielwaren, hygienische Artikel und Buchgemeinschaften, Prokuristen und so weiter. Im weiteren Sinne möchte ich hier auch die Besitzer von Telephonen, Autos und Kühlschränken anführen. Daß die Verfasser von Artikeln und populärwissenschaftlichen Schriften über die Managerkrankheit ebenso wie ihre Leser als Manager zu bezeichnen sind, wird wohl nicht bestritten werden. Nachdem wir also auf solche Art dem Begriff ›Manager‹ etwas näher gekommen sind ...«

»Na – und Politiker sind keine Manager?« unterbrach Bürgermeister Kranebitter.

»Selbstverständlich«, sagte die wissenschaftliche Kapazität. »Sie sind es sogar in erster Linie.«

»Dann ist es gut«, sagte der Bürgermeister befriedigt und lehnte sich wieder in seinen Stuhl zurück. »Sprechen Sie bitte weiter, Herr Professor.«

»Bitte sehr. Wir haben also den Begriff ›Manager‹ genauer erläutert und wenden uns nunmehr der Suche nach einer für unsere Zwecke verwendbaren Definition des Begriffes ›Krankheit‹ zu ...«

Schon seit zarter Kindheit leide ich an einem merkwürdigen, in meiner Familie allerdings erblichen Übel: mitten in spannendsten wissenschaftlichen Vorträgen, bisweilen auch bei Predigten, überkommt mein Gehirn so etwas wie eine plötzliche Blutleere, als deren Folge ich in eine Art von Halb- oder Dämmerschlaf verfalle; wenn ich aus diesem Zustand erwache — was meist erst nach geraumer Zeit der Fall ist —, habe ich das unbegreifliche, von gleichsam somnambuler Sicherheit diktierte Gefühl, nichts versäumt zu haben. Andere nachteilige Wirkungen hat diese meine Krankheit bis jetzt nicht gezeigt.

Ein solcher Anfall also übermannte mich, als die wissenschaftliche Kapazität dem Begriff »Krankheit« auf den Leib rückte. Ich tauchte aus meinem Dämmerzustand erst wieder auf, als die Konklusionen aus dem bereits Gesagten gezogen wurden.

»... und somit kommen wir zu dem wohl von niemandem ernstlich angezweifelten Schluß, daß die Managerkrankheit insofern äußerst gefährlich ist, als sie insoweit schwierig zu behandeln ist, da man nicht genau weiß, inwiefern sie sich überhaupt und wenn, inwieweit sie sich durch spezielle Symptome äußert. Ich will damit sagen, daß es sich bei der sogenannten Managerkrankheit nicht um eine echte Krankheit im Sinne der alten Schule handelt, denn eine echte Krankheit hat immer ein pathologisch-anatomisch faßbares Substrat, das der Managerkrankheit zwar nicht immer, jedoch häufig fehlt. Dieselbe ist somit weniger als eine ausgebildete, klinisch erfaßbare Krankheit, sondern vielmehr als Krankheitspotential zu werten.«

Die Gemeinderäte zeigten sich von dem Schluß dieser Ausführungen nicht ganz befriedigt.

»Also — gibt es jetzt eine Managerkrankheit oder gibt es keine?« fragte der Gemeinderat Schluckauf energisch.

»Insofern man unter Krankheit eine aristotelische beziehungsweise hippokratische ...«

»Gibt es sie oder gibt es sie nicht?« fragte der Ehrenwerte Schluckauf mit erhöhter Stimme.

»Mit gewissen Einschränkungen ...«

»Es gibt sie also. Und wenn es sie gibt, dann muß man sie doch an etwas erkennen, nicht wahr?«

»Mit gewissen Vorbehalten ...«

»An was erkennt man sie also?«

Die wissenschaftliche Kapazität seufzte.

»Es gibt zahlreiche Anzeichen, die unter Umständen und mit gewissen Einschränkungen auf das Vorhandensein einer Managerkrankheit im oben geschilderten Sinne hinweisen können.«

»Zum Beispiel?«

»Zum Beispiel Kopfschmerzen, aber auch die Abwesenheit jeglichen Empfindens dafür, daß man Kopfschmerzen hat. Ferner heiße oder kalte Füße, Schlaflosigkeit sowie ungewöhnlich starkes Schlafbedürfnis. Weiters Jucken in den Zehen, den Kniekehlen, der Nabelgegend, in der Höhe des Brustbeinansatzes, unter den Achseln, zwischen den Schulterblättern, im Hinterkopf, hinter der Stirne oder den Schläfen. Auch übetriebenes Gähnen, Hungergefühle oder Heißhunger, Schlingbeschwerden, Brechreiz, Stechen in der Seite, im Magen oder Rücken, ferner ...«

»Vielen Dank, Herr Professor!« unterbrach der Bürgermeister, der eigenartig blaß geworden war. »Vielen Dank — wir sind jetzt wohl genügend aufgeklärt, nicht wahr, meine Herren?«

Die Gemeinderäte nickten; die wissenschaftliche Kapazität verließ gravitätisch den Raum, in welchem nun bedrückende Stille herrschte.

»Ist ja fürchterlich, diese Managerkrankheit ...«, flüsterte der Ehrenwerte Oleander. »... und daß man nicht einmal genau weiß, was für eine Krankheit das ist ...«

»Das macht sie ja so fürchterlich ...«, murmelte der Ehrenwerte Schluckauf.

19. Dezember. Die Bürger von Schmeggs sind von der Aktivität der die Geschicke der Stadt leitenden Persönlichkeiten sichtlich beeindruckt; heute nacht wurden keine Fensterscheiben mehr zertrümmert.

Tatsächlich ist die Aktivität des Gemeinderats eine fieberhafte zu nennen, und daher nimmt es nicht wunder, daß schon bedeutende Erfolge erzielt wurden. So ist die Unterbringung des Managerkrankenhauses im alten, seit Jahrzehnten leer stehenden städtischen Narrenturm bereits gesichert — eine Lösung, die das Gemeindebudget nicht allzu hart auf die Probe stellt. Auch das Dilemma der Beschaffung der für einen Krankenhausbetrieb unbedingt notwendigen Krankenbetten wurde bereits gelöst: eine Kontrolle des Inventars im Städtischen Spital erlaubte nämlich die Entdeckung von nicht weniger als fünfundzwanzig Spitalsbetten, die seit dem Jahre 1712 für den Fall einer neuerlichen Pestepidemie bereit- und leerstehen.

Die Gemeinderäte zeigen Spuren leichter Übermüdung, sind aber dank dieser Erfolge in glänzender Laune.

20. Dezember. Heftiger Streit um die Berufung des Primarius. Die Koalition brach fast auseinander, weil sowohl die Fortschrittlichen als auch die Traditionsgebundenen diesen Posten mit einem ihrer Parteiangehörigen besetzen wollen. In letzter Minute einigte man sich auf einen unpolitischen Fachmann; eine zweifellos kluge Lösung, denn es ist, wie der Ehrenwerte Schluckauf scherzend bemerkte, weitaus leichter, einen unpolitischen Fachmann zu kündigen als eine unter dem Schutz einer Partei stehende Person. Auch der Name für das neue Institut wurde bereits gefunden; es wird »Franz Xaver Greindl-Managerkrankenhaus« heißen.

Abends. Ernsthafte Schwierigkeiten: der »Verein ehemals schizophrener Schmeggser« hat, Schulter an Schulter mit dem Denkmalamt, Einspruch gegen die geplante Verwendung des Narrenturmes erhoben. In überaus schwierigen Verhandlungen mußte diesem Verein, der am politischen

Leben der Stadt Schmeggs nicht unwesentlichen Anteil hat, ein mit mancherlei Konzessionen erkauftes Zugeständnis abgerungen werden. Einige Mitglieder des »Vereines ehemals schizophrener Schmeggser« werden Stellungen im hiesigen Stadtbauamt erhalten, weil sie dort, wie man hofft, nicht mehr allzuviel Schaden anrichten können.

21. Dezember. Neue Schwierigkeiten. Die Gewerkschaft der Transportarbeiter weigert sich, die fünfundzwanzig Betten vom Spital in den Narrenturm zu schaffen. Man wird ihnen, wohl oder übel, eine Pestansteckungsgefahrenzulage bewilligen müssen, wenn das große Projekt nicht im letzten Augenblick scheitern soll.

Die Gemeinderäte befinden sich am Rande des Zusammenbruchs.

22. Dezember. Morgen soll die feierliche Eröffnung des »Franz Xaver Greindl-Managerkrankenhauses« stattfinden. Alle Schwierigkeiten wurden beseitigt, nichts steht der neuen Großtat schmeggsischen Geistes mehr im Wege. Jetzt schon ist der ehemalige Narrenturm mit Tannenreisig festlich geschmückt, der Gesangsverein wird zur Stelle sein und das Volk murrt nicht mehr, sondern zeigt strahlende Gesichter.

Abends. Soeben verließ mich, aschfahl und zitternd, Herr Kranebitter. Vor etwa einer Stunde hatte er, bleich und verstört, mein Zimmer betreten.

»Was ist geschehen?« fragte ich bestürzt.

»Es ist einfach keiner aufzutreiben!« rief der Bürgermeister außer sich. »Nicht einer!«

Ich fragte verständnislos, was denn nicht aufzutreiben sei.

»Ein kranker Manager!« stöhnte Herr Kranebitter. »Es gibt in der ganzen Gegend keinen einzigen kranken Manager! Sogar nach Würmelbach haben wir geschickt, aber auch die haben keinen ...«

»Ja, das ist allerdings ...«

»Entsetzlich ist das!« rief verzweifelt der Bürgermeister. »Unausdenkbar ist es! Wir können doch nicht ein Managerkrankenhaus eröffnen, wenn wir nicht wenigstens einen einzigen kranken Manager haben! Wie schaut das denn aus?«

»Und was kann ich für Sie tun, Herr Bürgermeister?«

»Ich dachte ... Sie sehen ein wenig müde aus in jüngster Zeit ... Wenn Sie vielleicht ein winziges Jucken in den Zehen, den Kniekehlen oder ...«

Ich war erschüttert, blieb aber hart. Ich hätte diesem erschöpften Manne, der sich im Dienste am allgemeinen Wohl buchstäblich aufgerieben hat, gerne einen Gefallen erwiesen — aber man darf nicht zu viel von mir verlangen.

23. Dezember. Soeben komme ich aus dem »Franz Xaver Greindl-Managerkrankenhaus«. Ich habe dortselbst die ersten Patienten besucht, alte Freunde von mir: Bürgermeister Kranebitter, der während der heutigen Festrede einen Ohnmachtsanfall erlitt, ferner die Herren Schluckauf und Oleander. Der unpolitische Primarius versicherte mir, daß alle drei Patienten Opfer einer besonders scharf ausgeprägten Form der Managerkrankheit seien. Sie müßten sich in den letzten Tagen organisatorisch etwas übernommen haben, meinte er.

24. Dezember. Feierte stillvergnügt, wenn auch allein, das Weihnachtsfest. Mein Zimmer ist mit einer kleinen Christtanne geschmückt, unter meinem Fenster vorbei stapfen die Schmeggser Bürger zur Mette, der Schnee rieselt dicht und friedlich durch die Lichtkreise unter den zwei Bogenlampen des Franz Xaver Greindl-Platzes, in den Spitzbogenfenstern der St. Ulrichs-Pfarrkirche flackert der Widerschein vieler Kerzen und bald werden über den verschneiten Platz die Weihnachtslieder schallen. Die Schmeggser mögen ein

launisches und leicht erregbares Völkchen sein — Feste zu feiern, das verstehen sie dennoch ...

25. Dezember. Ein geruhsamer Christtag. Besuchte viele Freunde und Bekannte. Leider glückte es mir nicht, auch Herrn Bürgermeister Kranebitter meine Weihnachtswünsche zu überbringen — er liegt immer noch im Managerkrankenhaus und der Primarius, der Sorgen um seinen Patienten zu haben scheint, verbietet jede Störung. Armer Kranebitter! Es wird für diesen lebenslustigen Mann recht bedrückend sein, das größte Fest des Jahres ohne seinen Stab, ohne bedeutende Ansprache, ohne jegliche offizielle Feierlichkeit begehen zu müssen.

Die Gemeinderäte Oleander und Schluckauf hingegen sind bereits entlassen worden. Zusammen mit dem Gemeindeschreiber Pelikan — dem gesetzlichen Vertreter des Bürgermeisters — bilden sie nun ein Dreierkomitee, das bis zur Genesung Kranebitters die Stadt regieren wird. Ich denke, daß dies angesichts der herrschenden Feiertagsruhe nicht allzu viele Umstände machen wird.

26. Dezember. Was in aller Welt soll dieser vom Wurmsiedler Senat und seinem Konsul unterzeichnete Brief, der heute angekommen ist? Nichts Geringeres ist in diesem Brief enthalten, als eine Mitteilung, daß die Wurmsiedler »in Anbetracht der unter dem Zeichen des Friedens stehenden Festtage wie aus Erwägungen allgemeiner Natur zu sofortigen Verhandlungen betreffs eines ewigen, unkündbaren und unauflöslichen Friedensbündnisses sowie eines gegenseitigen Freundschafts- und Nichtangriffspaktes zwischen den beiden Städten bereit und willens« seien. Ein solcher Brief aus Wurmsiedel, von dem Schmeggs weiß Gott noch wenig Gutes erfahren hat?*)

---

*) Offenbar eine Anspielung auf das Schmeggser Sprichwort »Was kann aus Wurmsiedel denn schon Gutes kommen«, vgl. dazu Joh. 1,46. Anm. d. Hsg.

Es gereicht vielleicht nicht der menschlichen Natur, wohl aber der politischen Weisheit des Dreierkomitees zur Ehre, daß es dieses von so unvermuteter Friedfertigkeit erfüllte Dokument nicht mit Jubel, sondern mit äußerstem Mißtrauen betrachtete.

»Was soll denn das, zum Kuckuck?« fragte der Ehrenwerte Oleander erstaunt, nachdem er zum drittenmal das Schreiben vergeblich nach verklausulierten Beleidigungen und anderen Bosheiten untersucht hatte. »Was soll das bedeuten?«

Der Ehrenwerte Schluckauf sah nicht weniger verwundert drein.

»Ich weiß es nicht!« sagte er nachdenklich. »Es klingt so ehrlich, so aufrichtig und freundlich — aber es stimmt nicht. Es kann nicht stimmen. Ein freundlicher Brief aus Wurmsiedel — nein, das gibt es nicht.«

»Ganz meine Meinung. Aber was machen wir nun?«

»Also, jedenfalls«, antwortete der Ehrenwerte Schluckauf, »— der Bürgermeister muß jedenfalls davon benachrichtigt werden. Er wird gewiß ...«

Der Gemeindeschreiber erlaubte sich, vielmals um Verzeihung bittend, den Einwurf, daß der Herr Bürgermeister derzeit keinesfalls imstande sein dürfte, irgendwelche Entscheidungen zu fällen. Der Arzt habe ihm jede Beschäftigung mit Regierungsangelegenheiten strikt untersagt.

»Allerdings ...«, murmelte der Ehrenwerte Oleander und setzte, einer plötzlichen Eingebung gehorchend, freudig hinzu, daß man unter solchen Umständen wohl am besten daran täte, den Wurmsiedlern vorläufig eine hinhaltende Antwort zu geben.

Der Gemeindeschreiber gestattete sich, vielmals um Pardon bittend, den immerhin einer Erwägung wert erscheinenden Hinweis auf die vielleicht nicht just günstigen optischen Auswirkungen eines solchen Vorgehens auf die benachbarten Städte Würmlein und Würmelbach; da beide Städte die das ganze Voralpenland in Mitleidenschaft ziehende Rivalität zwischen Schmeggs und Wurmsiedel stets bedauert hätten, würden sie es nicht eben freudig begrüßen, wollte Schmeggs die ausgestreckte Friedenshand der Wurmsiedler nicht kräftig ergreifen.

»Friedenshand?« murrte Schluckauf. »Mir kommt sie immer mehr wie ein Pferdefuß vor ...«

»Mir auch!« stimmte Oleander seufzend zu. »Aber was hilft's? Die möglichen Reaktionen des Würmelbacher Großen Rats und des Things zu Würmlein müssen wir freilich ins Kalkül ziehen. Allein, was tun?«

Der Ehrenwerte Schluckauf schwieg. Er wußte keinen Rat.

Der schüchterne kleine Gemeindeschreiber war es, der endlich einen vernünftigen Vorschlag machte; einen Vorschlag, der nicht nur durchführbar war, sondern in seiner gewissermaßen unschuldigen Perfidie bewies, daß in Pelikan ein kluger Schüler des großen Kranebitter heranwächst.

Es würde sich, so sagte er leise und verlegen, vielleicht empfehlen, die ausgestreckte Friedenshand der Wurmsiedler zwar zunächst mit gebotener Vorsicht zu ergreifen, sie sodann leise zu drücken, mit der anderen Hand jedoch einer im ganzen Schildatal bei solchen Gelegenheiten angewendeten Gepflogenheit folgend ein Kreuz zu machen; auch könnte man allenfalls einen Pferdefuß schmeggsischer Provenienz zu passendem Gebrauche bereithalten.

Die Herren Schluckauf und Oleander vergaßen einen Augenblick lang die subalterne Stellung des Gemeindeschreibers und machten, froh über seinen Vorschlag, dem Glückstrahlenden viele freundliche Komplimente. Die Herausgabe eines Kommuniqués wurde sogleich in die Wege geleitet und eine baldige Sitzung zur Abfassung des Antwortschreibens anberaumt.

27. Dezember. Die Schmeggser Bürger haben das Kommuniqué mit Ruhe und Mißtrauen aufgenommen. Man hat sich im Laufe der Jahrhunderte an die immerwährende Feindschaft zwischen den beiden Städten gewöhnt wie an

einen alten Rheumatismus und kann es nicht glauben, daß sich an diesem Zustand etwas ändern sollte.

Das Dreierkomitee hat nach langen Diskussionen die Antwort formuliert. Ähnlich wie der Brief aus Wurmsiedel strotzt auch sie von feierlichen und ausführlichen Beteuerungen guten Willens. Im Gegensatz zu jenem enthält sie jedoch einen raffiniert ausgeklügelten Pferdefuß — nämlich die sorgfältig mit vielen herzlichen Worten verbrämte Forderung nach Rückgabe der beiden Mühlenweiler Obertrübwasser und Untertrübwasser, die seit dem letzten voralpenländischen Erbfolgekrieg von den Wurmsiedlern widerrechtlich besetzt gehalten werden.

Das ist meiner Meinung nach ein meisterlicher Schachzug; denn wenn die Wurmsiedler diese Forderung ablehnen, haben sie sich offen und also auch vor den Augen Würmleins und Würmelbachs ins Unrecht gesetzt. Sind sie aber, was kaum vorstellbar ist, zur Übergabe von Obertrübwasser und Untertrübwasser bereit — nun, dann hat Schmeggs einen immerhin bedeutenden Erfolg davongetragen, der umso höher zu werten ist, als ja Schmeggs nicht daran denkt, mit dem Alten Lorbeerhof, dem eigentlichen Grund des letzten Krieges, ein Gleiches zu tun.

Wie gesagt, ein sorgfältig durchdachter, meisterlich geplanter Schachzug. Aber die Triumvirn sind gleichwohl nicht sehr fröhlich gestimmt, denn sie wissen recht gut, daß, was immer sie beschließen mögen, Kranebitters Zorn unvermeidbar sein wird.

29. Dezember. Übermorgen wird Wurmsiedels Delegation in Schmeggs eintreffen. Der Senat hat sich ohne weitere Einwände bereit erklärt, die Rückgabe von Obertrübwasser und Untertrübwasser sofort zu veranlassen, wenn die Schmeggser dies als Voraussetzung gedeihlicher Verhandlungen betrachten.

Das Dreierkomitee ist einhellig der Ansicht, daß ein tückischer, bösartiger, hinterlistiger und verräterischer Wurmsiedler — kurz, ein Wurmsiedler von der gewohnten

Art — einem friedensbereiten Wurmsiedler bei weitem vorzuziehen ist. Aber das hilft nun nichts — Bürgermeister Kranebitter liegt noch immer im Managerkrankenhaus und die Triumvirn werden wohl oder übel die Suppe auslöffeln müssen, die ihnen die Wurmsiedler Diplomatie offenbar einzubrocken im Begriffe ist. Die Rückgabe der beiden Mühlenweiler wird in der ganzen Misere als immerhin tröstlich empfunden.

31. Dezember. Seit zwei Stunden herrscht zwischen Schmeggs und Wurmsiedel der ewige, unkündbare und unauflösliche Friede.

Es ist nicht zu fassen.

Von dem Friedensabkommen abgesehen, wurde in den Verhandlungen der Abschluß eines gegenseitigen Freundschafts- und Nichtangriffspaktes erzielt sowie der Austausch mehrköpfiger Delegationen vereinbart, welchen die Aufgabe zufallen wird, die politischen, kulturellen und wirtschaftlichen Bande zwischen den beiden Städten fester zu knüpfen. Die Wurmsiedler bestätigen überdies die Rückstellung von Obertrübwasser und Untertrübwasser und erhoben ihrerseits nicht eine einzige weitere Forderung.

Nein, es ist wirklich nicht zu fassen.

Die Wurmsiedler Delegation äußerte große Befriedigung sowohl über den schnellen Abschluß der Verhandlungen als auch über die im Laufe des Festbanketts gebotene Speisenfolge.

Zwischen zwei Trinksprüchen versuchten die völlig vor den Kopf geschlagenen Schmeggser Diplomaten in letzter Minute auf sozusagen inoffiziellem Wege hinter die eigentlichen Absichten der Wurmsiedler zu kommen.

»Es ist doch schön, wenn man befreundet ist ...«, fing der Ehrenwerte Schluckauf an und trank dem mageren Chefdeputierten der Wurmsiedler zu.

»Gewiß doch, gewiß doch ...«, murmelte dieser und schob sich ein großes Stück Braten zwischen die kräftigen Zähne.

»... man kann sich zum Beispiel in aller Freundschaft mancherlei fragen, was man sonst nicht fragen würde, nicht wahr?« setzte der Ehrenwerte Oleander vorsichtig hinzu.

»Gewiß doch, gewiß doch ...«, sagte der Chefdeputierte und ließ sich noch ein wenig Sauce tartare reichen.

»Man könnte zum Beispiel fragen«, bohrte der Ehrenwerte Schluckauf verzweifelt weiter, »warum zum Beispiel Wurmsiedel Obertrübwasser und Untertrübwasser an die rechtmäßigen Eigentümer zurückstellt, wiewohl doch ein aktueller Anlaß dazu offenbar nicht vorhanden ist, nicht wahr?«

Der Chefdeputierte blickte von seinem Teller auf.

»Selbstverständlich bin ich bereit, diese Frage zu beantworten«, sagte er vergnügt, »mein Senat hat mich ausdrücklich dazu ermächtigt, Ihnen, meine Herren, zu versichern, daß er die Rückführung dieser beiden Mühlenweiler in die Schmeggser Verwaltung aus ausschließlich lyrischen Erwägungen beschlossen hat. Dieser Krautsalat ist exzeptionell, meine Herren.«

1. Jänner. Man hat Bürgermeister Kranebitter, des ärztlichen Einspruches ungeachtet, Mitteilung vom gegenwärtigen Stand der Lage gemacht. Der Patient mußte gelabt werden. Die Triumvirn trösten sich jedoch mit dem Gedanken, daß diese Reaktion des Bürgermeisters in jedem Falle unvermeidbar gewesen wäre.

Organe der Schmeggser Gemeindeverwaltung haben heute Obertrübwasser und Untertrübwasser in Besitz genommen. Die Mühlen befinden sich bedauerlicherweise in einem sehr herabgekommenen Zustand, weil die Wurmsiedler in ihnen seit geraumer Zeit nicht Mehl, sondern Flintenschrot gemahlen haben. Es wird beträchtlicher städtischer Zuschüsse bedürfen, um sie wieder der schmeggsischen Wirtschaft dienstbar zu machen.

Die erste Delegation, bestehend aus Vertretern des kulturellen, wirtschaftlichen und politischen Wurmsiedler Lebens, ist heute in Schmeggs angekommen. Die Gegendelegation ist noch nicht abgegangen, weil bis jetzt keine Persönlichkeiten gefunden werden konnten, die bereit wären, sich in dem seit dem letzten Krieg auch in Schmeggs gut bekannten Wurmsiedler Nebelklima rheumatische Schmerzen zu holen.

Die Wurmsiedler Delegation hat bekanntgegeben, daß sie sich als erstes Studienobjekt die Schmeggser Nahrungsmittelproduktion erwählt hat; sie bemüht sich bereits mit höchstem Eifer, dieselbe eingehend kennenzulernen.

2. Jänner. Der Herr Bürgermeister, der dem Lauf der Dinge nicht länger tatenlos zusehen konnte, hat heute das Spital verlassen. Da der Primarius dies keinesfalls erlauben wollte, wurde er von Herrn Kranebitter kurzerhand gekündigt, was keine besonderen Schwierigkeiten verursachte, zumal es sich ja bei diesem Arzt um einen unpolitischen Fachmann handelt.

Es ist mir unmöglich, die nahezu zweistündige Rede zu protokollieren, mit der Herr Kranebitter das Triumvirat abkanzelte, als bestünde es aus Schulbuben. Kein Mitglied des Dreierkomitees wagte auch nur eine Silbe zu erwidern, denn der Bürgermeister bewies, daß er mit einem einzigen Blick die Zusammenhänge durchschaut hatte: Schmeggs würde nun für immer ausgehungerte Wurmsiedler Delegationen auffüttern müssen, während Wurmsiedel von den Schmeggser Abgesandten im besten Falle als geeigneter Ort für Abmagerungskuren zu gebrauchen sein würde.

»Aber das ist noch nicht einmal das Schlimmste!« setzte der Bürgermeister schwer atmend hinzu. »Das Schlimmste ist, daß wir mit diesen Kerlen jetzt auch noch in Frieden und Freundschaft leben müssen.«

Die drei Herren waren den Tränen nahe.

»Aber was hätten wir sonst machen sollen?« fragte der Ehrenwerte Oleander mit erstickter Stimme.

»Zum mindesten«, entgegnete der Bürgermeister und blickte wild um sich, »zum mindesten hätte man während der Unterzeichnung dieser schmählichen Dokumente mit der Linken heimlich ein Kreuz machen müssen!«

»Aber ... aber das haben wir ja auch gemacht ...«, sagte der Ehrenwerte Schluckauf schüchtern.

Der Bürgermeister atmete hörbar auf. Sein Gesicht erhellte sich ein wenig.

»Na, Gott sei Dank!« murmelte er. »Dann ist Schmeggs ja noch nicht ganz verloren ...«

Die Bürger schweigen

3. Jänner. Ich habe ein wenig Kopfschmerzen, weil mir die Ehre zuteil wurde, gemeinsam mit den Gemeinderäten Schluckauf und Oleander die Entlassung des Herrn Kranebitter aus dem Managerkrankenhaus und den Beginn des neuen Jahres feiern zu dürfen. Aber wenn ich aus meinem Fenster hinaus auf die mit aparten Schneemützchen bedeckten vier Grazien zu Füßen des großen Franz Xaver Greindl blicke, so geschieht das nicht ohne ein Gefühl inniger Sympathie für diese Stadt,

in der ich nun schon viel länger verweile, als ich je gedacht hatte.

4. Jänner. Ich kann nicht darüber hinwegsehen, daß die innenpolitische Lage ziemlich unklar ist. Die Zeit des Krieges mit Wurmsiedel und die außenpolitische Aktivität der ersten Nachkriegszeit sind vorbei — also zwingt kein äußerer Druck mehr die beiden im hiesigen Gemeinderat vertretenen Parteien zur freundschaftlichen Zusammenarbeit; der Bürgermeister versieht wieder sein Amt, das heißt, der weise Salomo ist zurückgekehrt, dessen bloße Existenz schon zu komplizierten Streitfällen reizen muß. Gewiß, die Schmeggser Bürger murren weder, noch knurren sie. Aber mir, dem Ortsunkundigen, erscheint das Schweigen, mit dem sie die Tätigkeit ihrer Politiker beobachten, bei weitem gefährlicher als noch so lautes Murren. Und ich zweifle nicht daran, daß die Ehrenwerten Oleander und Schluckauf, die als Politiker nichts lieber haben als den lauten Beifall (welcher ihnen, ach, so selten zuteil wird), mit allen Sinnen zu neuen Zielen streben; letzteres umso mehr, als die Gemeinderatswahl zwar noch nicht vor der Türe steht, aber eben doch immer näher rückt.

Ich sehe somit innenpolitische Zwistigkeiten heraufziehen, würde mich aber von Herzen freuen, spielte ich mit diesen Befürchtungen den falschen Propheten.

5. Jänner. Ich kann mich, leider Gottes, nicht von Herzen freuen. Ich habe meine gestrigen Notizen offenbar in einer Art prophetischer Vorahnung niedergeschrieben.

Die heutige Gemeinderatssitzung begann in einer durchaus sachlichen Atmosphäre, unter keineswegs auffälligen Umständen. Eine Reihe von alltäglichen Punkten und Anträgen standen auf der Tagesordnung, wurden vorgebracht, leidenschaftslos diskutiert und ebenso entschieden. Ein Antrag der Traditionsgebundenen, den städtischen Schneepflug — ein ziemlich teures, erst im vergangenen Frühjahr erworbenes Stück — in Anbetracht der unaufhörlichen Schneefälle bis zum Anbruch besserer Witterung in wasserdichtes Leinen zu verpacken, um Rostschäden zu vermeiden, wurde ohne weitere Debatte angenommen. Der fortschrittliche Gemeinderat Rotlauf äußerte einige bemerkenswerte Wahrheiten über die am Oberlauf der Schilda in Massen wachsenden Binsen und befürwortete deren industrielle Verwertung; seine Anregungen sollten von einer Studienkommission eingehend behandelt werden.*) Der Ehrenwerte Buchsbaum (Traditionspartei) erregte mit einigen launigen Bemerkungen über die immer noch nicht in die Tat umgesetzte Verwaltungsreform wohlwollende Heiterkeit und setzte sich glückstrahlend wieder nieder; seine Ausführungen wurden insofern als aufsehenerregend empfunden, als der Ehrenwerte Buchsbaum in den zwanzig Jahren seines Gemeinderatsmandates bis zu diesem Tag noch kein Wort gesprochen hatte. Weiters referierten die Ehrenwerten Liguster (T) über die neuerliche Leistungssteigerung im Wiederabforstungsreferat, Hornaug (F) über den endgültigen Abschluß der Arbeiten zur Beseitigung der Besatzungsschäden aus den Schwedenkriegen, und Fliederblüh (T) über die Vorbereitungen zu einer Kampagne für die Hebung der allgemeinen Sittlichkeit im Mäusgraben.

Mit einem Wort: der Gemeinderat leistete auch in dieser Sitzung jene bescheidene, aber für die Aufrechterhaltung der öffentlichen Ordnung und das Funktionieren der Verwaltungsmaschinerie nicht nur ersprießliche, sondern geradezu unentbehrliche Routinearbeit.

Kein Wölkchen trübte den politischen Horizont, alles wickelte sich in schönster Ordnung ab und Herr Kranebitter wollte schon das Zeichen zur Beendigung der Sitzung geben — in eben diesem Augenblick erhob sich der Führer

*) Tatsächlich gab es in Schmeggs zu Ende des 19. Jahrhunderts den Beruf des Binsengehers; diese Leute durchstreiften die Uferlandschaften der Schilda nach makellos gewachsenen Binsen, welche — nach fachgemäßer Präparierung — als Schmuckgewächse in wasserarme Regionen exportiert werden sollten. Das Projekt scheiterte damals aus bis heute nicht geklärten Ursachen. Anm. d. Hsg.

der Fortschrittlichen, der Ehrenwerte Schluckauf, und bat mit betonter Bescheidenheit ums Wort. Die Traditionsgebundenen räusperten sich ärgerlich, der Bürgermeister jedoch konnte nicht anders, als dem Ehrenwerten Schluckauf — freilich unwirsch genug — zu bedeuten, er möge schnell sagen, was er noch zu sagen habe.

Der Ehrenwerte Schluckauf aber gedachte sozusagen eine Bombe platzen zu lassen und ließ sich fast wollüstig Zeit, ehe er sie zur Explosion brachte.

»Hochlöblicher Gemeinderat!« hob der Ehrenwerte Schluckauf an, »Fortschrittliche Schmeggser und Schmeggserinnen! Es ist eine unleugbare Tatsache, daß unsere schöne Stadt eine kleine, aber hörbare Stimme im Konzert der europäischen Gegenwart einnimmt, wie unser verehrter Herr Bürgermeister so richtig bemerkt hat. Es ist ferner eine nicht weniger bekannte Tatsache, daß unsere schöne Stadt bedauerlicherweise bis heute noch nicht an das internationale Verkehrsnetz angeschlossen ist. Ich ziehe es vor, über die Ursachen dieses so betrüblichen Mangels zu schweigen, und verzichte namens meiner Fraktion darauf, auf die diesbezüglich Schuldigen mit dem Finger zu zeigen ...« (Gemeinderat Oleander: »Soll das ein Angriff gegen uns sein?« Gemeinderat Liguster erregt: »Zeigen Sie, zeigen Sie!«) »Nein, meine Herren, ich verzichte darauf. Umso besser, wenn Sie sich getroffen fühlen.« (Beifall bei den Fortschrittlichen, Zwischenrufe, der Bürgermeister mahnt zur Ordnung.) »Ich verzichte jedoch nicht auf die Bemerkung, daß es der Fraktion der Fortschrittlichen Schmeggser ein Herzensanliegen ist, den Anschluß unserer schönen Stadt an das internationale Verkehrsnetz endlich zu vollziehen.« (Beifall, Gemeinderat Oleander: »Was heißt das?«) »Was das heißt? Nun, meine Herren, hochlöblicher Gemeinderat — ich habe hiermit die Ehre, Ihnen mitzuteilen, daß ein ebenso dringendes wie unabweisbares Bedürfnis das städtische Verkehrsreferat dazu bestimmt hat, in Zusammenarbeit mit gewissen kompetenten Würmelbacher Stellen auf der Schilda den Dampfflußschiffahrtsverkehr in Kürze aufzunehmen. Eine bereits zusammengetretene gemischte Kommission hat beschlossen, dem Unternehmen die Bezeichnung ›Ständige Schildaschiffahrt‹, kurz ›SSS‹ genannt, zu verleihen.«

Triumphierend blickte der Ehrenwerte Schluckauf in den Saal. Die Fortschrittlichen jubelten ekstatisch, die Traditionsgebundenen verharrten in einem mir unerklärlichen starren Schweigen.

»Hochlöblicher Gemeinderat!« vollendete Schluckauf seine sensationelle Ansprache. »Meine Fraktion zweifelt nicht daran, daß sie mit dieser Tat einen weiteren Grundstein zu dem aufblühenden Wohlstand unserer Stadt gelegt hat. Ich darf den Herren versichern, daß jedermann, ob Traditionsgebundener oder Fortschrittlicher, der ›Ständigen Schildaschiffahrt‹, sei es als Gesellschafter oder unterstützendes Mitglied, herzlich willkommen ist. Ich darf ferner hinzusetzen, daß unsere Gesellschaft bereits eine aus dem kürzlich geschlossenen Friedensabkommen mit dem Wurmsiedler Senat resultierende Zusage erhalten hat, daß ihr als einziger Gesellschaft die Rechte auf den Flußschiffahrtsverkehr zwischen Wurmsiedel und den anderen Städten des Schildatales übertragen werden.«

Schwer atmend ließ sich der Ehrenwerte Schluckauf unter erneutem Jubel seiner Parteikollegen auf seinen Sitz fallen. Ja, er hatte eine Bombe zur Explosion gebracht. Und nun besah er sich heiter deren Wirkung.

Unter atemloser Spannung des Hauses erhob sich der Präsident der Traditionsgebundenen, um die Ausführungen des Ehrenwerten Schluckauf zu beantworten.

»Hochlöblicher Gemeinderat!« sagte der Ehrenwerte Oleander, und nur der geübte Beobachter konnte merken, daß unter seiner eiskalten Ruhe Vulkane der Erregung, des Zornes und der Kampfbegier loderten. »Die Fraktion der Traditionsgebundenen, der ein Anschluß an das internationale Verkehrsnetz seit eh und je inniger denn anderen am

Herzen gelegen ist, wie Sie alle wissen ...« (Höhnische Zwischenrufe, Gemeinderat Gerstenkorn [F]: »Daß ich nicht lache!«) » ... die Fraktion der Traditionsgebundenen also ist — und ich besitze Anstand genug, Herr Gemeinderat Schluckauf, dies in Ihrem Interesse zu bedauern — weit früher als Sie dem Gedanken der Flußschiffahrt auf der Schilda nahegetreten. Wir bedürfen dazu nicht eines städtischen Verkehrsamtes, das ja — dies ist ein Faktum! — nichts anderes ist als eine Domäne der Fortschrittlichen. Wir bedürfen auch nicht der Unterstützung durch die hart erarbeiteten Spargroschen der Schmeggser Bürger, denn wir — wir verfügen über Kapital.« (Zwischenruf: »Welches?«) »Über das einiger hiesiger Bürger sowie über die von dem Thing zu Würmlein in eine gemeinschaftlich gegründete Gesellschaft — genannt ›Schmeggser Flußschiffahrt‹, kurz ›SFS‹ — bereits eingezahlte Beträge. Der Ankauf eines geeigneten, aus zweiter Hand stammenden, jedoch wohlerhaltenen Dampfers ist über das Stadium der Verhandlungen bereits weit hinaus gediehen.« (Tumult.) »Selbstverständlich sind wir nicht bereit, aus unserem Kapital an eine andere, ziemlich obskure Gesellschaft auch nur ein Almosen abzugeben. Wenn jedoch — und man mag daran die unter allen Umständen versöhnliche Grundhaltung meiner Fraktion erkennen —, wenn jedoch auch fortschrittliche Kreise, sei es durch moralische Unterstützung, sei es durch andere Mittel, an unserer Gesellschaft partizipieren wollen, so steht dem selbstverständlich nichts im Wege.«

Erstarrt und stumm hatten die Fortschrittlichen der Oleanderschen Replik gelauscht.

Was sich jedoch nach dem Schlußzeichen des offenbar völlig erschöpften Bürgermeisters im Saale abspielte — nun, ich verzichte darauf, das zu notieren. Zwei Bomben waren kurz hintereinander geplatzt — die Wirkung war dementsprechend.

6. Jänner. »Sehen Sie einen Ausweg aus dieser Situation?« frage ich den Bürgermeister.

»Nein«, antwortete dieser und schüttelte bekümmert sein Haupt. »Sehen Sie – jede Fraktion hat der anderen zuvorkommen wollen, und so wurde aus zwei geplanten Überrumpelungen ein Zusammenstoß. Wo soll da ein Ausweg sein? Die Traditionsgebundenen haben Kapital, denn einige ihrer Mitglieder und vor allem die in Würmlein derzeit herrschende Schwesterfraktion haben Geld. Die hiesigen und die Würmelbacher Fortschrittlichen haben hingegen kein Geld, wohl aber diesen Flußschiffahrtsvertrag mit den Wurmsiedlern; ohne diesen Vertrag wiederum ist jede Schildaschiffahrtsgesellschaft keinen Pfifferling wert – man kann ja nicht ein Dampfschiff knapp vor Wurmsiedel aus dem Wasser holen und um das Wurmsiedler Stadtgebiet herumtragen, nicht wahr?«

»Aber eine Einigung kann doch nicht so schwer sein?«

»Sie ist ungeheuer schwer, mein Lieber, ungeheuer schwer. Wenn jede Fraktion zu gleicher Zeit denselben Einfall hat, läßt sie so bald nicht von ihm ab. Einfälle, mein Bester, sind nicht so häufig in der Politik, als daß man sie gerne fahren ließe.«

»Und wenn Sie, Herr Bürgermeister ...«

»Bitte?«

»Wenn Sie vermittelten?«

»Ich?« Der Bürgermeister schmunzelte. »Ich werde mich hüten.«

»Warum?«

»Weil man mir keine Schuld zuschreiben soll, wenn eine oder zwei neugegründete Gesellschaften pleite gehen.«

Und lächelnd schritt der Bürgermeister von dannen.

Nicht zum erstenmal stelle ich mir die bange Frage: wie soll das enden?

Eine grosse Niederlage

7. Jänner. Die Kluft zwischen den beiden im Gemeinderat vertretenen Parteien vertieft sich zusehends. Hüben die Fortschrittlichen mit ihrer »Ständigen Schildaschiffahrts«-Gesellschaft, die zwar über kein Kapital, jedoch über die Erlaubnis verfügt, Wurmsiedler Gebiet befahren zu dürfen, drüben die Traditionalisten mit ihrer »Schmeggser Flußschiffahrts«-Gesellschaft, zwar mit Geldmitteln versehen, nicht jedoch mit der unentbehrlichen Wurmsiedler Konzession; und keine der beiden Parteien will auch nur ein

Wort über die so naheliegende Fusionierung hören. Da es in Schmeggs keinen Menschen gibt, der mit der Handhabung oder Führung eines Flußdampfers vertraut ist, haben beide Fraktionen etliche Schilda-Matrosen angeheuert und diese zu Studienzwecken in benachbarte Provinzen geschickt — in zwei verschiedene, versteht sich.

8. Jänner. Herr Oleander und Herr Schluckauf, aller weltanschaulichen Unterschiede zum Trotz seit Jahrzehnten gute Freunde, grüßen einander nicht mehr. Man mag aus diesem Detail ersehen, welche Verödungen die Tagespolitik bisweilen im menschlichen Gemütsleben bewirkt.

9. Jänner. Der heutige Tag stand ganz im Zeichen eines bedeutenden moralischen und propagandistischen Erfolges der Traditionspartei. Denn heute ist der von der »SFS« angekaufte, aus zweiter Hand stammende, doch wohlerhaltene Flußdampfer angekommen, in Teilen allerdings; denn die »SFS« hat ja keine Wurmsiedler Konzession, weshalb die »Neptun« (dies der Name des schmucken Schiffes) von Ochsengespannen Stück um Stück über den Landweg herangeschleppt werden mußte. Schon sind Werkleute und Arbeiter daran, einige hundert Meter oberhalb der Erzherzog Ignaz Nepomuk-Brücke das Schiff wieder zusammenzubauen; dort nämlich ist das Ufer flach und trocken und daher sowohl zu einem Stapellauf als auch zu den bei solchen Anlässen unbedingt erforderlichen Feierlichkeiten sehr geeignet.

Herr Gemeinderat Schluckauf geht mit bitterbösem Gesicht umher; die energische Aktivität der Traditionsgebundenen macht ihm offensichtlich sehr zu schaffen.

Nachmittag. Besuchte die Werft, wo ich den Ehrenwerten Oleander traf, der seine Arbeiter mit schallender Stimme zur Eile antrieb. Er war so freundlich, mir einige Minuten seiner kostbaren Zeit für ein informatives Gespräch zu widmen.

»Wir werden es natürlich umtaufen«, begann er, wobei er keinen Blick von dem langen Rauchfang ließ, der eben aus den Hüllen der Verpackung befreit wurde. »›Neptun‹ sagt zu wenig. Wir werden es ›Stadt Schmeggs‹ nennen.«

»Sehr löblich, weil sehr patriotisch«, erwiderte ich. »Darf ich fragen ...«

»Nun?«

»Hat Ihre Fraktion eigentlich bereits Anstrengungen unternommen, um gleichfalls eine Wurmsiedler Konzession zu erlangen?«

Herr Oleander wandte mir ein sich etwas verdüsterndes Gesicht zu.

»Gewiß.«

»Und mit welchem Erfolg?«

»Bis jetzt leider ohne Erfolg. Der Wurmsiedler Senat erklärt, er habe ohnehin bereits mit einem Schmeggser Gemeinderat — gemeint ist natürlich Schluckauf — verhandelt und sei mit diesem bereits zu dem Schluß gekommen, daß ein Schiffsverkehr zwischen den beiden Städten und den anderen Gemeinden des Schildatales höchst wünschenswert wäre. Man könnte schon aus Präzedenzgründen nicht jedem beliebigen Gemeinderat eine Konzession verleihen. Die Kompetenzen müßten sich die Schmeggser schon untereinander ausmachen.«

»Das klingt hämisch.«

»So ist es auch gemeint. Oder dachten Sie, die Wurmsiedler bedauerten es, wenn bei uns Uneinigkeit herrscht? Weit gefehlt, mein Lieber, Sie freuen sich. Aber die Schuld daran trägt der Parteiegoismus des Herrn Schluckauf. Jawohl!«

Gespannt sahen wir zu, wie die beiden eleganten Schaufelräder der »Neptun« beziehungsweise der »Stadt Schmeggs« zum Vorschein kamen.

»Indessen«, sagte ich nach einer Weile, »was nützt Ihnen, sehr verehrter Herr Gemeinderat, der schönste Dampfer, wenn Sie damit nicht nach Wurmsiedel schiffen können?«

» ... vorläufig nichts. Aber Schluckauf wird zu Kreuze kriechen. Nie und nimmer kann er ohne unsere Hilfe das

Geld zum Ankaufe eines zweiten Flußdampfers auftreiben. Nie und nimmer.«

Die Bürger von Schmeggs haben zwar eine recht abfällige Meinung von dem Zwist der beiden führenden Persönlichkeiten, aber die Montage des Dampfers interessiert sie sehr. So ist eben das Volk, so ist es auch in Schmeggs: zufrieden, wenn man ihm nur ein Schauspiel bietet.

Die derzeit in Schmeggs weilende Wurmsiedler Delegation hat es sich nicht nehmen lassen, in ihr überaus eifriges Studium der schmeggsischen Nahrungsmittelproduktion eine kleine Pause einzulegen und gleichfalls die Werft zu besichtigen. Sie äußerte sich über den Fortschritt der Arbeiten mit großer Höflichkeit, verwies den Ehrenwerten Oleander, der sie in der Konzessionsangelegenheit um Vermittlung bat, bedauernd an ihren heimischen Senat und entbot dem Gemeinderat, wie sonst gewöhnlich gut unterrichtete politische Beobachter übereinstimmend versichern, ein etwas rätselhaftes Lächeln. Doch weiß man ja bekanntlich nie, was in Wurmsiedler Köpfen eigentlich vorgeht.

10. Jänner. Diesmal konnten die Fortschrittlichen einen kleinen, doch nicht unansehnlichen Triumph für sich buchen. Eben als sich zahlreiche Schmeggser anschickten, zur Werft hinauszuwandern — es sollte nämlich im Laufe einer kleinen Feier der Rauchfang aufgestellt werden —, erscholl in einer Seitengasse der Erzherzog Ignaz Nepomuk-Straße ein frisches Seemannsliedchen aus rauhen Männerkehlen, und in die Hauptstraße herein bog im wiegenden Seemannsgleichschritt das Grüppchen der eilends heimgerufenen fortschrittlichen Schildamatrosen, welches die »SSS« vor geraumer Zeit angeheuert hatte. Die Mittel hatten zwar nicht zum Ankauf eines Dampfers, wohl aber zur Anschaffung adretter Marineuniformen gereicht, und so nimmt es nicht wunder, daß Schluckaufs Mannschaft auf die Schmeggser Bevölkerung — insbesondere natürlich die weibliche — eine nicht zu unterschätzende Wirkung ausübt.

Die Anwesenheit so vieler ausgebildeter Dampfschiffsleute ohne Dampfer stimmte den Ehrenwerten Oleander auf der Stelle nachdenklich. Es ist für das derzeit herrschende politische Klima bezeichnend, daß als Resultat dieses Nachdenkens die finster blickenden Männer des so überaus traditionsgetreuen Schuldienerverbandes eine Art von Sperrkreis rings um die »Neptun« beziehungsweise die »Stadt Schmeggs« legten. Auf die Heimholung der eigenen Schiffsmannschaften glaubt Herr Oleander im Interesse ihrer besseren Ausbildung vorderhand verzichten zu dürfen.

Die Montage des Dampfers nähert sich übrigens ihrem Ende. Er ist in der Tat ein überaus hübsches Schiffchen und zweifellos sehr geeignet, die Schilda durch seine Anwesenheit wirkungsvoll zu beleben.

Mittags. »Wir sollten nachgeben?« fragte der Ehrenwerte Schluckauf mit bebender Stimme. »Das ist doch gewiß nicht Ihr Ernst?«

»Nun ja ...«, murmelte ich. »Ich meinte lediglich ...«

»Nie und nimmer. Waren es nicht wir, die den Wurmsiedlern in zähen Verhandlungen die Konzession abgerungen haben? Verfügen nicht wir über eine ausgezeichnet geschulte Mannschaft? Und wir sollten nachgeben?«

»Da Sie ja über keinen Dampfer verfügen ...«, wandte ich schüchtern ein.

»Auf ein Dampfschiff kommt es bei der Schildaschiffahrt allein nicht an«, sagte der Ehrenwerte Schluckauf brüsk. »Entweder kriecht Oleander zu Kreuze oder ...«

Herr Schluckauf ließ offen, was er in diesem Falle zu tun gedenkt. Aber sein Schweigen sprach Bände.

Abends. Heute nachmittag fand im Rahmen einer schlichten, jedoch umso ergreifenderen Feier die Umtaufe des Dampfschiffes statt. Die Gemahlin des Gemeinderates Fliederblüh war es, die eine Flasche edelster Schmeggser Trockenbeerauslese gegen das Heck des Schiffes schmetterte (der bei solchen Anlässen gewöhnlich bevorzugte Bug stand bereits zu tief im Schildawasser) und dazu die Worte sprach: »Navigare necesse est!*) Dein Name sei ›Stadt Schmeggs‹, jetzt und immerdar!«

Der Männergesangsverein stimmte sodann das Schmeggser Heimatlied an — und während die Anwesenden teils ihre Häupter entblößten, teils, sofern es sich um Schuldiener handelte, salutierten, glitt die »Stadt Schmeggs« über die eingeseiften Bohlen ins Wasser hinunter, schaukelte ein wenig und blieb schließlich stolz und kühn am Ufer liegen.

Herr Bürgermeister Kranebitter hat seine Abwesenheit von dieser Feier mit dem Hinweis auf dringende Amtsgeschäfte entschuldigen lassen, doch ist nur allzu klar, daß dieser bedeutende Mann damit lediglich seine strikte Neutralität in allen Belangen der Schmeggser Flußschiffahrt noch einmal nachdrücklich betonen wollte. Schluckaufs Matrosen waren übrigens auch nicht zu erblicken. Es heißt, daß sie mangels anderer Beschäftigung in den Kneipen des Mäusgrabens umherlungern, Starkbier trinken und den Meergott einen guten Mann sein lassen.

11. Jänner. Nichts Neues. Die »Stadt Schmeggs« liegt, immer noch von den Schuldienern bewacht, am Ufer festgetäut, die Matrosen trinken weiterhin die Bierkrüge leer und die Ehrenwerten Schluckauf und Oleander grüßen einander noch immer nicht. Der Bürgermeister verharrt in Schweigen.

Es ist nur natürlich, daß diese aktuellen Ereignisse das Interesse der Öffentlichkeit unter anderem auch auf die historischen Grundlagen der Schilda-Flußschiffahrt hinlenken. Ein vielbeachteter, diese Grundlagen beleuchtender Vortrag des bekannten Heimatforschers Lodenović förderte die interessante Tatsache zutage, daß man von einer regelmäßigen Flußschiffahrt der Schilda im eigentlichen Sinne des Wortes bis in die jüngste Zeit hinein nicht sprechen könne. In altersgrauen Zeiten habe das Verhalten der

*) Lat., »Schiffahrt tut not!« Anm. d. Hsg.

Wurmsiedler eine solche nicht zugelassen, weil sie in gelegentlichen piratenhaften Anwandlungen jedes vorüberziehende Schiff gebrandschatzt oder wenigstens mit unmäßig hohen Zöllen und Mautsteuern belegt hatten. Im 18. Jahrhundert hingegen sei dem Schiffsverkehr nichts entgegengestanden als der allerdings erhebliche Umstand, daß die Schilda damals aus irgendwelchen Gründen kein Wasser geführt habe. Erst seit damals sei wenigstens der Oberlauf des Flusses mit Kähnen und Flößen beschifft worden, die Befahrung des Unterlaufes hingegen werde in hoffentlich kurz bevorstehender Zeit erstmals Tatsache werden. Mit Recht bezeichnet die hiesige Presse diesen Vortrag als »aufsehenerregend«.*)

12. Jänner. In der Nacht gab es große Unruhe: die Matrosen der »SSS« haben, von allzu vielem Biergenuß — und hoffentlich nur von diesem — angestachelt, einen Handstreich auf die »Stadt Schmeggs« versucht. Die Schuldiener

---

*) Neuere, intensive Forschungen haben ergeben, daß Schmeggs auch in vieler anderer Hinsicht mit der Schiffahrt im allgemeinen, ja mit der Hochseeschiffahrt im besonderen verbunden ist. So haben z. B. Franz Xaver Greindl und sein Schüler Joseph Weinscharl nicht nur verschiedene Seereisen unternommen; F. X. Greindl darf vielmehr den Ruhm für sich in Anspruch nehmen, den Schiffsschraubenzieher als erster erfunden zu haben; daß andere und Weltgewandtere diese umstürzende Erfindung als ihre eigene ausgaben und Millionengewinne aus ihrer industriellen Verwertung zogen, verwundert nicht; solches widerfuhr den Großen des Schmeggser Geisteslebens immer wieder. Und niemand anderer als der Schmeggser Leibarzt des Grafen Franciscus I. (mit den gebauschten Hosen) war es, der bereits um 1609 als unfehlbares Mittel zur Bekämpfung der Seekrankheit einen Aufenthalt auf dem flachen Lande verordnete. Die Annahme einiger voralpenländischer Gelehrter freilich, daß Christoph Columbus weder ein Genuese noch ein Spanier oder Portugiese, sondern ein Schmeggser gewesen sei, scheint doch allzu sehr von lokalpatriotischen, wiewohl ehrenwerten Motiven bestimmt. Gewiß, der Hinweis, daß Columbus das im österreichischen Voralpenland gern geübte sogenannte »Eierpecken« gekannt haben müsse (»Ei d. C.«), ist nicht ganz von der Hand zu weisen; möglich immerhin, wenn auch nicht minder hypothetisch, daß sich unter der Besatzung der »Santa Maria« Schmeggser befunden haben — etwa unter den Steuerleuten —, worauf der Umstand deuten könnte, daß das Schiff statt Westindien Amerika erreichte. Anm. d. Hsg.

warfen sich ihnen mit besinnungslosem Mute entgegen, doch konnte erst des Bürgermeisters Erscheinen auf dem Kampfplatze die Wütenden dazu bringen, von Mord und Totschlag Abstand zu nehmen. Es ist klar, daß nun irgendeine Lösung gefunden werden muß, soll Schmeggs nicht der Schildaflußschiffahrt wegen einen Bürgerkrieg erleben. Ein wahres Glück, daß Herr Kranebitter endlich wieder die Zügel der Ereignisse in seine in gefährlichen Situationen schon so oft erprobten Hände nimmt. Ich hoffe nur, daß es nicht zu spät ist.

13. Jänner. Herrn Kranebitters Autorität ist es wider Erwarten gelungen, Fortschrittliche und Traditionsgebundene an den Verhandlungstisch zu bringen. Die Sitzungen sind selbstverständlich äußerst geheim, doch munkelt man, daß bereits einige grundsätzliche Fortschritte erzielt werden konnten.

Mittags. Eine Indiskretion des Gemeindeschreibers Pelikan verriet mir, daß die Verhandlungsteilnehmer schon über die Gründung einer neuen Fusions-Gesellschaft, der »Ständigen Schmeggser Schildaflußschiffahrt«, kurz »SSSFS« beraten.

Abends. Es dürfte alles geklärt sein. Den Andeutungen Pelikans entnahm ich, daß der Ehrenwerte Schluckauf mit der Fusion einverstanden ist, wenn ihm der Titel eines Konteradmirals h. c. zugestanden würde.

Spätnachts. Nun ist doch alles gut ausgegangen: Herr Oleander hat den Titel eines Rekonteradmirals h. c. angenommen, die Gegner haben einander die Hand geschüttelt. Ich nehme an, daß sie einander morgen auch wieder grüßen werden, und gehe beruhigt schlafen.

14. Jänner. Ein klarer, wolkenloser Wintertag. Um 10 Uhr soll die »Stadt Schmeggs« ihre Jungfernfahrt antreten; ich werde mich also beeilen müssen.

Mittags. Um punkt 10 Uhr wurden nach einer kurzen, den Stand der Lage trefflich umreißenden Ansprache des Bürgermeisters – zu einer langen hat sich der große Mann angesichts der vorhergegangenen Komplikationen nicht bereit gefunden — die Anker gelichtet. Aus dem schlanken Rauchfang stiegen steile, weiße Wolken in den Himmel, die Ehrenwerten Oleander und Schluckauf, welche an der Bugreling standen, salutierten feierlich, die fortschrittlichen Matrosen rührten ihre schwieligen Hände und unter dem Jubel der an den Geschehnissen lebhaften Anteil nehmenden Bevölkerung stach die »Stadt Schmeggs« in die Mitte des Flusses und nahm schnittig Kurs Richtung Erzherzog Ignaz Nepomuk-Brücke. Ein prächtiges Bild, in dem sich menschliche Erfindungsgabe und die reizvolle Natur des Schilda-Ufers zu einem harmonischen Akkord vereinigten.

An der Erzherzog Ignaz Nepomuk-Brücke nahm indessen die »SSSFS« und mit ihr die stolze Epoche der Schmeggser Flußschiffahrt ein jähes Ende.

Es erwies sich nämlich, daß die »Stadt Schmeggs« zu hoch war, als daß sie unter dem nicht für die Erfordernisse des Dampfschiffsverkehrs berechneten Brückenbogen hätte durchschlüpfen können.

Herr Kranebitter eilte auf die Brücke. Ich folgte ihm.

Betrübt sahen wir hinunter aufs Vorderdeck der »Stadt Schmeggs«, betrübt sahen Konteradmiral und Rekonteradmiral zu uns herauf. Wir wußten, was dieses Malheur zu bedeuten hatte: neuerliche Demontage und Zerlegung des Schiffes, mühesamer Transport der einzelnen Teile um die Brücke, Planierung des steilen Ufers, neuerliches Zusammensetzen der Teile, vielleicht sogar Bruch des so mühselig erzwungenen Abkommens zwischen den beiden Gesellschaften.

Irgendein für gewöhnlich gut unterrichteter politischer Beobachter wies uns im Flüsterton auf das Gehaben der Wurmsiedler Delegation hin, die an der Abfahrt des Schiffes mit ihrem gewohnten rätselhaften Lächeln, doch in unveränderter Höflichkeit teilgenommen hatte. Nun stand sie am Wasser und blickte auffallend erregt den Fluß hinunter.

Wir folgten, von bangen Ahnungen bewegt, ihren Blicken.

Dort unten dampfte es schwarz über dem Wasserspiegel und stampfte immer näher, unaufhaltsam immer näher.

Ein häßliches, schwarzes Schiff legte unterhalb der Erzherzog Ignaz Nepomuk-Brücke an. Sein Name war »Stadt Wurmsiedel«.

Nun ja — das ist leider, leider das gute Recht der Wurmsiedler. Denn wie jedes Abkommen hat auch das Schiffahrtsabkommen zwischen den Schmeggser Fortschrittlichen und dem Wurmsiedler Senat Gültigkeit für beide Teile. Wenn die Schmeggser Wurmsiedel anlaufen dürfen, dann dürfen die Wurmsiedler wohl auch die Schmeggser Ufer als zugänglich betrachten.

Sie sind den Schmeggsern dank deren innerem Zwiste zuvorgekommen. Die Schildaflußschiffahrt ist nun ihre Domäne, und Schmeggs kann dem nur mit ohnmächtigem Zähneknirschen zusehen, denn zwischen den beiden Städten herrscht ja der ewige, unkündbare und unauflösliche Friede ...

Eine folgenschwere Entdeckung

20. Jänner. Die Ereignisse der vergangenen Tage sind uninteressant geworden, denn Unerhörtes und Unglaubliches hat sich begeben; ganz Schmeggs ist in heller Erregung, selbst die seit vielen Jahren mit lethargischer Unverdrossenheit ihrer großen Stunde harrende »Gesellschaft zur Belebung des Bahnhofs Schmeggs« hat unter dem Eindruck der allgemeinen Aufbruchsstimmung eine außerordentliche Generalversammlung einberufen, um Vorkehrungen für alle nun möglichen Entwicklungen in ihrem Tätigkeitsbe-

reich zu treffen. Ein unverzüglich gegründetes und seitdem in Permanenz tagendes »Komitee für die allen Interessen der Bürger aufs bestmögliche entsprechende Zeitverschiebung der Stadt Schmeggs« (unter Vorsitz des Herrn Bürgermeisters Kranebitter) ist bemüht, alle Wünsche, Anregungen und Vorschläge der Bevölkerung zu sammeln und auf einen Nenner zu bringen, was freilich in Anbetracht der einzigartigen Ursache und deren unvorstellbaren Folgen ein nahezu unlösbares Problem ist.

Aber halt! Ich muß mich zur Ordnung rufen. Mitgerissen von der allgemeinen Euphorie, habe ich meine Chronistenpflicht vernachlässigt. Begonnen hat dieses wohl folgenschwerste Kapitel in der Geschichte von Schmeggs vor drei Tagen.

Am Vormittag des 17. Jänner sollten die schon lange geplanten und wegen der bekannten außen- und innenpolitischen Vorfälle immer wieder verschobenen Maßnahmen zur Verschönerung des Heimatmuseums endlich in Angriff genommen werden. Der Malermeister Wandruschka, in Begleitung zweier Lehrbuben sowie der notwendigen Arbeitsmaterialien angerückt, gab nach Inspektion der auszuweißenden Räume seinen Entschluß bekannt, sich das Franz Xaver Greindl-Gedenkzimmer als erstes vorzunehmen. Daraufhin begannen die beiden Lehrbuben und der Museumsdiener unter der fachkundigen Leitung von Dr. Willibald Hasenöhrl, dem Direktor des Heimatmuseums, die Bilder, Vitrinen und Möbelstücke aus dem Greindlzimmer in die im zweiten Stock gelegene Erzherzogin Thermophora-Stube hinauf zu tragen. Anfangs ging alles ohne Komplikationen vonstatten. Dann kam Greindls Original-Schreibtisch, eine kunstreiche, massive Konstruktion aus Kirschholz, an die Reihe. An der Spitze ging, laute Kommandos gebend, Dr. Hasenöhrl; dann folgte der Museumsdiener, der den Tisch, an der einen Breitseite hochhaltend, keuchend emporschleppte; das Finale bildeten die — unentwegt kichernden — zwei Buben, die an der gegenüberliegenden Tischseite Stütz- und Schubdienst versahen. Geschah es aus Unbedachtsamkeit, jugendlichem Übermut oder war's einfach ein Mißgeschick? Wie auch immer — knapp bevor das erste Stockwerk erreicht war, ließ der eine hintere Träger (Franz Lischka) so plötzlich wie unvermutet den Schreibtisch los, sein Kollege (Peter Hammerstiel) vermochte allein dem Druck nicht standzuhalten und gab, mit einem schrillen Aufschrei des Entsetzens, das kostbare Möbelstück dem Absturz frei.

Krachen, Donnern, Poltern, Splittern — dann tödliche Stille. Als sich der Museumsdirektor von einer kleinen Ohnmacht erholt hatte und, von seinem treuen Diener gestützt, das edle Wrack in Augenschein nahm (die Lehrbuben hatten sich mittlerweile wohlweislich aus dem Staub gemacht), entdeckte er am Boden einer herausgeschleuderten Tischlade ein aufgesprungenes Geheimfach, und in diesem ein etliche Dutzend Seiten dickes Konvolut mit dem Titel »F. X. G.: Apparat. temp. transit.«

Dr. Hasenöhrl, ein hervorragender Humanist, doch zudem mit einer soliden naturwissenschaftlichen Bildung ausgestattet, erkannte auf den ersten Blick, was für ein einzigartiges, unglaubliches Dokument des genialen Greindl da ans Licht der Gegenwart gelangt war. Ein eilends einberufenes Konzilium der drei naturwissenschaftlichen Kapazitäten der Stadt — Prof. Hugo Sauerknecht, Physiklehrer, Prof. Hermann Randsteiner, Mathematiklehrer, und Dipl.-Ing. Fridolin Anabest, der Verfasser des vielbeachteten Standardwerks »Die Astronomie im Spiegel der Zeiten« — bestätigte die Hasenöhrlsche Vermutung: dies ist die Weltformel nebst praktischer Anwendung, der Schlüssel zum Geheimnis des Universums, kurzum: der Konstruktionsplan für eine Zeitmaschine.

Noch am selben Abend machte Dr. Hasenöhrl dem Bürgermeister aufgeregt Mitteilung von dem sensationellen Fund. Der Stadtvater erwies sich auch in dieser Lage als ein Mann von Übersicht und Besonnenheit. Er verpflichtete den Museumsdirektor vorerst zu strengster Verschwiegenheit über das Greindl-Manuskript und versprach, umgehend die nächsten Schritte in dieser für Schmeggs sich vielleicht von epochaler Bedeutung erweisenden Sache zu unternehmen. Die kostbaren Papiere nahm Herr Kranebitter an sich, um sie im Stadttresor sicher zu verwahren.

Schon am nächsten Vormittag (18. Jänner) wußte halb Schmeggs, daß im Heimatmuseum eine Zeitmaschine entdeckt worden war. Der Unmut des Bürgermeisters über den Geheimnisverrat fand kaum Gelegenheit, sich zu entfalten, denn die Nachricht lief wie ein Lauffeuer durch die Stadt, atemlos stürzten die Gemeinderäte herbei und verlangten Aufklärung, spontan bildeten sich in allen Teilen der Stadt Gruppen erregter Bürger, die mit dem Ruf »Wir wollen die Maschine sehn!« zum Rathaus zogen.

(Wer durch unbedachte Äußerungen tatsächlich die Volksbewegung ins Rollen gebracht hat, wird wohl nicht mehr zu eruieren sein. Der Museumsdirektor leugnet hartnäckig, auch nur ein Sterbenswörtlein verraten zu haben, und da er sowohl seit drei Jahren verwitwet als auch sonst ein Eigenbrötler ist, fällt der stärkste Verdacht auf Frau Hermine Sauerknecht, die Schwester und Hausgenossin des Physiklehrers, eine stadtbekannte Plaudertasche.)

Bürgermeister Kranebitter aber tat auch in dieser von hitzigen Emotionen erfüllten Situation das einzig Richtige: er bewahrte kühlen Kopf.

Nachdem er, nicht ohne Mühe, die ihn heftig umdrängenden Gemeinderäte durch die Kundgebung seines Entschlusses über die nun unverzüglich zu treffenden Schritte einigermaßen beruhigt hatte, trat er hinaus auf den barocken Balkon, zu dessen Füßen eine wogende Menge Volkes auf Zeichen und Wunder wartete, hob Ruhe gebietend die Arme empor und hielt wieder eine historische Rede.

»Mitbürger, Freunde, Schmeggser!« rief Bürgermeister Kranebitter über den Franz Xaver Greindl-Platz, »dank einer glücklichen Fügung steht unsere Stadt heute vielleicht an der Schwelle einer neuen, gewaltigen Epoche. Der Urheber und Stammvater dieses wahrscheinlich bedeutendsten Ereignisses in der Geschichte von Schmeggs ist — und wer könnte es denn sonst sein? — der größte Sohn unserer Stadt, der geniale Franz Xaver Greindl.« (Minutenlange begeisterte Hochrufe.) »Im Zuge der Restaurierung unseres Heimatmuseums sind uns geheime Papiere von Greindls Hand in die Hände gefallen, Papiere, die unser aller Leben mit einem Schlag und von Grund auf verändern könnten: denn diese Papiere sind die Konstruktionspläne für eine Zeitmaschine!« (Ekstatische Aufschreie, Jubelgebrüll.) »Wir werden«, fuhr der Bürgermeister etwas gedämpfter fort, »unverzüglich eine Kommission der hervorragendsten Wissenschaftler einsetzen, die sich mit der Umsetzung der Konstruktionspläne in die Wirklichkeit befassen wird, und außerdem ein Komitee gründen, das die hinkünftigen Interessen aller Bürger sammeln und aufeinander abstimmen soll. Alles muß reiflich überlegt sein. Der Schritt in eine neue Zeit ist, das haben wir uns stets vor Augen gehalten, für die Stadt Schmeggs eine wahrhaft einzigartige Chance und ein ebensolches Wagnis. Nun denn, ans Werk, liebe Mitbürger! Es lebe Franz Xaver Greindl!« Aus tausenden Kehlen erscholl das Schmeggser Heimatlied. Welch eine Stunde! Und welch eine Zeit steht der mir so ans Herz gewachsenen Stadt bevor?!

21. Jänner. Was ich von Anfang an befürchtet, im allgemeinen Freudentaumel aber verdrängt habe, ist leider tatsächlich eingetreten. Nachdem die Euphorie der ersten Stunde abgeklungen und die biederen Kräfte der Gewohnheit wieder im Begriffe waren, die Oberhand zu gewinnen, verfestigten sich auch die altvertrauten Gegensätze in der Bürgerschaft zu starren Positionen und gefährdeten solcherart das ganze Unternehmen.

Auf der Schilda-Promenade traf ich Herrn Kranebitter; sein Gesicht war aschfahl, seine Augen von schwerer

Müdigkeit verschleiert, seine Gestalt gleichermaßen zerknittert wie gebeugt; der wackere Stadtvater wirkte um Jahre gealtert, und zum erstenmal sah ich ihn in einem Zustand großer Ratlosigkeit und tiefer Niedergeschlagenheit.

»Hat das Bürger-Komitee noch immer keine Entscheidung getroffen?« fragte ich, so diskret und dezent, wie ich nur konnte.

»Nein, natürlich nicht«, keuchte der Erschöpfte. »Deshalb haben wir auch eine Beratungspause eingelegt.«

Schweigend gingen wir eine Zeitlang nebeneinander her. Dann wagte ich eine zweite Frage:

»Sollte sich etwa jemand gegen den Gebrauch der Zeitmaschine sträuben?«

»Niemand sträubt sich«, seufzte er und hielt im Gehen inne. »Aber wir können zu keiner Übereinkunft kommen, wohin Schmeggs zeitreisen soll. Die Fortschrittlichen wollen stante pede in die Zukunft fahren, je weiter, je lieber, denn dies entspreche sowohl ihrem Parteiprogramm als auch ihrer Überzeugung. Die Traditionspartei hingegen steht unverrückbar auf dem Standpunkt, daß es zum Wohle der Stadt nur ein einziges Reiseziel geben könne, nämlich die Vergangenheit, und zwar jene glorreiche Epoche, in der Franz Xaver Greindl gelebt hat.«

»Zwei im höchsten Maß divergierende Absichten«, warf ich bekümmert ein.

»Und, wie's scheint, unvereinbare. Gemeinderat Oleander argumentiert, daß, befände man sich erst einmal im Zeitalter Greindls, von diesem unschwer die Auskunft zu erhalten sei, zu welchem Zweck bzw. Ziel er die Zeitmaschine konstruiert habe.«

»Was aber führt die Fortschrittspartei ins Treffen?«

»Der Ehrenwerte Schluckauf«, erwiderte der Bürgermeister schwach, »weist darauf hin, daß ein so genialer homo universalis wie Franz Xaver Greindl notwendigerweise nur etwas erfinden konnte, das vorwärts gerichtet ist, also zukunftsorientiert sei. Doch jetzt entschuldigen Sie mich bitte, mein Freund, ich bedarf der Stärkung und Ruhe.« Mit diesen Worten schritt der Bürgermeister gesenkten Hauptes davon.

Ich bedauerte den aufrechten Diener seines Volkes von Herzen. Doch konnte ich ihm helfen? Nein.

22. Jänner. Mittags. Keine Änderung in den Standpunkten: die einen wollen vorwärts in die Zeit, die anderen rückwärts reisen. Die wissenschaftliche Kommission — bestehend aus Dipl.-Ing. Anabest, den Professoren Sauerknecht und Randsteiner sowie dem stellvertretenden Direktor der Schmeggser Volkshochschule, dem kauzigen DDr. Archibald Wiesel (er trägt, sommers wie winters, Gummistiefel, Lederhosen und einen Filzhut), welcher u. a. einen Kurs über Kernprobleme der theoretischen Physik abhält — die Kommission also wird heute nachmittag den Versuch unternehmen, ein nach den Greindlschen Plänen gefertigtes Modell der Zeitmaschine in Gang zu setzen; man erhofft sich davon wertvolle Aufschlüsse für den Bau der geplanten, die ganze Stadt umfassenden Endkonstruktion.

Abends. In Gegenwart der wichtigsten Vertreter des öffentlichen Lebens — ich war, dank der freundlichen Einladung des Bürgermeisters, ebenfalls Augenzeuge — fand im Zimmer 202 der Volkshochschule Schmeggs das imposante Experiment statt. Auf einem Tisch stand ein etwa zündholzschachtelgroßes, durch etliche Kabel mit einem Generator verbundendes Gebilde aus Stahlröhrchen und Glas. Nach ein paar einführenden, mir aber völlig unverständlichen Worten von Professor Sauerknecht drehte DDr. Wiesel an einem kleinen, seitlich des Modells angebrachten Rädchen, und Professor Randsteiner schaltete den Generator ein. Etwa zwei Minuten lang schnarrte und rumpelte das keineswegs fabriksneue Gerät vor sich hin, dann blitzten Funken um die Zeitschachtel, es roch nach verbrannten Kabeln — und plötzlich war der Tisch leer!

Augenblicke des fassungslosen Erstaunens, dann brach spontaner Beifall los. Herr Kranebitter dankte den vier

Wissenschaftlern mit bewegter Stimme für diesen Meilenstein in der Geschichte der Stadt. Wohin das Zeitmaschinenmodell denn entschwunden sei, wollte Gemeinderat Schluckauf wissen.

»In den 23. Jänner«, antwortete Professor Sauerknecht. »Wenn unser Versuch tatsächlich glücken sollte, wird das Modell in 24 Stunden wieder zu sehen sein.«

Im Bewußtsein, wahrscheinlich eine Sternstunde der Menschheit erlebt zu haben, schritten wir alle feierlichbeschwingt nach Hause.

23. Jänner. Mittags. Der Tag begann mit einer unangenehmen Überraschung. Ich saß gerade beim Frühstück, als der Eilpostbote Schnöderl mir einen eingeschriebenen Expreßbrief aushändigte. Ohne einen Blick auf das Kuvert zu werfen, war mir sofort klar, woher der Brief stammte. Immerhin hatte man mir fünf Monate Zeit gelassen, um Erkundigungen einzuholen und Erhebungen durchzuführen — und das war jedenfalls mehr, als ein Beamter des Planungsministeriums (mittlere Rangklasse, Gehaltsschema F, jedoch höhere Diätenstufe) üblicherweise erwarten durfte. Seufzend öffnete ich den Umschlag und zog das amtliche Schreiben heraus.

Der Minister
für allgemeine und besondere
Planung
Sektion III / Elektrizität
Betr.: Planung Schildatal

Sehr geehrter Herr!

Ihr bereits seit längerer Zeit ausstehender Bericht ist bis heute nicht eingetroffen. Wir ersuchen Sie dringlich, das Versäumnis alsogleich nachzuholen, da unsere Planung Schildatal vom Herrn Minister schon persönlich urgiert wurde. Der Herr Sektionschef mußte sich infolge der durch Sie verursachten Verzögerung in unserer Planung Schildatal bereits mit Grippe in häusliche Pflege begeben. Wir bitten

Sie zu bedenken, daß eine solche Grippe auch in der höheren Rangklasse im äußersten Fall zehn Tage zu wüten pflegt, und wir daher gehalten sind, mit dem alsbaldigen Eintreffen Ihres so lange ausstehenden Berichtes rechnen zu müssen.

Mit ausgezeichneter Hochachtung
(Unterschrift unleserlich)
ao. Ministerialsekretär

Ich will, trotz der ministeriellen Aufforderung zur Eile, mit meiner Antwort noch zuwarten. Kommt Zeit, kommt Rat, sagt man. Hoffentlich bald.

Nachts. Die Ereignisse überschlagen sich! Am späten Nachmittag versammelten sich dieselben Herren, welche gestern dem Verschwinden der Modellzeitmaschine beigewohnt hatten, wieder im Zimmer 202 der Volkshochschule. Gebannt starrten wir alle auf den Tisch, da plötzlich — begleitet von einem kurzen, sanften, kaum hörbaren Zischen — stand das Miniaturwunderwerk wieder vor uns! Der frenetische Jubel, in den daraufhin alle Anwesenden ausbrachen, ist unbeschreiblich.

Nachdem die exzessive Begeisterung schließlich doch ein wenig verebbt war, gab Professor Sauerknecht durch ein Handzeichen zu verstehen, daß er uns etwas zu sagen habe.

»Hochverehrte Vertreter des öffentlichen Lebens!« hob der schon ergraute, aber immer noch junggesellige Physiker an, »Sie waren eben Zeugen eines der folgenschwersten Experimentes, welches die Naturwissenschaft je erlebt hat: Es ist dank Franz Xaver Greindls genialen Berechnungen geglückt, einen physikalischen Gegenstand zeitzuverschieben. Wie ich höre, besteht der Plan, nach dem Vorbild des Modells eine größere Zeitmaschine zu konstruieren —«

»Jawohl!«, rief Bürgermeister Kranebitter dazwischen, »eine Maschine, die so groß ist, daß sie ganz Schmeggs umschließt!«

»Wir wollen nämlich«, ergänzte Gemeinderat Schluckauf, »die ganze Stadt in eine bessere Zukunft versetzen.«

»Falsch!« empörte sich der Ehrenwerte Oleander, »völlig falsch! Wir reisen in die Vergangenheit.«

»Wie auch immer«, fuhr der physikalische Fachmann fort, »egal, wohin Sie auch zeitreisen wollen — Sie sehen sich einem gewaltigen Problem konfrontiert. Falls wirklich die ganze Stadt zeitversetzt werden soll, benötigen wir dafür nicht bloß eine Reisekonstruktion, die etwa zehntausendmal größer ist als unser Modell, sondern auch und vor allem einen ebensoviel stärkeren Energieschub.«

»Zehntausendmal mehr Energie«, sagte der Bürgermeister niedergeschlagen. »Aber wir besitzen doch nur zwölf Generatoren.«

In die sich nun rasch verbreitende Depression hinein sagte Dipl.-Ing. Anabest, der bisher noch kein einziges Wort gesprochen hatte, plötzlich laut und klar: »Für so viel Energie braucht man ein riesiges Wasserkraftwerk.«

»Na schön«, riefen die Herren Kranebitter, Schluckauf und Oleander im Chor, »dann bauen wir halt eines!«

Schmeggs geht nicht unter!

25. Jänner. Auf meinem Morgenspaziergang am Schilda-Ufer, bei dem ich den wohl nicht mehr länger aufschiebbaren Brief an mein Ministerium im Geiste konzipieren wollte, begegnete ich dem DDr. Wiesel. Ich begrüßte ihn höflich und wollte mich eben nach seinem Befinden erkundigen, als er mir, so unvermutet wie unvermittelt, den Satz zurief: »Es gibt keine Veränderung ohne Bewegung!« Dann zog er ein rotweiß kariertes Taschentuch aus dem Latz seiner abgewetzten Lederhose und schneuzte sich kräftig hin-

ein. »Und ohne Energie bewegt sich nichts. Absolut nichts.«

Ich sah den sonderbaren Volksbildner mit großen Augen an und sagte zögernd: »Sie meinen also, wenn ich Sie recht verstehe —«

»Franz Xaver Greindl hat theoretisch alles verstanden, natürlich, schließlich war er ein Genie, nicht wahr.« Und Archibald Wiesel lüpfte mit der linken Hand seinen Filzhut und wischte mit dem Taschentuch in seiner Rechten über seine imposante Halbglatze. »Aber auch ein Genie kann keine Wunder wirken, nicht wahr.«

»Das Energieproblem«, warf ich schüchtern ein.

»Energie, natürlich, die ist das Problem. Es gibt keine Zeitmaschine ohne Energie. Das hat Greindl natürlich gewußt, nicht wahr. Doch woher sollte er sie nehmen, die Energie? Das war sein Problem.«

DDr. Wiesel war stehengeblieben und begann, mit dem karierten Tuch seinen altmodischen Zwicker zu putzen. »Wir haben Greindl und wir haben Energie«, kicherte er, »Schilda-Energie, haha, nicht wahr, mein Herr, und jetzt muß ich mich verändern.«

Sprach's und rannte in seinen Gummistiefeln mit stelzenden Schritten davon. Ja, die Schilda-Energie, die Antriebskraft der städtischen Zeitmaschine — war sie nicht ein Geschenk des Himmels? Diesem Gedanken nachhängend wollte ich nach Hause zurückkehren. Vor dem Gasthof stieß ich auf den Ehrenwerten Oleander, der im Laufschritt an mir vorbeihastete.

»Kommen Sie mit, rasch! Etwas Furchtbares ist passiert!« rief er mir keuchend zu und hetzte weiter. Ich folgte ihm kurz entschlossen auf dem Fuße.

Schon als ich das Haupttor des Rathauses durchquerte, drang eine Klangwoge aus Geschrei, Gepolter, Pfiffen und Wehklagen an mein Ohr. Im Sitzungssaal, dem wir eilends zustrebten, war — wie man so sagt — die Hölle los. Bürgermeister Kranebitter wankte, auf seinem Amtsstuhl stehend, hin und her und war nach Leibeskräften bemüht, sich sowohl des Ansturms der ihn mit hysterischer Wucht umdrängenden Volksvertreter zu erwehren als auch sich Gehör zu verschaffen. Ein, wie es schien, hoffnungsloses Unterfangen. Aus dem ohrenbetäubenden Tumult brachen einzelne Wortfetzen hervor, »Nie und nimmer!«, »Tod der Maschine!« meinte ich zu verstehen, und »Wir pfeifen auf die Zeit!«

Als Retter in höchster Not erwies sich einmal mehr der brave Gemeindeschreiber Pelikan. Just in dem Augenblick, da der Bürgermeister im Begriffe war, das Gleichgewicht zu verlieren und niederzustürzen, drehte Pelikan das Saallicht ab und schaltete die Feuersirene ein.

Etwa zwanzig Sekunden lang raste das grelle, schrille Heulen kreischend durch den Raum, alle menschlichen Geräusche und Emotionen gleichsam niederschmetternd. Abrupt brach der infernalische Maschinenlärm ab, doch im Saal blieb es finster, eine Mucksmäuschenstille breitete sich aus, und in dieses schwarze Schweigen hinein erscholl Kranebitters mächtige Stimme:

»Freunde, Gefährten, Schmeggser, hört mich an! Ja, es stimmt: Die Berechnungen der Kraftwerksplaner haben ergeben, daß zur Erzeugung der für die Stadtzeitmaschine nötigen Energie ein sehr großer Staudamm errichtet werden muß, ein Damm, welcher einen so breiten und tiefen See aufstaut, daß unsere Stadt darin versinkt. Aber, meine lieben Schmeggser, das bedeutet nicht, wie ihr alle befürchtet, den tatsächlichen Untergang unserer geliebten Heimatstadt! Denn — und das ist die herrliche Frohbotschaft, die ich Euch verkünden kann — unsere wissenschaftlichen Spezialisten haben eindeutig berechnet, daß in dem Augenblick, da die Spitze des Schloßturms vom Wasser umspült wird, die für die Zeitmaschine nötige Energie vorhanden ist. Das heißt, wir sind gerettet! Eben dann, wenn uns das Wasser bis zum Hals steht, versetzen wir die ganze Stadt in eine andere Zeit, in eine Zeit ohne Stausee!«

Man konnte in der undurchdringlichen Finsternis die fassungslose Verblüffung, die sprachlose Erschütterung aller Anwesenden schier mit Händen greifen. Welch ein genialer Plan, schoß es mir durch den Kopf, wahrhaft eines Franz Xaver Greindls würdig! Indem die Stadt versinkt, schwingt sie sich zu schönerem Leben auf. Aus dem Untergang erhebt sich ein neuer Anfang.

»Aber natürlich können wir«, rief da eine Baritonstimme, die unzweifelhaft dem Ehrenwerten Oleander gehörte, »nur in die Vergangenheit reisen!«

»Nein«, entgegnete ein heiserer Tenor (Schluckauf), »in die Zukunft!«

»In der Zukunft liegt Schmeggs am Grunde eines Stausees!«

»Dann eben in eine fernere Zukunft. In eine Zeit, da es keine Wasserkraftwerke mehr geben wird.«

»Gemach, meine Herren«, unterbrach die Bürgermeisterstimme energisch den parteipolitischen Dialog. »Das können wir alles noch später in Ruhe klären. Doch jetzt könnten wir eigentlich zur Geschäftsordnung übergehen. Pelikan, bitte Licht!«

Gott und Greindl und Kranebitter sei Dank! Es herrscht wieder Ruhe in Schmeggs.

26. Jänner. Heute morgen schrieb ich endlich die so lange aufgeschobene Antwort ans Ministerium für allgemeine Planung, Sektion III/Elektrizität:

Sehr geehrter Herr Ministerialsekretär!

Die neueste politische Entwicklung in Schmeggs scheint unserer Planung Schildatal in einer Weise vorzugreifen, wie es dem Herrn Minister durchaus angenehm sein kann. Gestern nämlich haben im Gemeinderat die beiden Fraktionen der Traditionsgebundenen und Fortschrittlichen Schmeggser einen gemeinsamen Antrag eingebracht, der den mit der Errichtung einer Staumauer verbundenen Bau des größten voralpenländischen Kraftwerkes unterhalb der

Stadt vorsieht. Der Antrag wurde mit Stimmeneinhelligkeit angenommen.

Dank meiner vorzüglichen persönlichen Beziehungen zu den die politischen Geschicke der Stadt Schmeggs leitenden Persönlichkeiten war ich in der Lage, in die bereits vorliegenden Pläne kurz Einsicht zu nehmen. Dieselben sehen vor, daß die Errichtung der geplanten Staumauer das obere Schildatal in eben jenen See verwandeln würde, den die Planung Schildatal vorsieht. Ähnlich wie bei dem ministeriellen Projekt würde auch bei diesem die Stadt Schmeggs auf dem Grunde des neuen Sees liegen.

Die Privatinitiative der Schmeggser scheint damit meines Dafürhaltens das mir gestellte Problem gegenstandslos zu machen. Es ist nun nicht mehr Sache eines Beamten des Planungsministeriums, zu entscheiden, ob die Errichtung eines Schildatal-Kraftwerks die Vernichtung der Stadt Schmeggs in vollem Ausmaß rechtfertigt — und ich bin, ehrlich gestanden, froh darüber.

Ich bitte Sie, sehr verehrter Herr Ministerialsekretär, dem Herrn Sektionschef meine ergebensten Genesungswünsche übermitteln zu wollen und erwarte weitere Instruktionen.

Mit ausgezeichneter Hochachtung usw.

27. Jänner. Die Vorbereitungen zur Grundsteinlegung des Kraftwerks werden bereits getroffen. Zum Leiter des Festkomitees wurde — in Anerkennung seiner langjährigen Verdienste als Museumsdirektor sowie seiner großartigen Entdeckungstat — Dr. Hasenöhrl ernannt, der der feierlichen Veranstaltung ein, wie er sagte, zukunftsträchtiges Gepräge in historischer Verbrämung geben möchte. Eine Delegation aus Wurmsiedel wird dem Festakt beiwohnen.

28. Jänner. Die beiden Malerlehrlinge Lischka und Hammerstiel, denen natürlich längst verziehen wurde, sollen bei der Grundsteinlegung ein von Florian Schallgruber komponiertes Preislied »Auf die wohltätige Kraft des Wassers« (zweistimmig) vortragen. Außerdem wird in den Prunkräu-

men des Schlosses eine Ausstellung mit dem Titel »Ja, die Zeit ändert viel« eingerichtet werden. DDr. Wiesel ist spurlos verschwunden.

29. Jänner. Der erste Mensch, dem ich heute begegnete, war Schnöderl, der Eilpostbote. Er brachte mir folgenden Brief:

Der Minister
für allgemeine und besondere
Planung
Sektion III/Elektrizität
Betr.: Planung Schildatal
streng vertraulich!!!
nach Kenntnisnahme sofort zu vernichten!!!

Lieber Freund,

ich muß Ihnen mitteilen, daß der Herr Minister angeordnet hat, die weitere Arbeit an der Planung Schildatal sofort einzustellen. Wir haben, wie Ihnen bekannt sein dürfte, keinerlei Interesse daran, derartige ausschließlich von Privatinteressen diktierte Unternehmen in irgendeiner Weise zu unterstützen.

Wir rechnen mit Ihrer baldigen Rückkunft.

Alles Gute!

(Unterschrift unleserlich)
Sektionschef

Nun heißt es also Abschied nehmen. Er wird mir, dem nun schon nicht mehr ganz so Ortsunkundigen, wahrlich nicht leicht fallen. Bis zur Grundsteinlegung werde ich aber selbstverständlich noch hier bleiben.

30. Jänner. War zum Mittagessen bei Bürgermeister Kranebitter eingeladen. Als wir beim Dessert (Schmeggser Nockerln) angelangt waren, sah mich der gute Stadtvater mit traurigen Augen an und sagte:

»Mein lieber Freund! Sie sollen einer der ersten sein, die es erfahren. Sie haben, seit Sie bei uns sind, so herzlichen

Anteil am Schicksal von Schmeggs genommen —«, er hielt inne, schluckte mehrmals, schlug die Augen nieder. »Das Schicksal, ja«, fuhr er nach einer langen Pause mit leiser Stimme fort, »es ist wohl unser Schicksal, daß wir mehr planen als verwirklichen können, mehr vorbereiten als ausführen, mehr anstreben als erreichen. Ach, was soll ich lange herumreden, lieber Freund: alles bleibt beim alten. Es wird keine Zeitmaschine geben, weil es keine Energie dafür geben wird. Denn es wird auch kein Kraftwerk geben.«

»Wie!?« stammelte ich, »wie das, wieso?«

»Ganz einfach«, antwortete der Bürgermeister. »Wir haben kein Geld. Wie die jüngsten Berechnungen ergeben haben, macht die mißliche Finanzlage der Stadt den Bau des geplanten Kraftwerks unmöglich. Schade, jammerschade. Vielleicht hätte Schmeggs sogar einen Flughafen bekommen — ach ja, das Schicksal, mein Freund, das Schicksal.«

Wie gern hätte ich dem wackeren, tapferen Mann Worte des Trostes gesprochen! Ich vermochte es nicht. Mit Tränen in den Augen nahmen wir voneinander Abschied.

O Schmeggs, du Voralpenrose unter den Städten Europens ... Morgen reise ich ab.

Inhalt